麻雀放浪記（2）風雲編

阿佐田哲也

双葉文庫

目次

猫《ねこ》の足音

一

私はその夜お金を持っていた。五百五十円ほどだ。で、何もやりたくなかった。金があるときは麻雀《マージャン》は打たない。麻雀がやりたくなるのは金が無いときだ。

昭和二十六年頃《ころ》の六百円は、ストリップをのぞいてコップ酒を軽く呑《の》み、丼《どんぶり》飯《めし》が食えた。むろん、金というほどのものじゃない。でもドヤの段ベッドになら、それで一週間は寝ていられた。ヒロポンのアンプルが、ルートからの直売で二十五円だった頃だ。

「二十五円、二十五円、二十五円――」

そういいながら歩いた。何も考えていなかった。足が新宿貨物駅周辺のドブロクマーケットに向いた。

「あ、坊や――」

夜の雑踏の中から声がかかった。Ｓ組の若い衆だ。麻雀を打ちだした頃に皆がそう呼んだので、二十歳をいくつか越えた今も私のことを坊やという奴《やつ》が多かった。

「探《さが》してたんだよ、西大久保《にしおおくぼ》の丸木旅館でね――」

私は作り笑いをして手を振った。

「昨夜から続いてるんだ。ちょっときて助けてくれって、兄貴がね、坊やを探してこいって――」

その声が遠くなった。二十五円、二十五円――。それに合わせて足を運ぶ。何かにひどく頭をぶつけて私はよろめいた。

「気ィつけろい、べらぼうめ」

よく見ると煙草《たばこ》屋の看板だった。私はそれにも手を振った。

「べらぼうめ、べらぼうめ、べらぼうめ――」

ニコニコ饅頭《まんじゆう》と洋品屋の路地を入った奥がマーケットの入口だ。この中にお鯉《こい》という店がある。私は迷わずその店に顔を突っ込んだ。女主人だけで客は誰《だれ》も居ない。

「竜王さんは――？」

「さァ、今夜はまだだねえ。ここんとこあまり顔を見せないわよ」

ついてねえや。私は笑い顔を作って、足もとのビールの箱を軽く足で蹴《け》った。瓶《びん》のこわれるどえらい音がして、

「なにすんのさ、このポン中野郎、ビール代をおいてお行き、逃げたって面倒になるだけだよ、お待ちったら――」

私はびっくりしてその一郭を走り出た。

「――どうしよう、どうしよう、どうしよう」

さて、本当にどうしよう。街中に出てすこし高いがバイニンから買おうか。甲州《こうしゅう》街道を突っ切って、和田組マーケットにおりる石段のところで、急に眠くなった。頭がしびれが切れたようにびんびん痛む。石段をふらふらとおりたが、私にはこの先、自分がどうなるかよくわかっていた。

（――いけねえ、もうちょっとの我慢だがなァ――）

膝《ひざ》から力が抜けていく。私は公衆便所の壁に寄りかかった。もう眼《め》が開けない。睡眠不足じゃないのだ。ただ奴等《やつら》がどっと襲いかかってきていて、私を、いやな世界に連れていくのだ。

カサ、カサ――、頭の上で、落葉を踏むような猫《ねこ》どもの足音がする。大きな足

音、かすかな仔猫《こねこ》の気配。でもそれは猫じゃない。私にはよくわかっている。それなのに、猫たちは、私の腋《わき》の下から、腰のあたりから、首筋から、いっせいに這《は》いあがってくる。湿った毛皮が身を撫《な》でていく。何かに嚙《か》まれる。それは本当に、猫じゃない。鰐《わに》だ。小さな鰐が私を呑《の》もうとして指先に嚙みついている。

身をずらそうとしても身体《からだ》は動かせない。私は眼を開ける。大きな眼玉が私の鼻先でじっとにらんでいる。光線で焼かれるように顔が痛い。鰐が、腹から胸のあたりを這っている。私は動かぬ腕を無理に立て直し、鼻先にある眼玉をなぐりつける。下半身を埋めていた小さな虫どもがいっせいに飛び立つ。私は悲鳴をあげ、両腕をラッシュさせてこの苦境をのがれようとする——。

どうしてそこへ行ったのか記憶がない。当時洋パンと筋者《やくざ》の溜《たまり》のようになっていた御苑《ぎょえん》通りの〝ボタンヌ〟という酒場のソファーに腰をおとして、S組の小菅《こすげ》という中年男と向かい合っていた。

私は小菅に貰《もら》って一本打ち、すっかり元気を恢復《かいふく》していた。

「いいかい、西大久保の丸木旅館だ」と小菅はいった。

「お前が行ってくれりゃァ皆、大助かりだよ」

「まだ返事したわけじゃねえぜ。考えさせてくれよ」

「何を考えるんだ」

「俺《おれ》だって考えたいときがあるんだ」

「もう一度いうぞ」と小菅は無表情になっていった。

「相手は土建のY組の若い衆三人。此方《こちら》は組の奴《やつ》が四人。面白い勝負だよ。奴等ァなかなかきついんだ。もう二十四時間やってるが、此方の方が様子が悪い。やって退屈するような麻雀じゃきっとないよ。なァ、どこに考えるところがあるんだ。それがお前の商売だろ」

「――行くよ」と私はいった。まだ言葉を続けようとしたが、小菅は手を振っていった。

「わかってるよ、薬ならいくらでも打ってくれ」

私は西大久保への道をゆっくり歩きながら、なんとなく感慨にふけった。

(――ずっと前はこんなじゃなかった。俺もずいぶん落ちたもんだ)

以前は金があったというわけじゃない。戦後、親もとを飛びだして以来、ずっと宿なしだ。でも、この世界に入った頃は自分流の誇りがあった。私は自分のためにしか博打《ばくち》を打たなかった。筋者《やくざ》であろうと市民であろうと組織にすがって生きている者とは没交渉の一匹狼《おおかみ》で、自分以外はすべて敵であり、話し合いで味方を作るようなことはしなかった。それが本当の博打打ちだと思っていた。今は犬みたいだ。薬をくれる奴のために働く。それなら最初から組織にすがって小市民になればよい。

やはりポン中毒だった出目徳の突然の死を思い出した。奴はともかく自分流の人生を送った。でも私はそうはいかないだろう。もっと哀れな野良犬《のらいぬ》で死ぬだろう。

薬が悪いのだ。それはわかっていた。薬が悪い。そんなことぐらいは、わかりきっていたのだ。

二

次の間つきの部屋を二つ借り切っていた。一つでは卓をかこんでいる。もう一つの部屋は、注射を打ったり休んだり、交替要員が思い思いの格好で寝そべっている。観戦は誰もしていない。カベ役（スパイ役）を拒否するためだ。

サブという、S組切っての打ち手といわれる若者が顔に脂《あぶら》を浮かせて隅《すみ》で寝ていた。反対側の壁ぎわに敵方が、湯あがりらしくステテコ一枚で新聞を読んでいる。若いが花和尚《かおしょう》の彫り物を二の腕までしている。

土建の若い衆も香具師《やし》の若い衆も、ともに精力をもてあましているらしく、博打が本職ではないが、時折こうした場を作って果てしなく打った。どちらかが総くずれになり、金銭的にも大打撃を受けるまでやる。現今のプロレス流にいえばデスマッチである。

私はサブを揺りおこした。

「どうだね、きついか」

「色男は、たいしたことはねえ。若いのは、攻め麻雀だ。だが奴《やつ》がかなりきつい」

とサブは小声で、ステテコを顎《あご》でしゃくった。

「ボサッとした田舎《いなか》者みてえで目立たないが、野郎が主だ。俺《おれ》が入ると、奴も入る。俺が抜けると奴も抜ける。進退一緒さ」

サブの先輩の松本が部屋に入ってきた。私の顔を見るなり、

「おう、すぐに入れよ。サブもだ。俺は帰る。仕事があるでな」

廊下《ろうか》に出かけて、又戻ってきた。

「大丈夫か、此奴《こいつ》ァ打ってるか」

腕に針の格好をした。私はあいまいに頷《うなず》いた。松本はアンプルのケースをひと

つくれて去っていった。

ケースにはアンプルが二つ入っていた。二十分に一本打つとすると、先刻小菅に貰《もら》った一本と合わせても、一時間保つかどうか怪しい。

(しみったれ野郎《やろう》奴《め》。半チャン分しか渡さねえな)

私が本当に彼等のために働くかどうか、それを見てからというわけなのだろう。

それでも私はだまって廊下に出た。

「部屋はどこだい」

背後の人間がサブだと思って気軽にきいたが、

「その左手だ。スリッパがたくさん脱いであるだろ」

声がちがった。

ステテコだった。奴《やつ》はダボシャツと腹巻きをいつのまにかつけていた。私は笑って頷《うなず》いた。

「新入りだが、よろしくな」

「ああ、元気に打とうぜ」

色男、ステテコ、私、サブ、という場がきまった。

サイ二度振り、オール伏せ牌《パイ》である。最初に洗牌し、牌をすべて裏返してからそのうえでまた牌が表向きにならぬよう注意しながら洗牌する。

相手も甘いメンバーではなし、これでは積みこみ、抜き業、エレベーター、すべてちょっと無理である。モウ牌しながら何枚かの牌を覚えることはできるが、記憶牌の数がすくない場合、かえってその牌にこだわりすぎて手作りを失敗することが多い。

地（自然に）で打つのが一番いい。地で打ったって負けるものか。

私は起家《チーチャ》だった。

ツモ

私がこんな手で二萬を打ったとき、下家のサブがおあつらえの早いリーチをかけてくれた。べつに通し（サイン）があったわけじゃない。偶然だ。調子は悪くないぞ、と思った。

リーチ

サブの捨牌はこうだった。次に私は、六萬をツモった。

「こんな単純なひっかけはするかね、サブ」

私は三萬を捨てた。サブの次に対家《トイチャ》の色男が七萬を捨ててくれた。ヤミテンだったがまずまずの収入だ。

ところが次局の一本場で、今度はステテコが早いリーチをかけてきた。

ステテコの捨牌は左のとおり。

リーチ

そして私の手牌はこうだった。

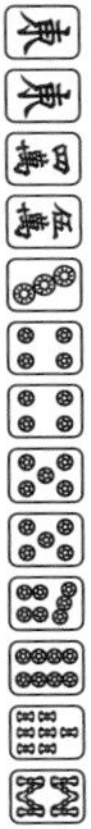

メンター（面子《メンツ》の多い手）で守備が苦しくなることを予想して、どれか一メンツを安全牌とひきかえに切りだそうとしていたときだ。チラとサブが私を見た。

（本命のリーチだぞ、慎重に行け——）

私は親だから単純なオンリはできない。しかしここで打ちこめば折角《せっかく》のリードがふいになるのみならず、本命の敵の気をよくさせる。向こうもその効果を覚《さと》って即リーチときているのだろう。

　ここのしのぎはむずかしい。しかし、是非《ぜひ》しのいで、点棒というよりもこちらのペースを守らねばならぬ。

三

をツモリを捨てた。次にがトイツになり、を捨てた。（初牌）をおとしていく手もあったが、これは手づまりの時に皆がする。相手が上級者なら、皆のする手はあぶない。二枚落としを逆に狙《ねら》われるおそれがある。大事な局面とお互いわかっているだけにかえってやりそうだ。
　この段階で私は、普通の待ちなら四七筒《ピン》、乃至《ないし》五八筒と踏んでいた。この時、対家の色男がをとおしてくれた。

　ここらが色男の甘さなのだろう。大事な局面で味方が攻めているときに、危険牌をとおす。これでは敵に加勢しているようなものだ。

　私はをツモリ、を切った。ステテコが口をゆがめて笑った。次がまただった。

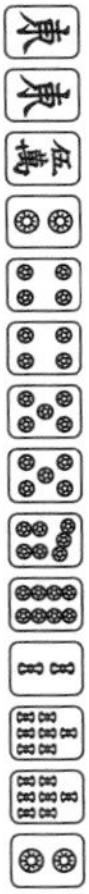

ツモ

私はを切った。自然、七対子《チートイツ》になっていく。守備にかかっての七対子はわりに便利だ。リーチがをツモ切りした。そこで私もを捨てた。その辺でをツモっており、単騎でテンパイした。それからは膠着《こうちゃく》状態になり結局流れた。

私は別室に行き、一本打った。いつのまにか小菅が来ていて私の代りに山を積んでくれた。

今のところ、私の勝ちだ。点棒が動かず連チャンを果たしたのだからこれでいいのだ。私は協会を背負って立つ相撲《すもう》とりのように大手を振って卓の前に戻った。サブと色男が取りつ取られつし、ステテコも小さくあがって地味ながら食いさがってきた。

東ラス。ステテコの親を、私は早く流そうと思っていたが、手がそのようにならなかった。

こんなふうで中盤を迎えた。

突然、上家のステテコからが出てきた。で食った。早いテンポで一巡し、続いてステテコがまたを出してリーチといった。穴八索《ソー》を嫌《きら》ったらしい。

「ポン――」といって私はを開き、を打った。

だってこんなとき、リズムに乗らなければ勝機はつかめない。もも私にとって絶好牌だった。こんなにトントンといくのは珍しい。ステテコにしてはガードが甘いような気もするが、向こうも親だ。苦しく勝負にかけているのだろう。

ふと、牌山を見た。次の私のツモは、ステテコの山の右端の牌だった。を食ったので私のツモ、食わなければ彼のツモになる。ちょっといやな感じがした。

オール伏せ牌だからすべての牌はとても覚えられない。しかし端牌は覚えやすいものだ。もし覚えているとしたら――。

それはだった。一瞬考えた。でも止まらなかった。弁解じゃない。それが勝負というものなのだ。

「ロン――!」

とステテコがいった。

私は立ってまた別室へ行った。残り一本のヒロポンを打つためだ。小菅が私のうしろにじっと立っていた。私は首筋をさすり、眼の横を両手でもみ、小菅の顔を見上げた。それから卓に戻った。

ステテコが、ひょいと私にこういった。

「お前、打ちはじめてどのくらいになる」

「麻雀かい。ポンの話かい」

「打ちはじめねえ前に、一度やりたかったよ。そんなに打ってちゃ、博打《ばくち》にゃ勝てねえぜ」

南に入って猛烈にサブが追いあげた。サブの親で四本積んだ。私はサブの親を立ててあがりにいかなかった。

それも影響している。しかしそればかりでなく、手がぐっとおくれていた。そのうえステテコの逃げも巧《うま》かった。もともと攻撃型ではない感じだけにこういうときの処理はお手のものだ。

ステテコのトップでその半チャンが終った。私は汗まみれで別室へ立った。

「アンプルおくれ。薬が足りねえんだ。気合いが出ねえよ」

「そうだな。気合いが足りねえな――」と小菅がいった。「お前はプロだ。俺《おれ》たちとはちがう。プロは、ここというときはどんなことがあっても負けねえそうだが、どういうわけだ。俺たちの助け番だから本気じゃ打てねえのか」

「長い目で見ててくれ。そうすりゃわかる」

と私はいった。

「あんな奴《やつ》には負けねえよ。一回打ちゃァ、大体の手の内はわかるんだ」

「じゃァ、そうしてみろ」

「だから打たしてくれ」

「駄目《だめ》だ。働かない奴には何もやれねえ。勝ったら、打ってやろう。だまってたって、俺が横に行って注射針をさしてやるよ」

私はゆっくりと立ちあがって、また別室へ行った。

次の半チャンはなんとかもった。サブのトップをバックアップして大過なく廻《まわ》した。

だがその次になるともういけなかった。薬を打っている間はものを食わない。薬のせいだけでなく、スタミナもないのだ。

私は途中で失神した。おい、といわれてすぐに気づいたが、なかなか眼が開かなかった。サブが気を利《き》かして便所へ立ってくれたらしい。

その数分間の休憩を、私はうしろへ倒れてじっとしていた。眠いのじゃない。それはわかっている。だが、どうにもならない。頭の上の方で、猫の足音がきこえはじめた――。

四

悪寒《おかん》で、身体がズーンとしびれている。

ツモが対家の山からになっていた。河《ホー》の向こう側まで手を伸ばして牌をツモってくる、ただそれだけのことが、いまや難行苦行である。アンプルの中のおツユを針ですりこんで、腕に射《さ》す、それでもうすべてが解決するというのに。

「おい、お前のツモ番だよ」

サブにうながされて、身体をゆすり、反動をつけ、えいっと前方に片手を伸ばすが、半殺しにされてもいい、もうこんなことはやめて、眼をつぶって横になってしまいたい。

「ロン——！」

という叫び声がし、色男がバサッと手牌を倒した。

私はぼんやりとその手を眺《なが》めていた。

「やあ、一四、二五八の待ちだな」

「が出たんだからイーペイコウありだ」

私はサブに小声で訊《き》いた。

「ツモったんじゃないのか。誰《だれ》が出したんだね」

「トボケるな——」とサブがいった。

「点棒《チューマ》を持ってやれよ。俺《おれ》ァ知らんぞ」

それではじめて、私は自分の捨牌を眺めた。四萬が、一番右端にチャンと並んでいた。

私はいざってベルを押した。

背後の襖《ふすま》があいたので、

「冷たいおしぼりと、水」

女中が来たと思ったのだが、振り向くと、立っているのは小菅だった。

私はだまってまた卓の方を向いた。

「午前三時だ。女中は寝てる――」と小菅がいった。

「俺を女中代りに使いてえんならどうすりゃいいか、わかっているんだろ」

背中を猫どもが這《は》っている。声にならない奴等《やつら》の呻《うめ》き、舌なめずりの気配。対家の牌山のかげにも青黒い毛が見える。むっくりとそれが顔をあげる。一匹じゃない。三匹も五匹も、もつれあって牌山にのぼってくる。そのまるい頭をツモってひき千切《ちぎ》ってやろうとして――、

「おい、どこに手を伸ばすんだ！」

「メンバーチェンジしたらどうだい」とステテコがいった。「こりゃァ無理だぜ。こうなったらおしまいだ」

「駄目《だめ》さ、此奴《こいつ》に打たせるんだ――」とサブがいう。「此奴の尻《しり》ぬぐいをする奴なんか居るもんか」

薬がほしい。ポンさえあれば、王さまの気分になれるのに。誰だろうと何ともいわせやァしないのに――。

私はまた、ベルを押した。

背後の襖《ふすま》が開いた。私はツモった牌をそのまま河に打ちつけると、立って小菅の身体を廊下に押しだした。

「アンプルをよこすんだ。一本だけでいい。さもなきゃ寝ちまうぞ。どうなったって知らないぞ」

「お前、麻雀を打ちにきたのか。それともポン打ちにか。どっちなんだ」

「お願いだ――」私は小菅を、部屋から遠い場所になお引っぱっていって、彼の耳もとに小声でいった。「打ってくれりゃァ、いっぺんで奴等《やつら》の顔がひんまがるような凄《すご》い手だってできるんだ」

「そうしろよ」

「だから、S組を勝たせたかったら――」

「甘ったれるな」

ボデーをしたたか蹴《け》りこまれて前かがみになった。続いて掬《すく》うような一発がきた。私の身体は廊下を泳いで便所の戸と一緒に倒れこんだ。小さな曇りガラスがはじけ飛んで粉々になった。俺はS組の小菅だと、奴がいっていた。一度いったセリフを変えやしねえ、勝ったら打ってやる、勝ったらだ——、胸もとを摑《つか》まれていたが私は立つことができず、両膝《りようひざ》を突いて相手にすがっていた。そうして往復ビンタのラッシュで自分の頬《ほお》がかっかと腫《は》れあがっていく感じを情けなく嚙《か》みしめていた。

「音を、たてずに、やってくれよ——」と私はいった。

「わかったよ。みっともねえじゃねえか」

「チンピラ野郎、目がさめたか」

「ああ、目がさめた」

「仕事をなめるんじゃねえぞ」

私は壁をつたいながらそろそろと部屋に戻った。三人の相手が憮然《ぶぜん》とした表情で待っていた。

「お前——」とステテコがポツンといった。

「ポンなら俺たちも持っている。打つか」

「うるせえや」

小菅の荒療治のために身体はどうやらしゃっきりしていたが、今度は腫《は》れた眼を指先でこじあけるようにして自分の手を眺めなければならなかった。

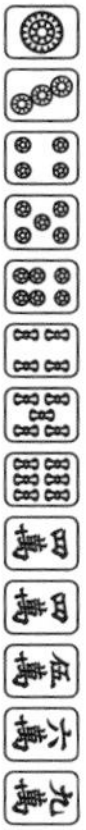

河には三枚の牌が捨てられてある。まだ序盤だ。

（――なるほど、よく見りゃァ手はそう悪くねえんだな）

さっきまでは、どんな手で、何を捨てているのか、さっぱりわからなかったのだ。嘘《うそ》と思うだろうが実際の話だ。

「親は誰だ」

「お前さ」

「俺か、そうかい。親なのか、東の親だな」

私は力をこめてツモりだした。

、、、、、。

「糞《くそ》ッ、こん畜生《ちくしょう》――」

どうにも手が動かない。やっと、をひいてきた。だが、どうも三色形が思

うように作れない。平常ならこんな手は軽くこなしていけるのだ。だが先刻の打込みがひびいている。しばらくの間、目茶をやったおかげで、すっかりヒキが悪くなってしまった。

が来た。考えたが親を大事にしてを打った。

するとを持ってきた。ハンチクったらないんだ。ちょうど上家がを振ったところなので続いてツモ切りしたが、今度はを持ってきた。

糞ッ――。私はそのを振ってリーチをかけた。三色なんか糞食らえ！　二五八筒だ。これがあがれなかったら新宿じゅうを逆立ちして歩いて――。

次のツモはだった。対家の色男がそのでトイトイをあがった。

五

私はすっかり相手から軽く見られていた。弱きを挫《くじ》き、強きを助く。これが博《ばく》打《ち》のセオリイだ。ツイてないとなると相手がかさにかかってくる。

たとえば先制リーチをかけるとする。しかし落ち目の打ち手のリーチは恐怖心を与えないから、相手がなかなかオリてくれない。ということは、つまり、相手もあとからテンパイしてくるということだ。これでは先制した意味がない。

リーチをかけるのは、相手をオロして、ツモるか、流れるか、まちがっても此方《こちら》が相手に打ちこむことのないようなペースにするためだ。一刻も早く相手をオロす、強い奴《やつ》は楽々とこのペースを実現させる。弱い奴には皆が向かってくる。だから、一度弱いと思われたら、麻雀は七分がた不利なのである。

私のリーチはどんどんと新筋をとおされてしまう。といってテンパイの旗をあげなければ、私をノーマークで自由に手を作られる。落ち目になると打つ手に窮するのだ。

こういう場合の特効薬はただひとつ、二荘《チャン》か三荘、じっとおとなしく首をさげていて、あがりにかけないことだ。その間、エラー無しで、失点を最小限に食いとめることができれば、ツキが元に戻る機会が訪れてくる。

だが、この場合、小菅がそんな気の長い方法を許すだろうか。許したとしても、ポンの切れた私の身体がそれにたえられるだろうか。

局面はあいかわらず色男の圧倒的なツキだ。仲間であるステテコのリードがよいためにツキの時間が長い。

ぐらっと、背後へ倒れそうになった。眼は開いているのだ。それなのに、意識がはるかな海の底におちそうになる。

「この野郎、こん畜生《ちくしょう》――」

自分をどなりつける。だがまたしても、悪寒《おかん》が身体の中を縦に走る。背中や腋《わき》の下のあたりがむずがゆくなる。まるい、小さな頭が、その間からいくつも湧《わ》いてくる。

「おい、オール伏せ牌だぜ。積み直しな」

「ああそうか、失礼――」

私はうっかりストレートに積んだ牌山を崩《くず》して一枚ずつ伏せて見えないようにした。その瞬間に心が決まった。

「かっぱ――！」

かっぱは抜き業《わざ》とエレベーターの併用技で高級技術のひとつだ。あらかじめ發を二枚卓の下に握っておく。自分の前の山の左端に□二枚中二枚をおく。配牌をとるときに一ブロック四枚をとるふりで三枚しかとらず、そのぶんを左手を使ってすばやく自分の山からひき抜いてくる。同時に卓の下の二枚が手の中へ入ってくる。都合六枚が入れ変ってしまう。かっぱ専門の業師で、八枚変える奴《やつ》も居る。

オール伏せ牌だから、六枚えらぶのがやっとだ。私は、□、發、中、東、南、西、の六種類を一枚ずつ仕込んだ。

クサっているところだから、きっと配牌にクズ牌が多いだろうと思ったのだ。自然に集まったクズ牌とその六枚を合わせて国士無双を作る。

そうならなくとも、大三元、四喜和《スーシーホー》、字一色《ツーイーソー》、なんでも使えるように、飜《ファン》牌と字牌を中心にした。

やめようかな、とチラッと考えた。敵は甘い客じゃない。所詮《しょせん》、こういうスリカエ業《わざ》は素人《しろうと》客用の手なのだ。

でも、これ以外に方法がない。やっちまえ。一か八かだ。だらだらやっていたって負けるばっかりだ。

サイを振った。四——。上家のステテコがそれを受けて、六を出した。合計十だ。

この技《わざ》は、上家の山から配牌をとりだすような形になるのが一番よい。相手三人の視線が上家から対家（私から見て）の方に集まる。そのうえ、配牌をとる私の右手で山の左端に蓋《ふた》をするような格好になる。だから合計十は最適だ。

まず第一ブロックの四枚を、これだけは正直にとる。この山の残り牌がすくないのでちゃんととらないとすぐバレるからだ。仕事は次の山にかかる第二ブロックからで、私は大きく息を吸いこみ、対家の山の方に、ふッと息を吐きかけた。

「虫が居たんだよ」

なんということもないが、視線をますます向こうへ集める役に立つ。私の左手はもう仕事を終っていた。

しめた。これで卓の下のをまぜると、イーシャンテンだ。私は第一打牌にを打ち、左手に握ったとを上げると同時に、とを下へおろそうとした。

「――――！」

ものもいわずに、ステテコの右手が私の左手をつかんだ。

「野郎、なめた真似《まね》をするない！」

左手を逆にとられ、私の身体は宙を一回転して畳に叩《たた》きつけられた。私は動転して口も利《き》けなかった。

左手に、ステテコの全重量がかかっている。捻《ねじ》られ、しぼられ、握りしめていた指が自然に開いた。まず南がポロリと落ちた。それから西が——。

「やるだろうと思って、さっきからガンをつけてたんだ。この野郎、いいか、やるなら玄人《くろうと》をごまかすような本格技でこい。それなら眼をつぶってやらねえでもないんだ」

「——」

「ヘッ、ブッコ抜きとエレベーターか。そんなものは当節、おぼえたての赤ン坊にしか通用しねえや。俺たちをそこまでなめやがって、おい、この挨拶《あいさつ》はどうしてくれるんだ」

サブが、ぱっと立ちあがって別室へ駆けこんだ。小菅をはじめ、休んでいた両方の打ち手がドヤドヤと入ってきた。でも私は眼をつぶってじっとしていただけだ。ふてくされたいいかただが、サイが裏目に出ただけさ。こうなりゃしょぼくれたってしようがない。なるように、なっていくんだ。

でも、何故《なぜ》、裏目と出たんだろう。今まで一度だってしくじったことなんかなかったのに。

「Y組の兄さんたち、すまねえ——」と小菅がいった。

「野郎は組の奴《やっ》じゃねえんで、こんな真似をするとは思わなかった。是非《ぜひ》打たしてくれっていいやがるもんだから」

「小菅さん、どんな場だって、イカサマはご法度《はっと》だ。お前さんたち、どんな目にあったって文句はいえないな」

「そうとも、だからこうして下から出てるじゃねえか」

「挨拶《あいさつ》がきてえんだ。ちゃんとした挨拶をよ。もし、このうえ俺《おれ》たちをなめてくれると、土建の仲間がだまっちゃいないぜ」

「まァ待ってくれよ。俺たちで相談して、すぐに挨拶をするよ」

六

「野郎、こんなときに眠りやがって！」

私は不意に顔を蹴《け》りつけられた。別室で、小菅の前にかしこまっているつもりが、いつのまにか、顔から崩れて畳に長くなり、寝息をたてていたらしい。

「お前、わかってるだろうな。指をつめるんだ」

「好きなようにしろい」

「いや、好きなようにはしてねえ。お前は勝って、あがりの金を俺の前におく約束だった。だが、勘弁《かんべん》してくれってのなら、俺たちの約束を反故《ほご》にしてやってもいい」

「願ってみろい――」とそばからサブもいった。「願うんだよ。指をつめさせていただきますってな。それでこの場はおさまるんだ」シーツを四つに折った奴《やつ》が、小菅の前におかれていた。宿から借りたらしい厚味の刃物がシーツの端にのっている。簡略だが、これが私の死刑台というわけだった。

「ことを荒だてて、Y組の衆ばかりでなく俺たちまで敵にまわしてみろ、四十や五十は刃物で刺されるぜ、考えてみりゃァ、お前の希望する方法はひとつしかねえ筈《はず》だ」

「さァ何とかいってみろ」と小菅は続けた。

「お前の希望って奴をきかせてくれ。俺たちが指をつめさせるんじゃねえ。お前は指をつめるのを、俺たちが助け番になってやるんだからな」

「そんなことどっちでもいいや」

「よかあねえ。それが組の定法《じようほう》だ」

「だからその定法という奴を振り廻《まわ》して、好きなようにするがいいんだ。だがいっとくぞ、俺ァ、土《ど》やくざの法なんかで生きてるんじゃねえんだ。俺ァ自分で指をつめる気なんかこれっぽっちもねえ」私は起き直ってあぐらをかいた。

「指だろうが足だろうが、千切《ちぎ》ってどっかへ持っていくがいいや。手前等《ら》が力ずくで何をしようと文句はいわねえ。俺だっていかさまをやる人間だ。今まで力で、金を奪って生きてきたんだ。力に泣くのはしようがねえ。だが、その力に頭を下げることだけはしねえんだ。覚えといてくんな」

この野郎ッ、とサブたちが飛びかかってきて、私は苦もなく捻《ねじ》り倒された。誰《だれ》かの手が、私の右腕を押えつける。何本かの手がそこに重なり合う。刃物が指に押しつけられた。拳《こぶし》が、がんとそのうえにふりおろされれば、それで執行というわけだ。

「おい、挨拶《あいさつ》はまだかね」

襖《ふすま》があいて、ステテコが入ってきた。もうステテコ一枚じゃない。灰色の、うす汚れた背広を着ている。

「今すぐだ。もうちょっと待ってくんな。この野郎が泣きをいれやがるんで」

「俺たちの方でもね、おとしまえの方法を考えてきたんだよ」

「そうか、どんな手だ」

「指をつめて貰《もら》う」

「おう、それだ、それで今――」

「その前に、手形を押して貰おう」

「手形？」

ステテコは手に持ってきた墨汁《ぼくじゅう》を皿にあけ、半紙をひろげて私の前に出した。

「さァ、右手に墨《すみ》をつけて、半紙にべっとりと手を押しつけるんだ」

私はだまっていわれたとおりにした。

「刃物を貸しな――」

ステテコは、半紙にくろぐろとついた私の小指の跡に刃物を押しつけると、べリベリとひき裂いた。

「よし、この小指はY組で保管しとくよ」

誰も口をはさむすきがない。ステテコは背広のポケットに無雑作《むぞうさ》に紙切れを突っ込むと、私の方を向いてこういった。

「ポン中野郎。こりゃァY組の法じゃねえぜ。手前の名誉を、俺が預かったんだ。口惜《くや》しいと思いな――」

とんずら

一

不思議なことに、ヒロポンを打っている間じゅう、私は風邪《かぜ》ひとつひいていない。

まもなく寒い季節がこようとしていたが、コンクリートの上やビルの裏側の湿った泥の上で平気で何日も寝ていたのだ。飲み食いしなくとも腹もへらなかったし喉《のど》も渇かなかった。

かあッと、逆上したようになって生きていた。但《ただ》し、薬が効いている間はだ。だから、小菅たちの麻雀にかりだされてだらしない負け方をしたあの夜から、例の悪寒《おかん》に責められとおしだった。S組は、もう薬の便宜をはかってくれない。それどころか、新宿一帯の路上を徘徊《はいかい》する権利まで私から奪いとったかのような顔をしている。

何か非常に悪いことが起こりそうな気がしてじっとしていられない。このうえどんな悪いことがあるのかといわれても、猛然とそんな気がするのだから仕方がない。それに、せっせと身体を動かしていないと、次から次へと、あのいやらしい小動物たちの幻想が襲いかかってくる。

「寒いよ——、寒いよ——」

百万遍《べん》のようにそうくり返しながら、私は暗がりをぐるぐる廻《まわ》り続けた。酔っぱらいらしい人影がそこいらにあった。

「寒いよ——、寒いよ——」

人影はしばらくだまってこちらをうかがっていたが、やがてこういった。

「お前、なんだって猫の鳴き声なんか真似《まね》してるんだ——」

私は立ちどまった。

「それによ、そこは都電の線路だぜ。昼間ならイチコロではねられる。そんなところを這《は》い廻ってないでこっちへこいよ。一杯呑《の》ましてやっからよ」

その野郎に尻尾《しっぽ》を振ってついていったわけじゃない。だが気がついてみると、どこかの店のカウンターの下の床に長々と伸びていた。酔客の足が五、六足、私の身体の上にのっていた。そうして、次に気がついたところはまた、べつの店だ。

まわりに誰も客が居なかった。私は緊張して、女や白いバーテン服の男をみつめた。

「払ってよ。三千八百円」

「そうかい」

「さっきからおんなじことばかりいってるわ――」と女がいった。「なんだろう、此奴《こいつ》、どんなつもりなんだろうね」

男が小声でいった。「ポケットを洗ってみな」

「さ、お出し――」と女がそばに寄ってきながらいった。「インチキじゃないよ。ちゃんと、あんたが呑《の》めっていったんだよ。酔ってたってそのくらい覚えてんだろう」

「そうかい」

「カクテル二杯、オードブルにフルーツに、あんたのウイスキー」

「そうかい、そうかい」

「じゃ、あたいが出してあげよう。手を突っこむよ」

女が背後に向かって、無い、といった。

「にいさん、家はどこだい」男が寄ってきた。「あんたのかみさんか、おやじさんにでも払って貰《もら》おう」

「そうかい」

「ふざけるんじゃねえよ。とぼけてたって同じだ。俺《おれ》たちはいいかげんなことじゃすまさねえんだから」

「そうかい、そうかい」

「おい――!」と男が凄《すご》んできた。「まァ俺たちゃギャングだが、お前は何になったつもりでいるんだ」

私はなんのよい思案も浮かばず、本当に弱りきるばかりだった。あッというまに手の方が動いたのだ。ウイスキーの瓶《びん》が、背後の洋酒棚《だな》にすっ飛んだ。それからグラスや皿を次々に投げた。

むろん私は殴り倒され、両手と両足をひもでくくられて交番までひきずっていかれたが、手も足も感覚がまるでなかった。

バーテンと女とが、こもごも警官に訴えている間、私はそばに放りだされたまま、顔をあお向けて鼻血を喉《のど》の奥に流しこんでいた。それから、本署に連れていかれた。

お定《き》まりの調書だった。でも私は、どの質問にも満足な答えができなかった。

何故《なぜ》って、ほとんど正体がなかったからだ。酔っていたわけでもないし、睡眠不足だったわけでもない。だがむろん署の人々はそう見なかった。二、三人で私をしぼりはじめた。

ずっとあとになって、この話をすると、きき手はそれぞれ私の立場になって警察側の態度をなじってくれる。私の方ばかりを飲み逃げ犯人あつかいにしているが、バーの方にもみずからギャングと公言するほどのあいまいな客あつかいがあるではないか。警察はギャングバーの味方なのか。

でもそんな感じじゃなかった。警察はただ様子がはっきりしないのでじれきっていただけの話だ。そして私の突然の昂奮《こうふん》も、そういう筋道だったものではない。とにかく、私は名状しがたい憤怒《ふんぬ》の塊《かたま》りと化した。その夜はじめて、自分が今しようと思ったことと、事実していることが一致したのだった。私は椅子《いす》からはねあがって、目の前の刑事を昏倒《こんとう》させた。それから、右手に立っていた刑事に突進した。

うおっ、というような叫びが方々で同時におこり、広い部屋の中に居た刑事たちが総立ちになった。

私は、とっさの驚きから立ち直った刑事に逆に張り飛ばされて部屋の隅まで転がった。手に、ストーブの火かき棒が触れた。そいつを力いっぱい振りまわした。署の窓ガラスが次々に割れ飛んだ。刑事たちは総出で私を追いまわしたが、私は机を倒し、書類を吹き散らして部屋いっぱいを逃げまわった。逃げていたようでもあり、眼に入る人間を火かき棒で追っているようでもあった。刑事も一般人でも区別しなかった。何に対して怒ったのか自分でもわからない。しいていえば、何もかもにだ。そうして、これが、ヒロポン中毒者という奴《やつ》だった。

まもなく私は背後から抱きすくめられ前から飛びかかられた。身の自由が失われたあとは一方的で、刑事たちの太い腕で、或《あ》るいは器物で、目茶目茶に殴られた。私は徹底した悪罵《あくば》の対象になり、獣のように血だらけにされ、意識を失って、留置場の冷たい床の上にパンツ一枚で放り出された。

二

見知らぬ男が、眼の前にふっと現われる。これまで全然会ったこともない男だ。だが私には、其奴《そいつ》が私に何をしようとしているかが、はっきりわかっている。

私をやっつけに来たのだ。むろん、夢の中でのことで、夢だと私も十分承知をしている。でもおちついてはいられない。奴の視線が当たると焼かれるように痛いのだ。そのうえ身体は金しばりにあって麻痺《まひ》したように動かない。

だから、奴《やつ》は楽々と顔を近づけてくる。頭の中がトタン板をひきずられるときのようにズキズキ痛み出し、えぐりとられそうな気がして眼をつぶってしまうが、そんなとき、いつも奴の顔が私の鼻先にきているのだ。私は顔を左右に振り、せめてのことに息を吐きかけて、すこしでも奴を遠ざけようとする。

でも、奴は去らない。勝ち誇っている。ようやく腕を曲げることができ、私は必死で、曲げた腕を奴の方へ伸ばす。奴の顔がぐらりと揺れ、視線の力がやや弱くなる。

私の腕の動きは徐々に早くなり、敵は右に左に揺れながら私のパンチを躱《かわ》そうとする。だが私も必死なのだ。ストレートをくりだし、フックで攻め、そしてボデーを打つ。奴の形相《ぎょうそう》が猿《さる》のそれになり飴《あめ》のように顔が伸びる。そうしてある瞬間に動きを止め、空中に光る汚物を撒《ま》きちらしながら、徐々に消えていく。

でもすぐにまた、べつの男が現われるのだ。新しい敵はその視線の力で烈《はげ》しく私に迫ってくる。そればかりでなく私と軌を一にして向こうも腕を振るってくる。

そのパンチが当たるごとに、ズシッズシッ、と頭にひびく。

時には長い棒や、バットなどを持って現われ、振りまわしていくことがある。

かと思うとヘルメットをかぶっていたり、宇宙帽のようなものをかぶっていたりして、なかなかくだらない奴もいる。

パンチを入れた瞬間に、知り合いの顔たとえば先夜のステテコや、死んだ出目徳の顔になっているときがある。そうして彼等も結局は、汚物を噴きながら視線の外へ沈んでいく。

どのくらいの日数を、その留置場の中ですごしたのか記憶がない。

ところがあるとき、本当に珍しいことに、静かな夢を見た。私がプロ麻雀打ちの世界に入ったときからの好敵手だったドサ健が夢に現われたのだ。

奴は、以前と同じ、くたびれた背広を着て、うす笑いしながら私を見ていた。

「やあ、上州《じようしゆう》虎《とら》や達さんたちはどうしてる。皆、上野かね、元気で打ってるかい」

「知るもんか――」と奴は答えた。「だが、変っちゃいねえ筈《はず》だよ。お前の方は景気はどうだ」

「ごらんのとおりさ」といって私は少し言葉を切った。

「――まァまァやってる。そりゃァガミ食うことだってあるが、新宿もそう悪いところじゃねえよ」

健がまたかすかに笑ったようだった。

「まァなんとでもいえよ。フン、ポン打ちになんぞなりゃがって。お前、サマ（イカサマ）がばれて、小指の印形をとられたってな」

「健さん、俺《おれ》ァ、お前がうらやましいよ」

「何故《なぜ》」

「お前は強い。お前は博打《ばくち》ン中から生まれてきたような顔をしてる。博打と、お前ってものが寸分狂ってない」

「冗談いうねえ。俺だって木の股《また》から出て来たわけじゃねえぜ」

「そうじゃねえかもしれねえが、俺にはそう見えるんだ。俺はちがう。十幾つになるまで親のところで、なまあったかく育ってきて、お素人《しろうと》衆みてえに、頭で博《ばく》打《ち》をおぼえたんだ」

「どこが、俺とちがうんだよ」

「ちがうさ。俺は技でも力でもお前に劣っているとは思わねえが、どっかで圧倒されてる。勝負をやりァ負けるだろう。俺はお前にくらべりァ、どんなに努力しても、とうしろうなんだ」

「いったい何がいいてえんだ」

「お前ばかりじゃない。誰とやっても、ひどく神経が疲れるんだ。俺はきっと、本当の博打打ちになろうと思って、博打打ちのお芝居をしてるんだよ」

「俺だってそうさ」

「健さん、こいつはお前にゃわからねえさ」

「誰だってそうだよ。生まれた時のまんまじゃ何もできやしねえ」

「だがお前はポン中になんかならなかった。俺は、博打以外に、なにかがなくちゃいられない。きっといろんなものを無理使いしてるから、そこを薬で埋めていくようになるんだろう。俺は足を洗って他のもっとつまらねえことをやった方がいいのかもしれないな」

「ああ、じゃァやめなよ。誰も頼んでるわけじゃねえ」

「俺ァ博打じゃとても生きていけない。最初にお前と銀座のオックスクラブへ打ちに行ったとき、そう思ったんだ」

「くどくどというなよ。やめな」

「やめるとも」

私は口惜《くや》しい思いで健をにらんだ。

「もう一度いうが、お前は、よくやっていけるなあ」

こんな具合にして、くたばるんだろうと思っていた。だが、くたばらないうちに、ある日、警官が房のそばへ寄ってきて、こんなことをいうのだ。

「お前の受け出し（身許保証人）が来ているぜ。支度《したく》しろよ」

身体はビクとも反応しなかった。

しかし声はきこえた。何かのまちがいだろうと思っていた。だって私は、自分の名前すらまだ告げていなかったからだ。

ここは新宿だから、国電で二駅ほど先の、すぐ眼と鼻のところに親のいる家がある。それから、知り合いといってすぐ頭に浮かぶのは、上野界隈《かいわい》に居るドサ健や上州虎、吉原に居る女衒《ぜげん》の達、あと麻雀打ちの顔見知りは多いが、まあ主《おも》にそんなところだ。

しかし彼等がここに現われるわけはない。こんな格好で、夢の中以外には会う気はないし、たとえうわ言にでも彼等の名は口に出してはいない筈《はず》だった。

「おい、房を出るんだ」

私は半信半疑でのろのろと身を起こした。警官に助けられて署の裏手に行き、番号札をブラさげて写真をとられ、指紋台帳に指をおし、それから取調べ室へ行った。

「——ママか」

新宿の酒場で〝ボタンヌ〟という店のママが部屋に居た。その店はＳ組の小菅たちがたまりにしているところで、私も薬欲しさにときどき顔を出していた。刑事からお説教をきき、ママが数え切れぬほどピョコピョコと頭をさげ、私たちは署を出た。

「小菅のいいつけかね」

「ちがうわよ。刑事が店に来て、よくここでごろごろしてる若い奴《やつ》が入ってるから、受け出してやんな、っていうんで来たんじゃないの」

「ふうん——」

並んで歩くと、ママが私の背丈の半分くらいしかなかった。小さくて、手を出すと簡単に折れてしまいそうな感じだった。年格好も大分若いし風貌《ふうぼう》も似ているわけじゃない。それなのに、ふと私はお袋を思い出した。

店の前までくると、

「入れとはいわない。でもあんた、行くところないんでしょ」

「小菅たちが来てるんじゃないか」

「昼間っから誰も来てやしないわよ」

不意に軽い眩暈《めまい》がして壁によりかかった。それでママが扉《とびら》を開くなり、店に押し入ってソファーに崩れ折れた。

「大げさな！　死にそうな顔なんかしないでよ。あんたのは、ただ薬の切れ目と栄養失調じゃないか」

「ほんとだ、大げさだな」

ありがとう、と私はいいかけた。ママがおちついて私の対面《トイメン》に腰をおろしたら、どんなふうにでも礼をいおうと思っていたのだ。

それなのに私は、こういっていた。

「ママ、薬をおくれよ」

「薬なんかないわよ」

「ないわけないよ。小菅たちのが、あるだろう」

「ない。まちがわないでよ。あたしは無関係よ。小菅さんたちとは」

「あるよ」

「馬鹿《ばか》ね、あんた。そんなこと、もう忘れるんだよ。でないと、死ぬよ」

「死んだっていいよ」

馬鹿野郎だ、俺は、そう思った。いやそう思ったかどうかわからない。とにかく夢中だった。

私はふらふらと立ちあがった。ほんの脅かしだったのだ。それが精一杯の仕種《しぐさ》で、私の体力ではそれ以上何もできるわけがなかった。

私はママの襟首《えりくび》を両手で摑《つか》んで、私の顔近くまでひきずりあげた。

「おとなしく出せよ。でないと、何するかわからねえぞ」

「出て行け！」

あの小さな身体からどうしてあんな声が出たのだろう。声と一緒に、私はがくんとママの身体をはなしていた。

「この死にぞこない。お前なんかに水一杯だってやるもんか！　さァこのまま出て行くんだ。二度と来るんじゃない。どこかそのへんの道で行き倒れておしまい」

私は素直に出て行こうとした。まったくママのいうとおりなんだ。いわれたとおり消えてしまいたかった。しかしやっぱり、私の思うとおりにはならなかった。

私は扉口《とぐち》までも一人で歩けず、ソファーとストーブの間に足から崩れおちた。そのときもう意識がなかった。

——気がついたとき、バネのはみ出た古い長椅子《ながいす》に寝かされていた。調理場の裏側の小部屋らしかった。

私はやたらに空腹を訴えて、ママが作ってくれた重湯《おもゆ》を何杯もすすった。そうして、奇妙なことに、悪い気分じゃなかった。頭にかかっていた雲が、すっと無くなったような気持だった。

私は三杯目の重湯を食いつくして、からの茶碗《ちゃわん》をママに返した。私たちは何もしゃべらなかったけれどもママは、不意にオロオロと泣きだした。

「薬はやめるよ。もう二度と打たない」と私はいった。

「ママのためにだ。あんなもの打たなくたって平ちゃらさ」

それから私はこうもいった。博打《ばくち》も、やめだ。博打をやめておとなしく生きりア、あんなもの打つ必要がないんだ。

四

一日一日と速度を増して身体に力がこもってきた。後年きいたところによるとヒロポンという奴《やつ》は、中毒性の薬物の中では比較的復調がやさしいのだそうである。しかし、なんにせよ二十日近くの豚箱《ぶたばこ》生活が大きな力になった筈《はず》であった。

それでも私は〝ボタンヌ〃の店の裏手の中二階のような小部屋で窮屈に寝て暮した。S組の小萱たちに会いたくないから店には出られない。煙草《たばこ》を買う金もないし、女にさわることもできない。ママには世話になっている手前一言もいえなかったが、元気になってみると頭に血がのぼってきちゃった。

ある夜、客らしい男のダミ声とママの声がもつれ合って店の裏手に入ってきた。私は緊張して半身をおこした。私がここに寝ていることを小萱たちが知っていやがらせをしに来たにちがいない。

梯子《はしご》をきしませてあがってきたのは意外にも、例の晩の好敵手ステテコの兄ィだった。私はなんとなく笑顔になった。

「元気になったらしいな」

「誰《だれ》からきいたんだい。小萱たちか」

「いや。警察《サツ》の奴《やっ》から話をきいて、どうもお前らしいから、ママに頼んで受け出しに行って貰《もら》ったんだ」

ステテコは、まるで友人のような眼で私を見ていた。

「そうかい。──あんたにゃ、ますます頭があがらないってわけだな」

「気にしなくたっていいぜ。俺《おれ》ァ、お前をちょっと好きになっちまったんだ。それだけのことよ。――だが、こいつあ案外大切なこったぜ。好きになるって奴はな、めったにねえこった。俺たちはいつもばらばらで、なかなか友だちを作ろうとしねえが――」

私はステテコの煙草を貰って胸の底深く吸いこんだ。

「気の合った奴と組んで仕事をするってのは楽しいもんだ。きっとそうだろう。お前もそうは思わねえか」

「ははあ――」と私はいった。「小菅の代りに、俺を買いに来たんだな」

「気にするなよ。俺ァ、友だちを買ったんだ。小菅とはちがう」

「残念だがね、仕事なら、もう足を洗う気になっていたところだ」

「ほう、そうかね」

「博打《ばくち》は結局、性に合わねえ。気が疲れるし、骨を折ってみたところでどうってこともねえや。もっと間尺に合う生き方があるだろうよ」

「それで――」とステテコがいった。「これからどうする気だ」

そういわれると私は返答できなかった。むろん、親もとへは今さら帰れやしない。ドサ健たちに泣きつくのもいやだ。

この世をただ生きていくだけなら、何をしたって餓《う》え死にはしない。だから、ずっと先のことに関しては少しも案じてはいなかった。問題は今だ。今、この部屋を出て何をするか、その工夫がつかない。

「まァなんとか工夫するよ。――せっかく見込んでくれたのに、悪いけど」

「しかし、仕事《コツ》ってのは、麻ァこ、ろ、じゃねえぜ」

「それ以外に俺の使い道があるかい」

「俺の本職の方さ。ゴト師だ。昔ふうにいやあワリゴト師、今ふうにいえばデンスケよ」

「なるほどね――」と私はうなずいた。

「博打をする方じゃなくてさせる方か」

「どうだ。こんなのんき気な稼業《かぎょう》もちょっとないぜ」

「でもあれだって習練がいるんだろう」

「太夫《たゆう》は俺だ。お前はサクラになってくれりゃあいい。俺たちの言葉でいうト、ハ、だな。麻雀のバ、イ、公ならきっと上手なトハになるよ」

私は考えた。問題は今日明日を、一人でどうしのいでいくかなのだ。とりあえず、此奴《こいつ》とツルんでこの部屋を出て、それから先のことをじっくり考えるか。

「正直いうと、なかなかいいサクラが居ないんだよ。お前なら打ってつけだ。こいつァ俺の方から頼むんだ。決してお前を見くだしていってるわけじゃねえ」

（東京に居たんじゃどうせ同じことをやっちまう。知らない土地で一人で暮してみよう。今はともかく此奴《こいつ》と一緒にとんずらして――）

「わかった――」と私はいった。「あんたのおヒキ（相棒）になるよ」

ステテコは笑いながらうなずいた。

「さあきまった。それじゃママには俺からナシを打っといて（話をつける）やる」

「ことわっとくが、世話になったからって忠義立てするとは限らないぜ。そんなの人間じゃねえ、犬だ。俺ァ勝手に生きるんだ」

「いいとも」

彼はポケットから紙にくるんだものをとりだし、中の小さな紙片を私に見せると両手で千切《ちぎ》って屑箱《くずばこ》に放りこんだ。私の小指の手形だった。

「これまでの貸しはすべてパアってことだ」

五

ステテコの名前は小道岩吉といった。岩吉と私は松つぁんという石鹸《せっけん》売りの軽三輪の荷台に乗せて貰《もら》って御殿場《ごてんば》市に行った。

サンズンの上で商いをする普通の露店商とちがって、私たちの場合、祭礼や物日《ものび》にはこだわらない。といって場所を選ばぬというわけにもいかない。ちょいとした刺激を求めている人種がうようよしている道すじでないと困る。ちょこちょこっと現われて彼等の心と財布をくすぐり、風をくらってたちまち姿を消す。このへんの案配がむずかしい。

御殿場は当時、駐留軍で支えられていたような町だった。ＧＩはいったんことがもつれると言葉が通じない関係で命が素っ飛ぶようなこともあるかわり、最初の釣《つ》りこみが日本人よりやさしい。呼吸が合うまでＧＩで練習するに限る、と岩吉がいった。

私たちは地の利を考え、曲りくねって抜けられる路地から数間はなれたところでおっぱじめた。最初のネタは〝もなか〟だった。

「さァようく見ておくれ、こいつは、振って、何も音がしないだろう。これをこの手のうえにこうおくよ。もうひとつ、こいつも振って音がしない。最後のこれだ、ほうら、カラカラと音がするだろう、中にセルロイドが入ってるせいだ。これだよ、ようく見ておくれ。これを当てたら受け目だよ。いいかい、こうおくよ」

岩吉の左の掌《てのひら》の上に、盃《さかずき》ぐらいの大きさのまるい最中《もなか》を三つ並べておく。そのうえに、右の掌をかぶせ、ひっくりかえすと、右手を引く。続いて上になった左手をあげると、三つの最中が小さな台の上にのっている。

「さあ、どっちだ、よく見張っとくれ」

べつに考えこむほどのことはない。掌をひっくりかえすだけだから、たいがいの客は見当がつく。

「これだ――」

だが、きっと当らない。当るわけがない。岩吉の右掌の中にもうひとつ隠されていて、かんじんの奴《やっ》とすり変えているのだ。台の上の三つはどれも音なしの奴ばかり。

「やァ残念だねえ、こっちだ、こっちだ。ようく見てなくちゃだめだよ。これは音なし、これも音なし。カラカラは、ここにおくぜ。――はい、どっち!」

岩吉がやっていることは、花札《フダ》でいう吊《つ》り技、麻雀でいうエレベーター、つまり握りこみの技巧だ。三つ並べたうちのどの部分にかんじんの奴をおいても、右手の肉も筋も動かさずにすり変えるためには、掌の中で三か所は吊れる（隠す）ようにならなければならない。子供だましのようだが、小豆や紙粒を使ってやるひいひい博打《ばくち》よりはブツが大きいだけむずかしいのである。

そのほか、客の顔色を読んだり、往来の様子にも眼をくばらなくてはならぬ。これにくらべれば私の役はずっとやさしかった。ときおり、カラカラ鳴る奴をちゃんとおくことがある。岩吉のセリフによく気をつけていて、セリフの中にある丁符（サイン）でそれとわかったら、

「よし、此奴《こいつ》に張ろう」

つまり受かる真似《まね》をする。丁符は麻雀で慣れているからやさしい。

万一、私が張ったところに他の客が張ってきたら、岩吉がすかさず、

「お客さん、こっちは胴だ。張り目の多い方を客にするぜ」

客が二十円と張れば三十円、向うが四十円とくるとこちらは五十円といく。どうせ仲間のやりとりだからいくら張っても身は痛まないし、こんな街頭の小博打にそこまで張りこむ客もいない。

ひとしきり稼《かせ》いだところで、アツくなってねばりこむ客を散らすために、人垣《ひとがき》のうしろに出た私が「デカ！」と叫ぶ。（御殿場ではＧＩにとおりよくするために「ポリス！」といったが）岩吉が素早く台を小脇《こわき》にさげて路地に走りこむ。それだけの話である。

まァ普通は、当時の金で五円か十円のやりとりである。客のふところがそう烈《はげ》しく痛むわけではない。そのうえ本物の巡査がとおりかかることもある。

そういうときのために、前もって、ところの親分に頭をさげ、あがりの何割かを届けると、張り番を一人つけてくれる。あれやこれやで慌《あわ》ただしい稼業なのである。

御殿場はＧＩよりもパン助たちが面白がって突っこんで来、予想以上のあがりがあった。翌日は小田原競輪の退《ひ》けどきに立った。これもまァまァの出来だった。

岩吉がいったとおり、暢気《のんき》な稼業といえぬこともない。しかし自分で博打を打ち続けてきた私にとっては、物足りなかったし、非道なことのようにも思えた。すくなくとも、これは闘いではない。ごまかしだ。

「てやんでえ、お前たちの仕事麻雀《コツまあ》はごまかしじゃねえのか。客の顔色を見て根こそぎとるくせに。こんなのは罪が浅い方さ」

「そうじゃねえんだ。罪の問題じゃないよ。相手のことなんか最初から考えてない。どういったらいいのかなァ。要するに、こっちの充実感の問題なんだ」

岩吉は、これまで私がつきあってきた無法者、たとえばドサ健などにくらべてかなり古風な人柄だった。そこが、安心もできると同時に、ごく浅い交情になってしまう。

「じゃあ、何故《なぜ》――」と彼がいう。「ポン中になった。麻雀で充実したんなら、何故足を洗おうなんて考える」

「そうだなあ、そういわれると一言もないよ」

と私はいっておいたが、実はべつなことを考えていた。

(――このぶんじゃァ何商売に鞍《くら》がえしても続きそうもないな。気が狂うまで博《ばく》打《ち》をやるより手はねえかな――)

六

三島《みしま》では失敗した。雨と寒さで人出がなく、旅館代がそっくりガミになった。岩吉はそれでもべつに機嫌《きげん》をそこねたふうもなく、沼津《ぬまづ》で口直しをしようや、という。

彼の言によれば、沼津は非常に博打のさかんなところらしい。地熱のように、博打熱がふつふつしているにもかかわらず、新しい遊びになりはじめていた競馬や競輪競艇《きようてい》などが近郊にない。だから蜜《みつ》をたらしている花みたいなものなんだそうだ。

街を一見しただけではどこがそういう感じなのか私にはわからない。だが岩吉は一人で弾《はず》み立っていた。

「なァ、見ろよ、この街の感じ。中華饅頭《まんじゆう》みてえに甘ったるくふくらんでるじゃねえか。どこに立ったってすぐに、わっとカモが集まってくるんだよ」

「本当かねえ」

「組にいた時分、何度も遊びに来てるんだ。ばった巻きでもサイコロでもいい場が立つ。ゲンのいい町だよ」

駅前から出ている市電に沿って港の方へ少し歩くと、右手に壮大なヤミ市があった。

バラックの映画館の横手で、岩吉は開帳をはじめた。今日はピースの空箱を使ってやるモヤ返しという奴《やつ》だ。

「さァちゃんとよく見ておくれよ。この箱が裏側に窓があいてるんだ。こいつは窓があいてない。こっちものっぺらぼうだ。こいつがこう来て、ひょいひょいとこうなるよ。さあどっちだ！」

岩吉のいったほどには人が集まらない。夕方で、気温がさがりはじめていたせいかもしれない。チラホラと、二、三人が寒そうに立った。

「簡単だろう、ようく見てりゃァすぐわかる。ひょいひょいと、こうなるんだ。当たれば倍返しだよ。さァ当てとくれ」

誰《だれ》も手を出さなかった。仕方がないから私が張った。

「ホラ当った。にいさん眼がいいね。テンで当てりゃあ運がつくぜ」

こいつは〝最中《もなか》〟とちがって、窓を開けた箱がチャンとおいてある。いかさまじゃなくて眼の錯覚を利用するわけだ。箱を二枚重ねて持ったときの処理と手の動かし方にコツがある。

「さァ今度は当るかな。こいつをこっちへ飛ばしたよ。こいつがこうなって、ひょいひょい、と。そっちの兄さん、ただ見てるだけじゃもうからないぜ」

向かいの屋台で餅《もち》をほおばっていた四十格好の坊さんが、ぬっと立ちあがって傍《そば》へ寄ってきた。

私のすぐ横に立って、じっと岩吉のさばく箱の動きに眼をとめている。変な野郎だなという眼で、チラリと岩吉がこちらを見た。坊主とモヤ返しじゃ取り合わせがわかりすぎていて絵にならない。

およそ十分あまりも見ていたが、

「あんさん、張ってもええか」

「いいとも」と岩吉が答えた。「誰だってかまわねえよ。どんどん張って儲《もう》けてくれ」

「よっしゃ、じゃあ、これや」

坊主はまん中の箱に十円張った。それに釣《つ》られたように、戦闘帽の男が右側の箱に張ってきた。

「また当った。沼津のお客さんは怖《こわ》いね。これじゃあ胴がひとつも受からねえ」

坊主は金を受けとると、ペッと唾《つば》を吐いた。

「――さァどうだ。今度も当てるかい、お坊さん」

「そうやな、こいつやろな」

坊主は手にした二十円を無雑作《むぞうさ》に左側に張った。岩吉が深々とした眼でそれを見ていた。

「それか、定《き》めたんだね」

「おう、わいは坊主や、迷いやせん」

岩吉はだまって二十円つけると、手早く箱を集め、二つを中指で抱いた。私は坊主より岩吉の方をみつめていた。奴《やつ》の表情が、いつかの夜の麻雀のときのようにきつくなっている。

たしかに岩吉の手さばきにはこれまでにない気合がこもっている。

「他のお客さんはちょっと張らんといてくれ。しばらくこの坊さんと勝負するかちな」彼の掌から、ひらりひらりと箱が飛んだ。

「さァ、どっち！」

「こいつやな」

坊主は四十円を右端へ移した。

たまりはじめた客が思い思いに嘆声を発した。今度も右端に窓つきがあったからだ。

「ほう、ついとるな――」と坊主はいった。

「今度は八十円の勝負や。胴は受けるかな。もしいやなら、やめてもいいのンやが」

「そうはいかねえ、こっちだって乗りかかった船だ。いくところまではいくぜ」

（この野郎、本当に坊主なんだろうか――）
と私は思っていた。これが他の風体《ふうてい》ならば、元同業か何かがアヤつけに来ると
も考えられる。だが相手は坊主だ。坊主がまさか、モヤ返しの玄人《くろうと》だったとは思
えない。では何だろう。単なる馬鹿つきか。それとも異常に眼がいいのか。
「どっち！」
「――まん中だな」
と坊さんははじめて、やや考えこみながらいった。
「今度のはちょっとむずかしかった。あんさん上手やな。だが、まん中やろう。
わいの勘はまだはずれたことがない」
私は拳固《げんこ》を作って、二つほど空咳《からせき》をした。
（怪我《けが》を大きくしないうちに、ずらかろうか――）
というサインだ。岩吉が、かすかに首を横に振った。ずらかるには、デカだ！
と一声あげればよいのだ。
台の上の金は百六十円になっていた。坊主は腕を組んで微動だもしない。
「坊さんどこまでやるつもりだね」
「あんさんは気分がええ、負けて難くせをつけないのも気に入った。こういう稼

業では〝我慢〟が大事なんやろ。まァ我慢しなはれ、わいはどこまでもいく」

私も似たようなことを思っていた。岩吉という男は古風だが、こんなときの態度は立派だ。

「好きなんだなァ、坊さんも――」と岩吉が苦笑しながらいい、そして不意に真顔になった。

「じゃあ、どうだね。もっと本格的な勝負をしないか」

「勝負って何や。サイコロかね」

「麻雀さ――」

「へえ、麻雀か」

坊主はやや意外そうな顔になった。

博打《ばくち》列車

一

うそ寒い夕風に乗って焼とりの煙が流れてくる。

「善はいそげだ。やるなら早いとこ打《ぶ》とう」

と岩吉は張り切ってデンスケの台を片づけだした。

「俺も子供だましの大道芸にはあきがきてたところさ。だが、この辺に雀荘はあるかな」

坊さんはそれに答えず、じろりと私の方を見た。

「こっちのあんさんも、仲間か」

「ああ、そいつはサクラだ。でもサクラは臨時でね、本芸は麻雀だ。ちっときびしいぜ」

「本芸なら本芸だけをやっちょれ。余分のことに手を出すと、わいみたいな破戒《はかい》僧になるよってな。はっはっは」

　そのとき人通りを横に縫いながらこちらに駆け寄ってきた小娘があった。

「クソ丸さあん――」

　まだ十六、七。眼玉《めだま》のでっかい、お下げ髪のかわいい少女である。

「逃げちゃ駄目《だめ》じゃないか。あたい本気にしてたのに」

「どうもな、女物の店に入ってくゝのはかっこわるいやんか」

「誕生日なんよ、あたいの――」と彼女は私の方を大胆にのぞきこんでいった。

「坊主のプレゼントって何くれるんやろ」

「おい、打つのかね――」と岩吉がいう。「それともデートか」

「打つぞ。さあ来い、雀荘なんてつまらん。俺たちの宿へ行こう」

「ははァ、サンマァ（三人打ち）か」

「いいや、このあんさんがやるんやろ」

「もうひとりは？」

「このドテ子がやるわい」

　先に立って大手町の通りを築港の方角へ歩きはじめた二人のうしろで、ヘッ、と岩吉は唾《つば》を吐いた。

「クソ丸とドテ子か、ひでえ名だ、まるで漫才師だな」

「名前なんかどんなんでもええわい。それよりも裸にならんよう用心しな」

右へ折れて特飲街の臭《にお》いがするごちゃごちゃした道筋の小さな旅館に入った。

むろんバラック建てで、スカスカと風がとおるような家だ。

二階の一室に入るとクソ丸は大きな声で女中を呼んだ。

「この卓の上に毛布をかけてくれへんか。すまんな」

部屋の隅《すみ》においてある信玄袋から、大事そうに麻雀牌をとりだした。

「なんだ。道具ご持参かい」

「おお。けどガン牌はあらへんから、安心しな。俺《おれ》はそんなケチな真似《まね》はせん」

「どうかな。怪しいもんだが、敵地へ来たんだからしようがないな」

「ええと、あんさんたちのは、関東の長麻雀やな。半チャン制か」

「うん。しかし何だっていいよ。関西ルールでやるか」

「あかん。ブウやったら俺が勝って当り前や」

ブウというのはそのときまだ私には耳新しい言葉だった。しかし私はだまって彼等のやりとりを眺《なが》めていた。

(――こんな、女の子と打つのか。畜生《ちくしょう》なめやがって)

結局、中間をとって、点棒を使わず一局現金《キャッシュ》制で行こうということになった。半チャン区切らずにアガっただけ金をやりとりするルールで、以前私も日本橋《にほんばし》のクラブで死んだ出目徳や清水と打ったことがある。

「俺も時間があるでな、今夜はおそうまでやって居《お》れへんのや」

とクソ丸がいった。

クソ丸が起家、以下岩吉、私、ドテ子の順。

「へえ、いい牌だな」

私はお世辞抜きにいった。象牙《ぞうげ》らしい。すこし小ぶりだが、ツモると牌面が指に食いこむように柔軟な感じだ。

「親父《おやじ》さんの形見なのよ」とドテ子。

「なんだ、お前さんのか」

「当り前や、俺はこれでも禅坊主《ぜんぼうず》でな、個人じゃ何も所有せん」

「ロン——」とドテ子がいった。

序盤の三巡目だ。白板《パイパン》を振った岩吉が眼をパチッと開いた。

「浅間《あさま》の鴉《からす》、っての、どや」とクソ丸。

「なんだい」

「あさましいに、阿呆《あほう》が重なってるんや。人の顔見ただけで、やろうやろうって男にろくな者は居らんよ」

「チェッ、やろうったのはお前じゃねえか」

「ロン——」とまた、ドテ子がいった。

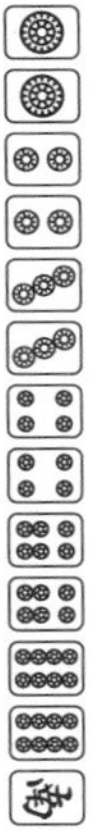

また早い。今度は四巡目だ。打ったクソ丸が、ほッ、といって満貫分の銭を払った。
「誕生日のプレゼントや。しっかり貯《た》めときや」
久しぶりに牌を握った感じで、私はまだ調子が出なかった。

ちょっと考えた末、を切ってリーチをかけた。まだ手の伸びる余地はたくさんあるが、伸びれば見えすいた手になる。親だし、連風牌がアンコなのだ。初

顔が二人居て、まだ序盤だから、ひっかけ気味にいこう。

これが私の捨牌だった。ドテ子が男の子みたいな仕ぐさでを振ってきた。

「きたこらさ、それ！」

そのを食って、クソ丸がを出した。

「ほな、これか！」

といいといい、なめた仕業《しわざ》だった。私は索子《ソーズ》一色のリーチとにらみを利かせたつもりである。但《ただ》し切りの即リーチと出たところがあまりにそれを物語りすぎてかえってその裏と読まれたかもしれぬ。

二巡後、を持ってきてクソ丸のピンフ一気通貫に打ちこみ、私はやっと顔をひきしめた。

二

おや、と私はいった。まん中に〝丸〟という字を彫った牌が一枚まざっている。

「やっぱり、クソ丸さんの牌じゃないのか」

「それか――」とクソ丸が答えた。

「この子の親父は、ポン丸いう芸人やったんや。その字はポン丸の丸じゃよ」

「はじめてこの坊さんと会ったときね――」とドテ子がおかしそうにいった。

「河原でじっとしゃがみっきりだったのよ。つまり生理現象ね」

「そうや、あれは荒川の土堤《どて》やったな」

「おっさんの野糞《のぐそ》はね、しゃがんだまま場所を少しずつ移動しなければならないのよ。だって太いのがどこまでも千切《ちぎ》れないで、にゅうッと出てくるんですもの」

「健康なんや、俺《おれ》は」

親が二回りしたところで場所交代をする。今度は岩吉、クソ丸、ドテ子、私の順。相変らず向こうの二人がよくあがる。彼等のあがりは早くて大きい。

しかし岩吉が、はじめて会心の一発をやった。国士無双のダブルリーチをツモったのだ。

「場所を動かなくたって――」と岩吉はすこし機嫌《きげん》を直していった。「大丈夫だろう。あれはとぐろを巻くもんだ。うまくできてるんだ」

「とぐろは巻かないの。太くて巻けないのよ」

「いつも見てるのか」

「見てるわけじゃないけど」

「なるほど、それでクソ丸か。じゃ、ドテ子ってのは？」

「そのとき、あたいは堤でお客と寝てたの」

「へええ――」岩吉は呆《あき》れたように少女の顔を見た。「子供のくせに青カンか」

「アオカンにシロカンに――」とクソ丸がいう。「中がありゃァ大三元か」

「あっちの人、今、そんな手が入ってるんじゃない？」

私は笑った。「そうかい？　何故《なぜ》わかる」

私はやっと調子が出はじめたところだった。手の速度、威力が相手に追いつついてきたのだ。二、三局前から上り調子だった。で、ちょっと仕込んだのだ。むろん洗牌のときオール伏せにするからむずかしいが、伏せた奴《やつ》をガンづけて白発中二枚ずつ、うまく掌の下に入れて他の牌と混ぜなかった。

仕込んだのは二枚ずつだったが、皮肉なもので、緑発《リューファ》と白板《パイパン》は配牌でアンコ、そのうえ序盤でもう一枚ずつ持ってきた。

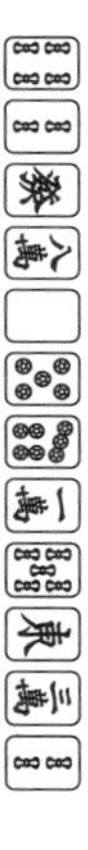

ツモが利きだしたので牌を贅沢《ぜいたく》に使って大丈夫と見て、最初から迷彩のための索子を切りだした。事実ツモは利いたが止めのロン牌をつかめないうちに中盤をすぎ、岩吉はリーチをかけ、ドテ子は万子《ワンズ》一色をテンパイしているようだった。

「何故《なぜ》だい。発や白を振ってるんじゃねえか」と岩吉。

「でもあれは二つともツモ切りよ。あんな変な捨牌で、中を鳴いてて、早くに無《む》雑作《ぞうさ》に切るかしら」

フフン、と坊主がうす笑いをした。

「他の飜牌は皆切れてるわ。それなのに八萬が手から出たあとは、オールツモ切りよ。リーチにもおりないわ。あたしの万子も怖がってない。なんの手であんなに向かってるの」

「ドテ子は索子を振ってもうて、テンパイしきれんのや」とクソ丸がいった。

「そのくらい、このあんさんも読んどるわい」

その回は流れた。私は親だった。しかし、仕込みはもうやめた。良心がいたんだわけじゃない。この顔ぶれなら、仕込みも芸の内、くらい百も承知だろう。相手もどんな芸をやってるかわからない。

仕込みをやめたのは、派手な手が不利だとさとったからだ。派手な手は、どうしても牌相のどこかにチラッと様子が現われる。読む奴《やつ》は読む。平凡な手がいい。平凡で、しかも重たい奴が。

メンタンピンだ。三色同順だ。それもスンナリとストレートにまとまった手がよい。

たとえばこんな捨牌でリーチをかける。なんの工夫もないこういう奴が一番読みにくい。工夫するから、読まれるのだ。しかし、普通はどうしても浮き牌が出てくる。とあるとこのの処理を考えなくてはならぬ。どこで捨てれば、四七筒のテンパイと読まれなくてすむか。工夫して、一番四七筒が安全に見える形で捨てても、それが四七筒の証拠になる。つまり、手の弱点になるのである。

どうすれば弱点のない手が来るような状態になるだろうか。それは細かくあがっていくことだ。来る手をロスなく点棒に変えていく、その積み重ねが、弱点のない、しかも重い手を招来する要因になるのだ。

私や岩吉のように関東麻雀の一チャン制、半チャン制で育ったものは、あがることよりも、どうしても手の威力に重点をかける。そのため全体的には流動性をなくしてしまうことが多い。つまり、大振りでなくては中心打者になれないのである。

東のゲンロク、西のバクダン（六間《ロッケン》）という。一枚ずつ仕込み牌をツモって仕あげるゲンロクは関西ではあまり使われない。ペースが早く、ツモが狂うからだ。関西では、一度にどっと手に入る爆弾やスリカエ業が発達するのである。

関西系の麻雀打ちと手合わせをしたのは私はこの夜がはじめてだった。私の胸が急にときめいてきた。

（そうだ、あっちにゃ俺の知らない博打《ばくち》の新天地があるぞ――）

ヒロポンと同時に博打もやめると誓った夜のことなど綺麗《きれい》さっぱり忘れていた。

三

「青カン見つかって、坊主に説教されたか」

「説教、何故《なぜ》？」

「何故って、坊主はそういうときに説教するもんだ」

「そうなの。でも、博打は教えてくれる。一緒にいると面白いわ」

「博打だけかい、他のことも教えるんじゃねえか」

ふふふ、ドテ子は笑ったきり。あべこべに岩吉が頭に来てしまったらしい。

「チェッ、なんでえクソ坊主。お前はこの子のＰＴＡなのか、ヒモなのか。どっちなんだ」

しかしクソ丸はもう二人の軽口の仲間には入らなかった。いくぶん顔がひきしまっている。上げ潮に乗った私が、打法を変えてきたことを素早く感じとったのか。

私は親で四連チャンしていた。当然のことだが、手に速度がついてくると、相手の手作りが制限を受けてくる。こちらに合わせる手作りになる。これがよろしい。攻撃は最大の防御《ぼうぎょ》なりで、相手のペースのときには速く重かった敵の手が、此方《こちら》のペースになってくると、速く軽い手になる。そこで、もうひとつ私が考えねばならないことは、速いペースにして相手の手作りが軽くなった頃合《ころあい》に、今度はこちらが重い手を志すのである。

敵は軽い手、こちらは重い手。失敗して打ちこんでも損害は軽微。成功すれば収入多大。麻雀は結局、重い手を作った方が勝ちだが、そのセオリイは以上のような段階を踏んではじめて完璧《かんぺき》なものになるのではあるまいか。

だがまだその一段階前だった。もう一押し、二押し、相手に速いペースの脅威を与えなければならぬ。

クソ丸は、あきらかに変化を感じとっていた。まず親をおとすことだ、彼はそう思ったにちがいない。だがこの場合、それは同時にクソ丸の手を軽い手作りにしていた。半チャン制とちがって終りがないから、トップ逆転のための重い手作りがない。この辺が私は恵まれていたのだ。

クソ丸と私が緑発と東を鳴き合った。私の手は、

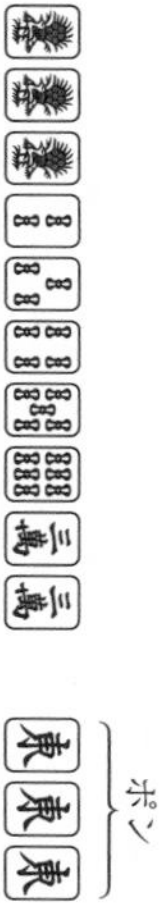

クソ丸の手は何だったか。私の眼にはやはり同系統の索子に見えた。彼が珍しくツモって考えこんだ。そしてを切った。私が牌を倒しかけるのを見て「しまった――」

と叫んだ。クソ丸の手は、

すぐ崩《くず》してしまったがこんな手らしかった。をツモって考えこんだらしい。してみれば、一四七索三万、私とそっくり同じ待ちではなかったか。彼も私の手を索子手に読んだ。だが、ここでひと足早く手を崩すのが、私のペースになっている証拠なのである。

麻雀には点棒によって眼に見える勝敗がある。しかしそれよりももっと本質的な勝負が、ここでついたといってよい。

クソ丸は私の手を眺め、はっは、と笑った。「負けたよ。完敗だ」

「負けたァ?」ドテ子はとがった声を出した。「たった東一飜の手じゃないの」

「いや、負けた。まァ勝敗は時の運や。俺《おれ》は坊主で博打《ばくち》打ちじゃないから、こんなことというて笑うておられる。はっは」

岩吉も私もだまってクソ丸を眺めていた。

「さァ、今何時や――」クソ丸は腰のあたりから大きな時計をとりだした。「うむ、もうあかん。まだやりたいがの、今夜は夜汽車に乗らなきゃならんのでな。ま、星をひとつ預けとこう」

「旅かい――」

「そう、面白いのよ」

とドテ子がいった。

「夜汽車で朝まで博打をやるの。大阪まで行って、向こうで昼寝て、また夜汽車で打ちながら東京まで戻るのよ」

「なんだい。汽車の中でやるって?」

その頃、東京を夜の九時半に発車する大阪行最終の鈍行があった。典型的な夜汽車で、東京からは学生や、出張旅費を浮かそうとする若いサラリーマンが乗る。途中名古屋あたりから通勤列車に変るのである。

信じられないかもしれないが、その頃、警察の眼《め》をのがれるためにある貸元が団体を作って客車をひとつ借り切り、夜じゅう、賭場《とば》にしたことがあった。むろん車掌《しゃしょう》の眼には触れないよう両側の客車に立ち番をおいておく。

沼津駅が一時半着。その列車に、クソ丸とドテ子は乗りこむという。

四

東京駅を夜の九時半に発車する大阪行最終の鈍行が沼津に着くのが夜半の一時すぎ。

クソ坊主とドテ子はそれに乗りこむといって荷物をまとめて部屋を出ていき、代りに岩吉と私がその木賃宿に泊ることになった。

蚤取粉《のみとりこ》の臭《にお》いのするうすい蒲団《ふとん》に足を突っこんだまま、私はなんとなくぼんやりしていた。久しぶりに打った麻雀の昂奮《こうふん》がまだ残っていてすぐに寝つかれそうもない。

「おい、お前——」と岩吉がいう。「何を考えてるんだ」

「いや、べつに——」

「俺《おれ》に遠慮することはねえんだぜ。行きたかったら、行きゃァいいんだ」

私はまっすぐ岩吉の顔を見おろした。

「坊主と一緒に行きたかったんだろう。俺に義理を立てることはねえさ。恩義立ては嫌《きら》いだった筈《はず》だぜ。俺だってそんなもの、こそばゆくって嫌《いや》だ」

「でもサクラが居なきゃ困るだろ」

「東京からすぐに呼ぶわい」と岩吉は笑っていった。

「打ち明けりゃ、サクラなんか誰だってよかったんだ。お前の本芸は麻雀だろ。本芸なら本芸だけをやっちょれって、あの坊主もいってたが、奴《やっ》のいうことに嘘《うそ》はねえ。早くいけよ、今ならまだ走れば駅までに追いつく」

今日までの日当だ、といって岩吉は札《さつ》を投げてくれた。私は身仕度《みじたく》をすると、岩吉の眼を見てひとつ頭をさげ、木賃宿を出た。

烈《はげ》しい夜風に逆《さか》らって駅まで一目散に走った。駅の大時計が一時二十分を示していた。私が地下道を走っているとき、列車到着を知らせるスピーカーが鳴りはじめた。

「おうい――」

ホームに居たのは駅員と彼等だけで、しかもドテ子が此方《こちら》を向いていた。おっさん、と呼びながら私は駆け寄った。

「俺も一緒に、この汽車に乗せてくれ」

「どう、あたいの勘《かん》はやっぱり冴《さ》えてるわね、きっとあとからくるっていってたのよ」

　クソ丸は何もいわなかったが、べつに拒絶する顔色でもないので、私は彼等のあとから列車に乗りこんだ。

　話ではたしか、一台だけ貸切りになっているようにきいたが、その函《はこ》はそんな様子はなかった。

「打《ぶ》つ話をきくと、じっとしとられんのやな。あんさん、だがこれは、麻雀とちがうぞ」

「なんでもいいよ。俺は、関西に行ってみたいだけなんだから」

　私たちは寝ている客の間を歩いて車内を移動していた。クソ丸は、わざとべつの函に乗ったらしい。

　客車の隅に居た若い男が、クソ丸を見て立ちあがると、あいそのいい声を出した。

「ようこそいらっしゃい――」

　すると連結器の所に居たべつの男が顔をのぞかせて扉《とびら》をあけた。二人とも立ち番らしかった。

「やあごきげんさん。場はふっ立ってまっか」

「へえ小田原《おだわら》あたりから湧《わ》いてますわ」

私たちは連結器の男について車内に入った。

窓のブラインドは全部おろしてあり、煌々《こうこう》とした電灯の下で、中央の五つ六つほどのボックスに皆集まっていた。通路のところに五、六間のベニヤを張り、白い布をかぶせ、その上に花札《ふだ》や札《さつ》が散っていた。

フダ巻きの、さァどっちもどっちも、という低い声がきこえる。なんの飾りもない三等車（現在の普通車）だが、スチームだけはむっとするほど利いていた。

「おや――」

とクソ丸が呟《つぶや》いた。

「三角さんはどうしたね」

「へえ、三角の貸元は――」と連結器の男がいった。

「ひと月ほど前に引退しまして、今度、利三郎が跡目を継ぎましたんで。今夜、あそこで胴をつとめておりやす」

「さよか、三角さんは居ないのか――」

クソ丸はちょっとあたらしい胴元を眺めていたが、やがて一番端の席に三人で腰をおろした。

私は小声で訊《き》いた。

「あとさき（ばった）かね」

「そうや——」

「考えたもんだなァ、夜行を借り切って賭場《とば》にするってのは」

「国鉄さんには内緒やがな、稼業《かぎよう》のためなら、ご時世に合わして皆考えるさ」

「これなら街の賭場《とば》とちがって手入れ《ガサ》はないやね」

「それもあるが、近頃《ちかごろ》は競馬競輪に客をとられてもうて、こういう場はさからんよってな、なんか珍しいことを考えな、人が来よらんのや」

それからクソ丸は、呟《つぶや》くようにくりかえした。「そうか。三角の貸元がなァ、ひきなはったか」

「やあ、お強いの、現われなすったね、へへへ」

いつのまにか私たちの横に立った三十男があった。三ツ揃《ぞろ》えの背広と同色のネクタイをきっちり着こんでいる。だが中折れ帽子《ぼうし》はあみだだし、耳の下から顎《あご》にかけて長い傷痕《きずあと》がある。それに眼はすこしも笑っちゃいなかった。

「また、場をかっさらっていくのかね、この前みたいにさ。まったく坊さんでなかったら、とっくにうらまれてヤミ打ちにあってるよ」

「三角さんは、なんでひきなはったんや」

「使いこみ。うん。近頃はこの世界も世智《せち》がらくてね。貸元だってダレてりゃこうですね」

男はチョンと自分の首を切る真似《まね》をしてみせて、からからと笑った。

「あかんな。一度挨拶《あいさつ》に行かにゃ」

「でもこの一家にとっちゃいい傾向だよ。なんせ稼ぐ才覚のなかった人だからね。身銭《みぜに》で客を遊ばしてたようなもんだ。身銭のあるうちはそれもいいよ。――第一、客がみんな受かっちゃうんだから、うちあたりみたいな回銭屋はいつもあがったりさ」

「それでええのさ。回銭屋が受かるような場じゃたまらんわ」

五

裏が黒と茶の二組の花札を、それぞれよくシャッフルした末に、フダ巻きが掌《てのひら》の上にのせ、いい感じに間をあけて、ざっと横倒しにする。

ナメ尻（最後尾の札《フダ》）二、三枚を上に持って行き、さらに中程から二、三枚を引き抜いてその上にのせる。イカサマ無しという心持ちを見せるのである。

そのあとで、左右の指先で一枚ずつ押し出し、三枚一組になった奴《やつ》を、一方は手前（サキ）に、もう一方はその向こう側（アト）におく。ルールはオイチョカブの要領で三枚の合計数（乃至《ないし》はその端数）が九に近い方が勝ちである。

客はアトかサキか好みの方に賭《か》けるが、実に簡単明瞭《めいりよう》なもので、オイチョカブにおける三枚引きか否かの興趣もない。そのかわりまったくの運否天賦《うんぷてんぷ》、ホン引きとちがってどんな素人《しろうと》でもすぐに加われる。

たいがいは、モクといって白黒の碁石《ごいし》がその左右においてある。これまでにアトが何回出たか、サキが何回出たか、一見してわかるようになっているのである。

「さあないか、アトが足りないよ、アトないか、ないかないか――」

モクは黒（サキ）の石が大分すくない。アトのツラ（続いて目が出ること）なのかもしれない。クソ丸もドテ子も、しばらく見《ケン》を守る気らしく、手を出さずにじっと盆を眺めている。

「はい、コマ揃《そろ》いました」

「勝負――」

という胴の声が低くひびく。

札をおこすと、アトが五三一、サキが四五六。

「はい、アトです。アトにつけます」

賭金《ツク》が投げ交わされ、フダ巻きが手早くアトに張ったコマに合わしていく。

ドテ子が前の座席に移ってキラキラと眼を光らせながら、千円札が乱れ飛ぶさまを眺めている。すると回銭屋の板倉が、彼女がそれまですわっていたところへスルリと身を割りこませてきた。

「どうだな、馴染《なじ》み甲斐《がい》にひとつ相談があるんだけどね」

「馴染みって、儂《わし》は高利貸しとは心安うしとらん。勝負したことのない人間は嫌いさ」

「ウヘヘヘ、いってくれるわさ。だけどさ、こりゃお互いいい話だと思うんだよ。つまり客は大阪へ行って東京にまた戻るまで、賭場《シキ》に身柄をあずけてるようなもんだろ。途中で、おいもう帰るよ、が利かねえや。あんたの腕ならいくらだってとれる。気合を入れてひとつ大きく張ってくれや。大きくとれた奴が俺《おれ》ンところにコマを都合つけに来たら、利子は折半《せっぱん》だ。どんどこどんどこ金をまわして、株式会社でひとつ稼ごうや」

「大きく張って、儂がとられてもうたら」

「大丈夫だよ、あんたは負けやしねえ。回銭屋が見こむことにゃァ、万に一つもまちがいはねえよ。だが、途中いけないことがあったら利息なしでいくらでもまわすよ」

　フフフと、クソ丸が笑った。

「なるほどな、ほな、儂《わし》が勝って相手をハコテンにしてもうたら、賭金《ツク》と金利と両方入ってくるというわけやな」

「そうさ。たまには俺にもいい目を見させてくれよ」

「あかん。おもろないわ――」とクソ丸はいった。「金利ちゅう奴《やつ》が、好かんでな。勝負に勝つだけで結構や」

　板倉が、ツと身体を離して前の座席に移った。以上の会話はむろんほんのささやき程度だ。いくぶん硬い表情だが二人とも何もなかったように煙草《たばこ》を吸っている。

　うおッ、というような嘆声が客の間からあがった。アトヅラらしい。アトの勝ち目がもう六回も続いている。

「ねえ、何回続くと思う。あたい見てて、ツラの切れ目のとき、さっと行くわよ」

「うむ、よかろ、だがそのあとは儂にまかしときや」

私はそこで口を出した。「彼女は勘は百発百中かい」

「まあな、鋭いが、あの勘はまだ本物やない。生命力みたいなもんやで、もうちょい大人になれば消えちゃうわ」

「本物の勘というと？」

「自然から出て自然に戻る、要は自然の理を生かすことや。けど、その過程《プロセス》が問題でな、自然そのものの力は徐々に消滅するが、自然の理を得た者は強い。はっは、蟇《がま》の油の口上のようやな。まァ儂《わし》の張り方を見とれや」

クソ丸は腕を組んでまたしばらく場を眺めていたが、

「妙やな——」といいだした。「こいつァ、テラを切っとらんな。テラはどうしてるんや」

「ブタの半カキというのじゃないのかしら」とドテ子。

「こりゃあ、ブタ半か」

「そうさ、戦後からこっちは、常識だよ」と前の席の板倉がいった。「三角さんが古すぎたんだ」

「ふうん——」

ブタ半というのは、戦後、新しいギャンブルに押されて勢いが悪くなった町方の賭場《とば》が苦しまぎれに考案したルールで、普通、一勝負に動いた賭金《かけきん》の五分がテラ（場銭）だが、そうした毎回のテラをとらないかわりに、ブタ（合計数の端数がゼロ、従って最低の目）で買った客からだけ、賭金の半額をテラとしてとってしまう。ブタが出なければ何回まわしてもテラを切らなくともいいわけである。ちょっと見にはどちらがいいかわからない仕組になっているが、細かく計算してみると客が損をするようにできている。一回の賭金がかりに一万円とすると、花札ひとまき十五、六回だから、一万円の五分、つまり五百円の十五倍として、五分デラだと約七千五百円のテラが集まる。

これがブタ半では（ブタはひとまきで平均二、三回は出るという）同じ一万円の賭金《かけきん》で二回出たとして一万円、三回出れば一万五千円がテラになってしまうのである。場合によってブタが一回も出ないことだってあるが、そんなときの札《フダ》まきは胴元からこっぴどく叱《しか》られるので、ここぞという賭金のときにブタが出るようにツミこんだり、ブタばかり続けて出すようなこともおこなわれる。いずれにせよ、長くやっていると客の持金のほとんどがテラに集まってしまうのだ。

博打は通常賭博《とばく》罪になるわけだが、このブタ半をやっていたことがわかると、賭博罪に詐欺《さぎ》罪がつくらしい。これを見てもいかにあこぎなルールかがわかるだろう。

六

うわっと歓声が大きくあがった。

「しっ、静かにしてください。隣りの函《はこ》にきこえますから——」

ドテ子が、久しぶりに出たサキの目で、一手に賭金をせしめたのだ。

「よし、ドテ子、次は儂《わし》にまかせなあかん」

クソ丸が大きな身体を揺すぶってドテ子と席をかわった。ドテ子が受かった札《さつ》がそのまま盆ぎれの上においてある。

「貸元さん、跡目をつがれたそうで、お祝いに、いつもより多く張らしてもらいまっさ」

「これはこれは、お遊びさんで、どうぞ張っておくんなさい」

言葉は丁寧だが、クソ丸の眼つきは先刻までとちがってずっとけわしくなっている。

「おっさん、サキよ、今度はサキ目」とドテ子がささやく。

しかしクソ丸は軽々しく手を動かさなかった。もうアトツラは終ったと見て、賭金《かけきん》は圧倒的にサキ目が多い。

「さァアト目ないか、ごっつう張っておくんなさい、サァないか」

「どのくらいでコマが合うかね」とクソ丸。

「アト目へ合わせて貰《もら》いますか」

「貸元へのご祝儀《しゅうぎ》というたろ。アト目相続、ゲンがええわ」

「何故《なぜ》え？――」とドテ子。「とられるよ、おっさん、あたい知らないよ」

「はい、勝負――」

フダまきが三枚ずつの伏さった奴《やつ》をさらりと開けた。

アトが、萩《はぎ》、松、紅葉《もみじ》。

サキが、梅、坊主、菖蒲《あやめ》。

「はい、アト。アトつけます」

クソ丸は元の張りコマだけとって、受かった札をそっくり置きっ放しにした。

結果はまたアトだった。

「よう続くなァ――」遠いボックスから身を乗りだして張っている禿頭《はげあたま》の老人が唸《うな》った。

「こりゃもういかんわ、目がわからなくなってしもた」

今度はアトの方にもかなり張りこまれている。しかし大半は変り目を狙《ねら》ってサキ目だ。クソ丸はアト。そして出た目もまたアト。場が焼きついてきた。回銭屋の板倉も、立ちあがって盆ぎれの方をのぞいている。

クソ丸はもうコマを動かさなかった。あくまでアトに勝っただけ置きっ放し。

「はい、またアト、つけます」

クソ丸はまだ手を出さない。縦に並んだ千円札がふくれあがっている。板倉が指でソフトをずりあげ、ふと吐息をついた。

「ええい、もう変るぜ、サキだ！」

「そうよ。サキよ！　おっさん今度はとられるわよ」

「はい、アト！」というフダ巻きの声。

そこでまた倍になった札束にはじめてクソ丸が手を出した。

「今度は変えよう。サキ目にしようかな」

そのとき、連結の所の扉《とびら》があいて立ち番が首だけ出した。

「車掌が来ますぜ」

盆ぎれに手が伸びて札束が消え、花札《フダ》が消え、盆まで胴元の足の下にかくされた。めいめいが空《あ》いた座席に散って狸《たぬき》寝入りに入る。

「なるほどね、他の奴等《やつら》の判断に逆らっていくわけか」

と私は眼をつぶりながら隣りのクソ丸に話しかけた。

「うん、それもある。けどもっと大事なことは、張り目を眼立たせるんだ。最初に張ったアト目はとられるつもりやったんやが、運よく当ったな。次からもうこっちのもんさ」

車掌の姿が消えた。

「はい、クソ丸さん、サキ目ですね」

「いや、やめた、今度は休むよ」

「そうかい、残念だな。じゃこの次頼んます」

胴の声が心なしか元気がない。クソ丸がおりると、他の客も張りを控えだした。出目はアト。しかもサキの目はブッツリ（ブタ）で半分テラにとられた。

「やると思うたよ」とクソ丸が低くいった。

「もうブタ目の頃《ころ》だ。車掌が来て、客の眼がフダから離れたろ。ツミこみのチャンスだ」

「さあお次、ないかないか、まだまだどっちも――！」

クソ丸は立つと、

「よおし、アト目へ行こう」

見合うほどのコマは出なかった。

「お客さん、コマが合わんがどうしましょ」

「減らすのはいややで。向こうづけで頼んますわ」

向こうづけとは、胴が代って張りコマを埋めることだった。回銭屋の板倉が、うすく笑みを浮かべた。

単騎のタンクロウ

一

鈍行列車は途中何度も停車しながら、ゆっくりゆっくり走っていく。

それでもつい先刻、私がブラインドの隙間《すきま》から眺めたところでは、岡崎《おかざき》、という駅をあとにしていた。心なしか、夜空の濃い色が醒《さ》めかかっているようでもある。

しかし、この客車内の男たちは、汽車がどこを走っていようと誰《だれ》も気にしちゃいない。終点まで乗ったらまた引返してくる。ただ博打《ばくち》をやりに乗っただけなのである。

「はい、勝負――」

胴の声が低く響く。

フダ巻きの両手が伸び、アトサキの札《ふだ》を同時に開く。

「アト、アト目のつけです――」

立見している回銭屋の板倉が、ニッと唇《くちびる》をまげ、クソ坊主の身体がわずかにうしろへそる。

盆ぎれの上ではクソ丸の賭《か》け目がほとんど一手に受かっているのだ。

「おい、板さん――」

坊主の前に集められた札《さつ》の山を横眼で眺めながら、客が早くも立ち上がって板倉の方へ来た。

「五十万ばかりまわしてくれ」

「はいな。お安い御用さ」

板倉は大きな鞄《かばん》の中から無雑作《むぞうさ》に札束をとりだして、

「しつこいようだが、旦那《だんな》、利子はひと晩一割だ。その分引いて四十五万ね。はい、おツキなさい」

するとまた一人、立ちあがった客があった。

「駄目《だめ》だねえ――」と板倉が弾《はず》んだ声を出した。「見てるといいところまでは行ってるじゃないの。もうひと攻めだよ。あんな坊主にやられてちゃ、旦那《だんな》の名がすたるよ」

ドテ子が盆のそばを立って私が坐《すわ》ってるシートへ来た。魔法瓶《まほうびん》の茶をぐっと呑《の》む。彼女の眼がギラギラと光っている。

「あんた、やらないの」

「ああ——」

「博打は、見てても仕方がないでしょ」

「そうでもない。面白いよ」

「どこが？」

「坊主の考えてることがよくわかる」

「へええ、あたいにはわかんないわ」

「さっき、車掌が来たあとで最初のブタが出たろう。あの次の目までクソ坊主は大張りをしていた。今は、見てごらん。受かった金を一度懐中に入れてしまう。そして他の客が全部張ってしまうまで決してコマを出さない」

「ツカない相手が自分の目に乗ってくるのがいやなんでしょう」

「それもあるがね、奴《やつ》は皆のツキと勘とを計算してよく見てるんだ。一番アツくて一番勘が鈍ってる奴等《やつら》の逆目へ張っていく。それも奴等の額に合わしてだ。決して自分の勘などを使っちゃいない。自然の理を生かす、ってさっきいってたが、それがそういうことなんだろう」

彼女の手から魔法瓶《まほうびん》を奪って私も茶を呑《の》んだ。

「受かったら、あとは相手によっかかってりゃいい。受かるまでが博打《ばくち》だ。何の勝負も同じだな。あの最初のブタが出る前後までが、きつかったに相違ないよ。だから一番はじめは、張りを、君にまかした。坊主、なかなか考えてる」

バシッ、と分厚い封筒が、ドテ子の膝《ひざ》の上に飛んできた。通路の向こうのシートから板倉が投げたのだ。

「あとで、坊さんに渡しな、取り分だよ」

「いらないっていうわよ、さっきもそういってたでしょ」

「そりゃ坊主のいい分だ。俺《おれ》は俺のやり方を通す。坊主の手子《てこ》じゃないからな」

ドテ子は封筒の口から真新しい札束を出して、その感触を楽しむようにいじくりまわしている。

「あたいはそんなの、嫌《きら》いだわ」とドテ子は私に向かっていった。「第一、臆病《おくびょう》よ」

「そうだな」

「あんたもそうでしょ。臆病《おくびょう》ね」

「ああ。だがね、博打は結局、臆病な奴でなけりゃ勝てないんだ」

「あたいはちがう――」とドテ子は叫んだ。

「あたいのは簡単よ。張って、勝つんだわ」

「でも、いつか負けるぜ、全勝力士なんて居ない」

「そんなだったらべつの仕事をおやり。あたいは負けやしないわよ」

札束をいじくりまわす彼女の手つきが速くなった。ドテ子は立ちあがると私を見捨てるようにして盆の方に戻っていった。

そのひと巻き（花札一組）をずっと眺めていたが、新しいフダに変ると、ドテ子は手にしていた札束を盆ぎれの上に投げだした。

「サキに、全部――」

クソ丸が顔をあげてドテ子の方を見た。

するとそれまでアトサキ同じようにチビチビ張られていたコマが、急にサキの方に多くなった。

「はい、アトがまだ足りません。さあ、ないか――」

フダ巻きがクソ丸の顔に視線を当てている。これまで毎回、クソ丸は足りない額だけ受けて立っていたのである。

が、今度はじっと考えこんだ。

「――よろしおま」とクソ丸はいった。

「おつきあいしまひょ、けど娘の張った分に合わすだけやで。あとはおことわりじゃ」

「勝負――！」

「はい、サキです」

クソ丸とドテ子が顔を向け合った。私の所からはドテ子の顔だけしか見えない。しかし彼女は硬いいい表情をしていた。そうして札束を持って、さっと立ちあがった。板倉に、賭金《ツク》にした方の札束をぽんと投げつけた。

「あんたから坊さんにお渡し。あたいだって坊さんの手子《てこ》じゃないんだよ」

板倉の眉《まゆ》がぴりりと慄《ふる》えた。

「これじゃ足りねえぜ――」と彼は呟《つぶや》くようにいった。「それで張った以上、金利を貰《もら》う。それが俺の商売だ」

二

梅田《うめだ》（大阪）駅のホームに、ぞろぞろとおりた。どんより曇ったうそ寒い日だった。

「とうとう一度も張らンかったな——」とクソ丸がいう。

「まあそれもよかろ。急ぐことはないわ」

「大阪か、これが大阪だね」

私はおのぼりさんみたいに張り切っていた。徹夜だが、少しも疲れてなどいない。

「正面に見えるのが阪神ビル。その右手が曾根崎《そねざき》、左手は阪急の乗り場で、その対面《トイメン》が梅田の闇《やみ》マーケット街——」

とクソ丸が説明してくれる。だが、私はそんなものに興味はなかった。

「きついメンバーの集まる麻雀屋ってえと、どこだろう」

「そうやな、まず白楼かな。南で、赤チン、極楽荘、千日前の天和クラブ、北なら、大喜、かな」

私はその名前をいちいち頭にきざみこんだ。

「大阪へ居残るか」

「ああ、こっちで、少し打ってみる」

「じゃ儂《わし》らとはここで別れよう。宿へ行くと、胴元がお前まで放さんやろ。東京まで打たせるつもりや、なんせ儂らは大勝ちしよったからな。ま、お稼《かせ》ぎ」

「——そっちも！」と私もいった。

「サヨナラ、臆病《おくびょう》なにいさん」

私はドテ子にも手を上げた。それから通行人にこうきいた。

「にぎやかなところへは、どう行きますか」

「にぎやか？　仰山《ぎょうさん》あるでえ。南か北か」

「南——」

「なら地下鉄さんや。その階段おりりゃええ——」

地下鉄ときいて私はすぐその階段をおりはじめた。まだ朝の十時すぎである。今からクラブへ行っても早かろう。地下鉄で寝るとしよう。

東京では、お通夜（徹夜麻雀）のあとなど山手線でよく眠ったものだ。ちょうど今頃《いまごろ》の季節はスチームがホカホカと尻《しり》をあったためてくれて、ぐっと寝心地《ねごこち》がよかった。

大阪の地下鉄も、決して悪い待遇じゃない。しかし私は、ほとんど眠れなかった。昂奮《こうふん》で、眼が冴《さ》えていたのだ。

私にとってははじめての関西麻雀——。だが噂《うわさ》は以前からよくきいている。関東のように千点いくらという計算でなく、たとえ黒棒一本でも原点きれれば定額を払わなければならぬ。そうして、ひと勝負が半チャン単位でなく、トップとの点差によってたとえ東の一局であろうときまってしまう。

人呼んで、ブウ麻雀。まるで雲助博打《ばくち》のように品がないが、これの撲滅《ぼくめつ》に警察が眼の色を変えるほど、きびしく魅力的なものらしい。ブウ麻雀できたえられた打ち手は、平均して関東の麻雀打ちより強いという。

強いとはどんな奴《やつ》のことなのか。また、どういう打ち方をすれば彼等に勝てるのか。

クソ丸たちの話では、できるだけ関東でいう三コロ（三人沈み）にしなければならない。かりに、三五というレートならば、一コロはワンナウトといって三百円（当時の金で）、二コロはビートップで二人から三百円ずつ、そして三コロはマルエイで、オール五百円ずつと収入がはねあがる。では三コロでなければ意味はない。

その他、いろいろと私の知らないルールがあるらしい。

さあ、どうすればコツをつかめるか。

とうとう眠れずに、私はとある駅でおりてしまった。なんという駅か、おぼえていない。おりて、階段をあがって地上へ出てみると、そこは小さな河にかかった橋のたもとで、午前中ではあったが盛り場の匂《にお》いがむんむんとたちこめている。その河をはさんで、劇場や食べ物屋などがぎっしりと建ち並んでいた。眼の前の商店の看板に、道頓堀《どうとんぼり》名物フカフカ饅頭《まんじゅう》、と下手糞《へたくそ》な字で書いてある。

私は湯気の立っているその饅頭を、紙に包んで貰《もら》って、ほお張りながら足の向くままに歩きだした。

(――まず、先行することだな)

原点あれば極楽、なければ地獄だ。ブウ麻雀では、どんなことがあっても原点だけは確保せねばならぬ。

それにはまず、黒棒ひとつでも他より先んじること。大きいあがりはそれからだ。

早い話が、最初にアールシアールをツモるとする。その時点ですでに三コロだ。その次に誰かが満貫を振りこんで来て、ブウ(勝負がつくこと)になった。満貫一つの点差ができれば終りなのだから、すぐなのだ。それでマルエイのトップになる。

そのとき物をいうのは、最初のアールシアールなのだ。

千点いくらという賭《か》けではないから、黒棒一本のマイナスでも、ハコテンでも同じこと。そのかわりマイナスの伴《つ》れの数によって値段がちがう。ワンナウトのトップをとっても次に沈めばもともとだ。マルエイをとらねばならぬ。マルエイをとるには――。

（沈み点ではなく、沈む人数によって、収入がちがう。これはよく覚えておかなくてはならぬ。ここのところが関東麻雀と根本的にちがうところだし、おそらく、ブウ麻雀のセオリイもこの点をポイントにして、できているだろう――）

桝目《ますめ》のようになった街路を、ふらふらと歩きまわっているうち、とある四ツ辻《つじ》で、私は足をとめた。

こちら側の角がうどん屋、向こう側の角が天ぷら屋、その向こう隣りが、白楼、という麻雀クラブになっている。

クラブとしては変った名なので印象が強い。さっきクソ丸が、第一番にあげた店の名だ。

私は珍しいものを見る眼つきでその店を眺めた。だってまったく偶然だったからだ。私は最後の饅頭《まんじゆう》を頬《ほお》ばり、包み紙を丸めて捨てた。

三

昼前なのに、一卓だけ動いていた。

なかなか広い店で、その一卓は一番奥の卓だったから、入口のところで足を止めた私には、どんな連中か、すぐには判別できなかった。

私はゆっくりと歩いて、彼等から少し離れた椅子《いす》に腰をおろした。

その四人も、もうどろどろになっている感じだった。

(――ははあ、奴等《やつら》も徹夜あけだな)これはすぐわかる。

こちら側の紺サージの背広の若者が眼鏡《めがね》をとってハンカチで玉を磨《みが》いている。もう眼が充血しているらしい。

私から一番遠い席の爺《じい》さんが、素っ裸の単騎にしている。爺さんは、栗色に陽《ひ》焼けした禿《は》げ頭を左右に振りながら、
〽夜が冷めたァい、心ォが寒いィ

渡り鳥かァよ――

「どうさらしたい。早うやれ」

爺さんの下家《しもチャ》の、小柄な左ぎっちょのところで止まっているらしい。

「待てや。タンクロウの素っ単騎は仕末がわるいでのう」

「何をぐずぐずいうとる、早うせんかい」

「せかすなったら」

「――やッ」

「四万やな、それや、というたらええがなァ――」

爺《じい》さんは単騎の上を指輪の光る掌《てのひら》で覆《おお》った。

「はい、――どうや」

その掌をすべらすようにしてのけると、手品みたいに四萬が仰向《あおむけ》になっていた。

爺さんは自分で感嘆の声をあげた。

「いやァ、やっぱり四万やないか」

「あツ――」

といったのは、ぎっちょではなく、紺サージの眼鏡だった。

「四万なら、今ここで捨てたばかりやないか」

「それがどないした、わいはこっちゃからあがりたいんや。南に西やから、なんぼや、四十の三飜か」

「竹やん、なんぼ浮いてたんや」

眼鏡も、もう一人の土建屋らしいニッカボッカの中年男も揃《そろ》ってぎっちょの方をのぞきこむ。

ぎっちょは一本一本チューマを数えていたが、

「すまへん、足りんわ――」ペコンとひとつ頭をさげた。「チャンタや思うたもんやし」

「マルエイか、おっさん、連続マルエイやな――」とニッカボッカ。

「くそッ――」紺サージは立ちあがって札を投げた。

「けったいな麻雀や。こんなン、やったことないわ！」

そうして椅子《いす》を蹴倒《けたお》して便所へ行きかけた。「もうやめや、わいは、当分打たん！」

紺サージは一度卓のそばへ戻るとそう宣言して便所へ消えた。

「お眼鏡さん、一丁あがりィ、か」

〽よるゥがァ――

「夜はわかったわい、とぼけやがって」

拙《まず》いところへ飛びこんだなァ、と私は思っていた。この様子では、今度はこっちへ水を向けてくるだろう。

実に剣呑《けんのん》至極のメンバーであることは一目瞭然《りょうぜん》だった。玄人《くろうと》にはすぐわかる。関東麻雀だったら、どんな芸達者を相手にしてもそれほど慌《あわ》てない。だが、ここは大阪だ、私にとってまだ未知のルールなのだ。

「にいさん、やりまっか」

ぎっちょが私に笑いかけてきた。

「そうですね――」私はわざと腕時計を見ながらいった。「時間もあまりないがちょっともんで貰《もら》いましょうか」

「ちょっとて、どのくらい？」

「さあ、まあ適当に」

「適当じゃ困るわな」

「時間をいわなきゃ打たして貰えんのですか」

「そやかて、あんた――」とぎっちょは東南西北をまぜながらいった。「一回、ブウやいって帰られたら、あほくさいがな」

「あんたはん、知らん顔じゃよってな」とニッカボッカもいう。

「いいですよ。じゃ、三十分ほど」

場がきまって、ぎっちょが起家、ニッカボッカ、私、爺《じい》さんの順。

サイは十の目だった。

配牌はかなりよろしい。とにかく、と私は思った、先制してあがらなきゃ。
親のぎっちょが一萬、ニッカボッカが、私が北。
「あじゃア、それで、アガリや」
爺さんが、ばたっと牌を倒した。

爺さんは北を一枚、これみよがしに卓に打ちつけた。

四

私の第一捨牌北で、爺《じい》さんがあがりだという。関東式にいうならばこれは人和《レンホー》であるが、いずれにせよ、私は席についた第一局の配牌を見ただけで、もうブウになってしまったわけだった。

和了した爺さんの方からいうなれば、私の一人沈みだから、ブウ麻雀としてはつまらないトップだが、ニッカボッカはともかくとして、ぎっちょが爺さんの仲間であることは眼に見えている。一コロでも二コロでも同じことなのだろう。ともかく、私は神妙に三百円（現在の三百円とは値打がややちがう）を卓上に出した。前回帰った紺サージが払った金額を見おぼえていたからだ。

「なんやこれ——」と爺さんがいった。

「ワンナウトでしょう。だから」

「とぼけちゃあかんで」

爺さんは三百円をヒラリと投げ返した。

「ストレートいうたら十倍や。三千円やがな——」

「ストレート？」

「ああ。そんなことも知らなんで来んさったか。野球でいうたらシャットアウトやな、一人がアガりきってブウになったら、ストレートいうんじゃ」

私はニッカボッカを見、ぎっちょを見た。二人ともむっつりと押しだまっている。

私は眼を細くして、じっと気持をおちつけた。

それから、払った。三千円をだ。

牌が、また音を立てはじめた。今度はすこし混戦で、ニッカボッカが安く続けて連チャンし、私がドラ1タンヤオ食いピンをあがって親をおとしたあと、爺《じい》さんの親のとき、ぎっちょがドラ3の通貫リーチをツモって、典型的なマルエイのトップになった。

こうしたメンバーに珍しく（わざとそうしていたのだろうが）サイ一度振りなので、ローツー（爆弾積み）がひどく効果がある。

たとえば親の場合を例にしてみようか。右から三枚目の上山に、かりにを

おくとしよう。それから二丁おいた六、七枚目の上下に🀜を三枚おく。そしてまた二丁おいた十、十一枚目の上下に🀝を三枚おいてみる。

サイ五の目の場合は六、七枚目から配牌第一集団をとりだすから🀜を暗刻《アンコー》にして、山の尻《しり》から三枚目を開けると、🀛すなわち、🀜がドラ牌になる。

サイ九の場合は、十、十一枚目からとるので🀝が暗刻になるが、その場合サイ五のために仕込んでおいた🀜がひっくり返るので手間がかからない。この他裏ドラにも合わせることができる。あまりに歴然としすぎてえげつないというのであれば、🀛の位置を二丁右へずらしておくと、カンがありさえすれば後ドラが暗刻という格好になる。🀝ドラの場合はカンがあるとダブってくる。親の場合に限らず、南西北いずれの場合もサイの出目に合わすツボがあり、そこへおいておけば自分の山にサイの目が出た場合、労せずして満貫の手が入るのである。

これは関東でいう〝ドラバク〟という奴《やつ》で、ブウ麻雀ではドラ牌は一飜でなく大体百符だが、暗刻にしてツモればオール三百符ずつ、満貫二千点のルールだからこれは大きい。

しかも仕込む牌の数はすくなくて素人《しろうと》にも簡単にできる。そうして目がちがって（一度振りの場合サイの目が狂うと対家に入る）他者に入ったときはドラ牌に

〈図1〉ドラバクの一例（親の場合）

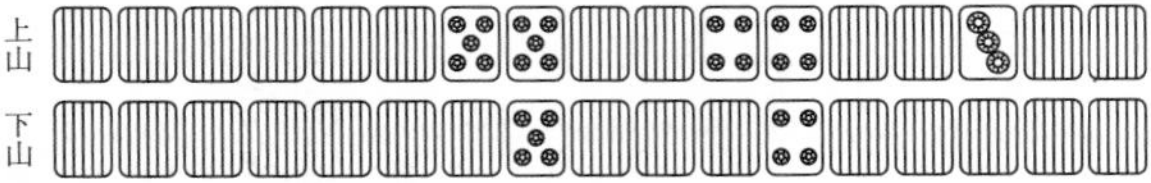

はならないのである。ドラバクをやれば絶対に負けないといわれる理由がこうしたことからもおわかりであろう。

しかし、ここでちょっと考えをずらしてみよう。ローツー乃《ない》至《し》六間積みといわれるこの積み方を応用してみると、何もドラ牌を固めるだけが能ではない。

図2を見ていただきたい。ドラバクの時に🀜をおいた六、七枚目に🀄🀅を二枚ずつおき左へ六枚飛んだ十四、十五枚目に図のとおり🀆🀅🀄をおく。その並んだ🀆の横へもう一枚🀆を並べておく。

別の小説で以前紹介したことがあるがこれは三色爆弾と名づけられている。

サイ五の場合は、六、七枚目、十四、十五枚目をとるので、配牌で🀄三枚🀅三枚そして🀆二枚が入る。そのうえ南家に🀆が一枚入るわけで、この🀆は残り一枚の🀆がここへ重なって入り持ち持ちにならない限り、出てくるだろう。もし南家の手がよくて序盤に出てくるようなら、親のツモ順を早めるた

〈図2〉三色爆弾

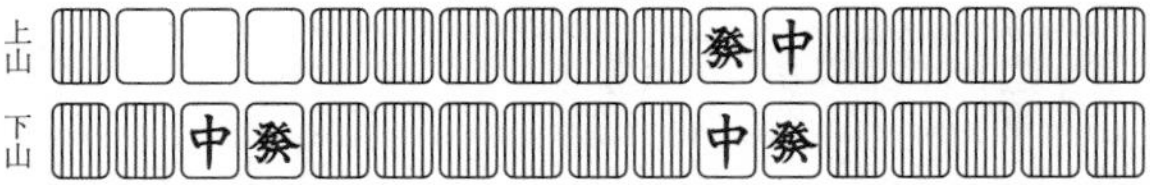

めにも、西北家へ入れるよりは南家に持たした方がよいわけである。

もうひとつ、サイ六の目の場合も、配牌第三集団が同じく六、七枚目なので、ここで發中二枚ずつ、そしてその次はチョンチョンになるから、十四、十六枚目の□を持ってくる。白板が三枚並んでいる意味がここで生きるのである。この場合は白発中二枚ずつ、そして残りの白発中一枚ずつが、南家、西家、北家にそれぞれ別れて入る。まず大概は早いうちにバタバタと鳴けるだろう。

三色爆弾は二つの出目で同じ機能を発揮するところが味噌《みそ》なのであるが、こういうメンバーの場合は、六の目を出すよりも五の目を出すことが望ましい。

というよりも六の目は出せないのである。六ならば、南家の山からとることになり、その場合南家がドラバクをやっていれば、ドラが固まって南家に入るのは必定。そこで此方《こちら》も大分危険をおかして手を作ることになるからだ。

五

敵もさる者、三人とも、絶対といっていいくらい、私の山にサイの目を出さない。また私はラス親が多く、親にならないうちにブウになってしまうのでサイを振るチャンスに恵まれない。

いつも、私にとっては敵の山から配牌をとってくる。その山を作った敵のところには、ドラが固まっていて不思議ないし、またべつの仕込みが入っているかもしれない。だから神経の休まるときがない。

私が沈んだと見るや、誰《だれ》かが仲間の満貫に狙《ねら》い打ちをすればよいのだ。その男も沈むが、私から沈み代が出る。くりかえすが、ブウ麻雀は点数計算でなく、原点あるかないかで出し前がきまるのである。

五回目に、はじめて起家《チーチャ》になった。今度は私がサイを振る番だ。ここがひとつのチャンスになる筈《はず》だった。

私は慎重にサイを振った。第一局は、親がきまらない前に山を積むのだから、派手な積み込みは普通は入れない。他へ流れこむことが多いからだ。

しかし油断はできない。玄人《くろうと》麻雀ではまさかと思う第一局へ仕込んで大技《おおわざ》を成功させた例が多いのである。ともかく、他人の山から取るような目を出してはいけない。

サイが二、三度綺麗《きれい》にまわって河《ホー》のまん中でとまった。三六のカブだ。

配牌は可もなく不可もなし。ドラ牌はだった。関東麻雀だったらペン七索をひきたいところだが、私は二巡目に出たを叩《たた》いてを切って出た。まもなくをひき、

ポン

ここでを持ってきた。ひとまずを捨てて手を拡《ひろ》げた。を持ってきたらどうしようか。を捨てるか、それともか。四、五万待ちではドラ牌である。出っこない。しかし七、八万は、六万の形から見てトイツで持たれている懸念《けねん》がある。

上家からが出た。食ってを捨てた。西家が次のツモでリーチを宣した

が、そのとき、おくれて南家が牌を捨てた。それは六萬だった。

「カン――!」

と私はいった。西家が渋々と手に入った牌を山に返した。しかしそのとき私は手を開いていた。リンシャン牌が四萬だったのである。

ツモあがりして三人をマイナスさせておく作戦だった。しかし、ともかく連チャンできたのだ。これでよしとしなければならぬ。

私は慎重に山を積んだ。

今度も、配牌は私の山からだ。五がよろしい。六でも同じといえばそれにちがいないが、しかし、是が非でも、五だ。ストレートで、マルエイをとってやるんだ。

サイの握り方、力の入れ具合、ひとつひとつに気を配った。息をとめて、サイを手から放した。

二三の五――。

私はつとめて手の動きを緩慢《かんまん》にさせながら配牌をとった。

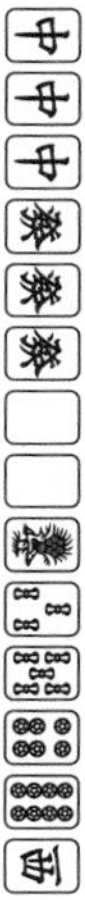

字牌以外の部分がやや不満な形だったが、はじめにを捨てた。いきなり六八とおろしては、すぐにストレートな手でないと読まれる。

南家（ニッカボッカ）が、西家（ぎっちょ）が、北家（爺《じい》さん）が。

私が（ツモ切り）、南家が、西家が、北家も。

私が、南家が、西家が、北家が。

私が、南家が。

やっと、がポンできた。

しかしこの間に、西家のぎっちょが一、二、三と万子をチーし、北家の爺さんは、をポンしていて、二人とも速い手を作っているらしかった。

しかもこの次に爺さんはを切ってきたのだ。私は雀頭作りに四苦八苦してようやくを二枚引き、眼をつぶってを切った。

誰もあがらなかった。私はホッとして思わず大きく息を吸いこんだ。

「ちょい待ってんか――」

爺さんが立ちあがって、くたくたに汚れたズボンのあたりをまさぐりながら、トイレに入っていった。

「🀗はきついなァ――」ニッカボッカがポツリといった。「親も気張っとるわァ」

私も微笑した。まったくそのとおりだった。そして内心でこう思っていた。🀗がとおったところを見ると、ぎっちょも爺さんも、早食いして此方《こちら》を牽制《けんせい》しているが振れない牌を握っとるのじゃないか。🀄とか、🀅とか。特に上家の爺さんはそう臭い。🀝の出方も此方をかなり意識していることが感じられる――。

しかし🀗がとおったからといって、安心できなかった。🀗捨てが目立っただけの索子のテンパイは悪い。おそらく誰も振ってこないだろう。最初の六、八筒捨てが悪手だったかもしれぬ。

「タンクロウの奴《やつ》どうさらしたんやろ」

ぎっちょが煙草《たばこ》をもみ消しながらいった。

「年老《としよ》りやさかい、固めやと、いきばる力がのうなってんやろ——」

「いきばるて、大の方か、こらかなわんなァ」

「茶でもいれよか」

ニッカボッカが立ちあがって魔法瓶《まほうびん》の茶をついでくれた。

それでも爺《じい》さんは出てこない。

「行って見て来てやろか」

「待て、俺《おれ》も行くわい。タンクロウ奴《め》、しゃがんどったら、二人で片方ずつ足持って、ひきずり出したろか——」

ぎっちょとニッカボッカが前後して、便所へ入っていった。しばらく彼等の笑い声がきこえていたが、それもふっつりきこえなくなった。

六

とうとう私も立ちあがった。

便所の扉《とびら》をあけて、

「——おっさん、皆、何してるんだ」

私は阿呆《あほう》を絵に描いたようなものだった。誰も居やしなかったのだ。手洗場の窓が開いてる。この窓から、三人とも外へ抜け出ていったにちがいない。

私はだまって元の卓のところに戻ってきた。

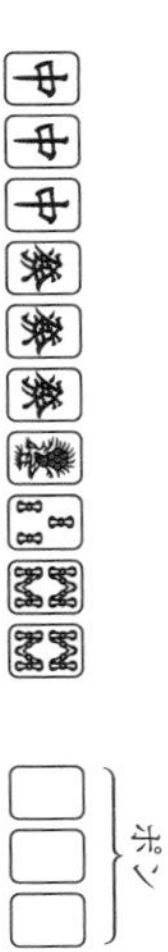

私の手がそのまま残っている。

「糞《くそ》ッ、ストレートのマルエイか、のぼせるない！」

怒りが、一度に噴きあげてきた。椅子《いす》を振りあげて、力いっぱい卓の上に叩《たた》きつけた。背の板が折れて、床の上にふっ飛んだ。足音荒く、その店を出ようとして、入口近くの卓に両肘《りょうひじ》をつけてじっと此方《こちら》を見ている人影に眼を据《す》えた。

「江戸前のおにいさん、ざまァないわね」

「なんだ、お前——」見栄《みえ》のために、私は懸命に怒りをしずめながらいった。

「人を尾《つ》けまわしてたのか」

ドテ子だった。入口の近くは店内の灯を消しているため、逆光線になって表情はよくわからない。しかし、どうせ顔じゅうを口にして笑っているにちがいなかった。私は立ちどまらずに表に出ると、通行の人を押しのけるようにしてずんずん歩いた。

「道頓堀を饅頭《まんじゆう》をたべながら歩いたりして、ええ格好だったわ」

ドテ子の声が追ってくる。

「受かるまでが博打《ばくち》だって、いったでしょ。受かったら相手によっかかっていればいい、って。自分でいって、忘れたの」

私は走った。この野郎の声のきこえないところなら、どこへだって行く。けれども、ドテ子も走っているらしかった。

「ねえ、待ってよ。一緒に大阪へ来たんじゃないの。みんな自分が阿呆《あほう》だからよ。あたいに当ることはないわ」

心斎橋《しんさいばし》の交叉《こうさ》点のところで、立ちどまった。ドテ子は殺気立っている私の気配を怖《こわ》がって、手の届くところまで近寄ってこなかった。

「あたい、笑ってなんかいない。本当よ。からかうつもりなんかなかったわ。あんたが勝つと思ってた。こんなことになるなんて――、ただあんたの博打《ばくち》を見たかったから」

「お前になんかわかるもんか――」と私はいい捨てた。

「いくら見たってわからねえよ。子供にわかってたまるかい」

「あたい、子供じゃないわよ、お下げにしてるから、よくそういわれるけど、本当は二十二よ」

「年齢じゃねえやい。お前の博打が子供だっていうんだよ」

ドテ子は陽の当っているビルの壁にもたれかかると、悲しそうな顔になった。

「ごめんね、あたい出しゃばりだわね。でも、あんたとお友達になりたかったから――」

「坊主に、抱いて貰《もら》えよ」

「ええ、クソ丸さんとも仲良しよ。でも、あんたとも、そうなったっていいじゃない」

眼の前を、いろいろな人間が行きすぎていった。髭《ひげ》を生やして着ぶくれた奴《やつ》、アメリカスタイルで女の腕を小脇《こわき》にかいこんでいる奴《やつ》、子供を連れたおっさん、それから、女、女、女――。

私はドテ子に眼を移した。彼女は足も手も瘦《や》せて細かった。一張羅《いっちょうら》の黒いセーターに、兵隊のコートを短くして着ていたが、通りすぎていく誰《だれ》よりも寒そうに見えた。私はドテ子と並んでビルの壁にもたれた。

「あたい、人のいうことになんでも反対するの。悪いくせだわ。汽車の中で、臆《おく》病《びょう》でなけりゃ博打に勝てないっていったでしょ。きっとそうなんだ、とあたいも思ったんだけど」

「わかりゃしねえったら――」

「ええ、わからないわ」と彼女もいった。

「あたい、やると、勝つっきりよ。まだ本当に子供なのよ。いつかきっと、ひどい目に遭うんだわ。そうしてそのとき、いろんなことが本当にわかるの、そうでしょよ」

私は弱々しくいった。「調子を、合わすなよ」

ドテ子の笑い顔が、私の顔のそばに来ていた。

「でも、まだ勝負は本当についちゃいねえぜ。これからしばらく、あの白楼ってクラブを攻めてみるんだ。じっくり打って、いつかきっとあそこの奴等を食いつくしてやる」

博打は、受かるまでが勝負だ。受かったら相手によりかかってりゃいいんだ――。ドテ子にいいきかした自分の言葉を、もう一度、思い出した。

それにしちゃ、馬鹿なことをやったじゃないか。知らないところに飛びこんで相手のペースで打っていた。《ストレートは十倍や――》あの一言。ストレートなんて定《き》めがあったかどうか疑わしい。あの一言が、勝負だったのだ。あとは自然にまかせて、反撃と見ると終らせる。

敵もなかなかなか博打を知ってるぞ。いきなり消えるとは、味な真似《まね》をしやがった。

——私はいくぶんおちついてきた。

ブウの鬼

一

それから映画館に入って眠り、夕方、道頓堀《どうとんぼり》のクラブ『白楼』に引き返した。ほかにすることがなかったわけじゃない。たとえば、寝泊りする場所を捜したり、飯を喰《く》ったり、すれちがう大阪の女どもを値ぶみしたり――。

しかし私は奴等《やつら》のことしか念頭になかった。麻雀打ちの生活で、打って、勝つ、それ以外に何があるだろう。もしそう考えられなくなったならば、やめて他の生きざまを考えればよいのだ。

奴等には貴重な金を預けてある。早いところそれを回収しなければならぬ。でも、どうすれば、奴等に勝てるだろう。

玄人《くろうと》麻雀で勝つには、出たとこ勝負のツキは期待できない。いかさまも、よほどの大技でなければ効力がない。それは東京時代に出目徳やドサ健と戦った折りに痛感したことだ。では何がポイントか。それは気力、体力、知恵。出目徳が私たちとの一戦で死を招くに至ったように、身体じゅうの力をすべて注ぎこんでしまう。そうして一秒でも長く息が続いた方が勝ちだ。

で、勝って、どうなる——。

私は以前、桐谷《きりや》という年長のバイニンからきいた言葉を思い出した。

「玄人《くろうと》同士が打ち合うなんて阿呆《あほ》らしいことさ。名誉を賭《か》けて打つわけじゃなし、博打《ばくち》てえものは弱い奴から確実に勝っていくものだ。素人《しろうと》を狙《ねら》え、弱いところを潰《つぶ》していけ、それが本当の玄人というものだ——」

するとと私などは、ど素人の小童《こわっぱ》というところかもしれない。

桐谷の言葉の意味はよくわかる。勝負ごとに限らず、それが生きる知恵というべきであろう。しかし結局、私はよほど腹の減ったとき以外は、桐谷の忠言を実行しなかった。出目徳もドサ健も、そうできなかったのだ。私たちにできるのは、砂漠のガラガラ蛇《へび》のように、くたばるまで戦うことだけだった。

映画館ではよく眠れた。私は生き返ったような足どりで白楼へ入っていった。

右手の隅の卓にぎっちょがいた。左手の窓のそばにニッカボッカの顔が見えた。

そうして、タンクロウと呼ばれていた爺《じい》さんは、奥の便所のそばの卓で打っていた。

「やあ――」

　私は挨拶《あいさつ》して、タンクロウの背後へ坐《すわ》った。

「いつも、トイレのそばで打つのかい」

　タンクロウは意外に人なつこい表情でにっこりしながら私の方を振り返った。

「まだ居《お》ったか、あんさんも好きやなア」

「そりゃそうさ。まだケリがついてない」

「朝の勝負やったら、もうすんどるわ」

「すんでないよ」

「あんさん、三十分やろういうたろ。あすこで三十分が、時間切れや」

「なるほどね。そういうもんかもしれないな」

「納得したか。わい等《ら》、汚ない真似《まね》したんとちがうでえ。あんさん、自分でいうて時間忘れはっただけや」

「――じゃあ」と私はいった。「また新しく打ってくれるんでしょ」

「おう、ええよ、手がすいたらな。いくらでも相手になったるわ」

　しかしそのメンバーが崩《くず》れる前に、別の卓のサラリーマン風が一人抜けて私はそこへ入った。

達磨《だるま》のように肥《ふと》って褞袍《どてら》を羽織《はお》ったおっさんが、やはりにこやかな顔をしながら、

「見知らぬ顔やが、あんさん、こらブウやで――」

「知ってるよ」

私が答えるより早く、向こうの卓のタンクロウが叫んだ。

「あんじょうお守《も》りしておやり、よう打つよ」

「よう打つか、はっはっは」

達磨は笑ったが、私はだまって牌を並べていた。

「場所きめや、つかみどりやからね。さあ、おひき」

達磨が、伏せた四枚をかきまわしてうながした。皆で一枚ずつとり、東をひいた者が好きな場所をとれるという趣向だ。

五十格好のゴマ塩頭が西をひき、呑《の》み屋のおばはん風が北をとり、私が南をつかんだ。

「ほう、わいが東か。ほな、どこへ行ったろかな」

卓の中央に残ったひとつの牌に手もかけずに達磨がいった。

「待ちなよ――」私はそう声をかけてせせら笑った。

「その残り牌が東かどうかあけてみてからきめようじゃないか」

「何故《なぜ》や――」

「ひょっとすると、まちがって北か西がもう一枚あるんじゃないかと思ってさ」

　東南西北四枚を伏せておくと見せかけて、南南西北を伏せておく。儀礼としてかきまわした本人は一番あとでとり、他の三人が先に引くのだが、絶対に東はつかめない。最初から入っていないのだから。

　南西北と三人がひけば、残った牌はいやでも東だ。そう思いこむ素人《しろうと》の錯覚を利用して、かきまわした本人はいつでも好きな場所を選定することができる。たとえば壁ぎわの場所だ。誰にも手をのぞかれず、そして仕事《さま》をやってもバレにくい場所をだ。学生崩れの雀《じゃん》ごろがよくやる手である。

「手数をかけさせるなァ、わいはそんな青くさい真似《まね》はせんで」

「でもちょっとあけてみてよ。今朝も、あっちのおっさんにうまく逃げられたところなんだから。すんません、俺《おれ》を安心させてくださいな」

「じゃあ、あけてみて、これが東だったら、どないする」

私はぐっと黙った。

「この牌が、あんさんの思うたとおり西や北でなく、東やったら——」と達《だる》磨《ま》は気味の悪いほど静かな声でいった。「えらいすんまへんなんだと、頭をひとつさげてえな」

二

ああ、駄目《だめ》だ、と私は思った。達磨の右手の中指に、銀製らしいがっしりした指輪がひとつはまっている。この指輪がいけない。麻雀打ちが指輪をしていたら、牌を吊《つ》り（隠す）ますよと語っているようなものだ。

手指の間に牌を隠す芸当は、戦前はハンカチを持ったり、オーバーを羽織ったり、まぎらわしい隠し場所を作っていたものだが、戦後は指輪になった。指輪と掌の肉の間に牌をはさむ、すると、手指をまっすぐ伸ばしても、ぴったりと吸いついている。うまい奴《やつ》は、この方法で三枚も四枚も手に忍ばせる。

ひとつ残った牌は、私が指摘したとおり、西か北であろう。しかし、達磨の手が伸びてこの牌をめくる折り、瞬時にすり替えられて東になってしまうだろう。達磨が自信満々でいう以上、このくらいのことは朝飯前であろう。

「どや、あんさん」

「ごめんなさい、俺の負けだ——」私は立ちあがるとピョコンとひとつお辞儀《じぎ》した。そうでもする以外に方法はなかった。

はっはっは、と達磨が笑いだした。

「ええよ、ええよ、あんさんもはじめてのクラブへ飛びこんで神経質になっとるのやろ。はい、忘れまひょ、といいたいところやけどなあ——」

達磨の顔にはもう笑いの気配はなかった。

「わいもこの店の主人《あるじ》や。主人がケン師(いかさま師)の真似《まね》さらすといわれて笑うとるわけにもいかんで。お客の心証を悪うするでな。こんなことを毎度いわれちゃかなわんわ。——ま、こうしよう。五千両、出《だ》して貰《もら》おう。卓の端に載せといて貰おう。卓の端に載せといて貰うのや。で、最初《はな》のブウをひろうた者が持っていく。あんさんが勝てばあんさんのものや。それでいいやろ」

私は黙っていた。

「どうした、不服かいな」

「あんさん、こらどう見てもあんたはんに不利だすなァ——」とはじめてお内儀《かみ》風が口をきいた。「他のとこなら手ェ一本折られたってどもならんとこや。マスターのいうとおりにした方がよろしおまっせ」

「フフフ、まだあんさんは疑ごうてるのや」と達磨《だるま》。

「わいは腕を組んどるで、あんさんの手でその牌めくってごらん」

私ははじめて顔色を変えた。私自身の手でその牌を開けてみろという。するとこれは東なのか。

東だとすると、私はまたひっかかったのだ。タンクロウの口のきき方から私が素人でないと覚《さと》って、わざと私にアヤをつけさせるように仕むけてきたのだ。もはや、その牌に手を伸ばして見る必要はなかった。私はほとんど全財産といっていい五千円を内ポケットから出した。それで、もうあとは百円札しか残らなかった。

「よっしゃ、わいが東やな——」

達磨は私が思ったとおり、窮屈な壁ぎわの席をえらんだ。

レートは七十（ななとう）だという。つまり、ワンナウト（一コロ）及びBトップ（二コロ）ならば各自七百円。マルエイ（三コロ）ならば三人が千円ずつ、ということである。

七百円は、どうやらこうやら、小銭までかき集めてあるかもしれない。しかし、千円はない。負けるにしても三コロになれば恥をかかねばならぬ。
起家はお内儀《かみ》風。

配牌から私は顔をしかめた。手牌の相にスピードが乏しい。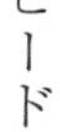をツモり、をツモった。が出てポンをした。

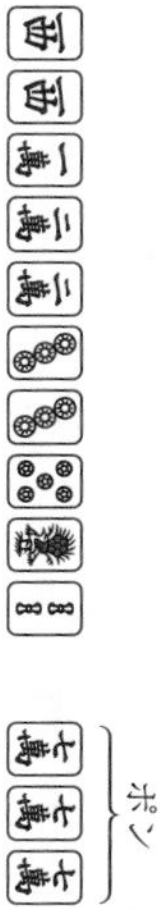

私は安全牌をいっさい抱かない覚悟だった。手を拡《ひろ》げるだけ拡げる。そのかわり序盤から読みを確実にしなければならない。

三巡目で、達磨《だるま》が二枚出ているをツモ切りした。これが、敵も私と同じく手を拡げている態勢なのか、それともすでにテンパイしているからなのか、初手合せの上にブウ麻雀に慣れていないのでよくわからない。

むすっと押し黙っているゴマ塩頭もを無雑作《むぞうさ》に切ってきた。達磨が二枚目にを切っているので一応危険なところだ。

結局、次巡でお内儀風がゴマ塩頭にヤミのピンフを打ちこんだ。

二局目も私の手はさっぱりよくなかった。お内儀が[東]と[白]を鳴き、そのポンの声に力が入っていたので、他の打ち手はいずれもお内儀の打牌を中心に手を作っているらしい。私はお内儀の捨牌と技量から推して、[三萬]周辺、[七索]周辺、[五筒]周辺、この三つを危険圏内に考えていた。赤五筒（懸賞牌）はたしかに抱いている。あるいは二枚とも抱いているのかもしれない。

ところが初牌なので一応押さえていた[發]が、ひょいひょいと暗刻になった。

こんな手だった。懸賞牌はこの卓では三百加符らしいので[四筒]でお内儀《かみ》の手に打てば、相当な点数だ。おそらくブウだろう。しかしお内儀はゴマ塩に打ちこんでいるので、打ちこんでも私の一コロである。眼をつぶって[四筒]を振ってみた。案外にそれはとおり、うまいことにはその二巡後お内儀が[一筒]を打ってくれた。

まだブウではなかったが、ちょうど二コロの体制で、もう一度、ツモるか、達《だる》磨《ま》からあがるかすればマルエイ（三コロ）だ。

だが三局目は達磨が初回に[北]を鳴き（彼の風）、二巡目に一気通貫の辺三索をツモあがりした。四局目は三巡目に面前タンヤオを同じくツモり、私の城に急速に迫ってきた。

「おもろいなァ、どや、もうちっと楽しむか、それともいっぺんにきめたろか」

だが私も浮き足だってはいなかった。その回はこんな手だったのだ。

ここでを持ってきた。そしてを切ったのだ。まだ三巡目だったし、ツモはゴマ塩の山だった。その山の上ツモにが二枚入っているのを知っていたからだ。

ツモるたびに期待した。が指先にかかり、しめたと引き寄せた途《と》端《たん》、お内儀が、ポン、といった。

「あ、失礼――」

私は牌をツモ山に返したが、それは手牌のではまん中の方にすべりこませていた。

すぐにが出た。私は両手を卓にあげて牌を倒そうとした。

「ブウや――！」といったのは上家の達磨だった。

赤五筒入りのチートイツだった。私が山に返したが入ってテンパイしたのだ。私は息を震わせながら手牌を倒して頭をはねられたことを示した。

場が一瞬、しいんとなったが、私にはその意味がよくわからなかった。

三

背後に居た学生がそのとき不意にこういいだした。

「ツーランだっせ。あんたもアガらんかいな」

「え?」

「知らへんのか。そんなときは頭ハネやなく、二人ともアガれるんや」

「じゃ、——じゃ」と私は声をうわずらせた。「こっちもアガリだ。ブウさ。俺《おれ》の方が点数は上だろう」

「そらあかん、フリテン片アガリや。現物牌でアガるのは無理やな」

「フリテンだって?」

「よう見てみィ、チョンボにしてもらいたいんか」

いつのまにか🀘が私の捨牌の中に混じっている。だが、索子メンツは配牌からこの形であったのだ。私が振るわけはない。達磨《だるま》の早業《はやわざ》にちがいない。

（——まあいいさ、こっちも🀓を入れてるんだから）

ルールの知識が乏しかったばっかりに、大金五千円がむざむざと消えていく。

（——駄目《だめ》だ、これじゃあ勝てるわけないや）

さすがの私も弱気になった。しかし、残りは数百円。ここを一文無しで出たら、増える当てはない。その私の膝《ひざ》を、お内儀《かみ》風がボンと叩《たた》いた。

「なにぼんやりしてんのや、次がはじまっとるでえ、はよ並べんか」

（——この野郎、打つ以外に手があるか。俺ァ砂漠《さばく》のガラガラ蛇だぞ！）

空《から》元気をつけた。初回は計画どおりだった。起家で、ドラ入りの喰《く》いタンヤオをツモってあがったのだ。

「ほう警戒警報やな」と達磨。

つまり、今度は大きい手でもう一度私があがるとマルエイのトップだという意味であろう。

私はその二回目にすべてを賭《か》けた。

これが配牌。どんな手にもどこかに取り柄《え》があるものだが、これは典型的なクズ手だった。ブウ麻雀は皆手づくりが早いから、とてもこの手では間に合うまい。それじゃどうするか。ゴマ塩かお内儀の手を進行させるのだ。場合によったら打ちこんでもよい。達磨《だるま》があがる気配が濃くなったらだ。

ところが穴のをツモり、東々を引いてきた。私はたちまち気を変えた。いけるぞ、攻めにまわれ。

珍しいことに達磨がリーチをかけてきた。私は浮き牌のを眼をつぶって捨てた。

「ははァ、あんさん、あせったな」

達磨が牌を倒した。単騎のチートイツだった。万事休す。私はツモったばかりの三枚目のを力なく河に投げ捨てた。

達磨のマルエイで、三者が千円ずつの出し前になった。私は小銭まで足して、二百六十円、借りだといった。

「ええとも、また取り返しにおいで」

私は立ちあがり、眼の前の達磨を、奥のタンクロウを、そしてぎっちょを、ニッカボッカを、ひとわたり眺《なが》めまわした。

（──此奴等《こいつら》の顔を覚えとくんだぞ。また生き返ったらやってきて打ってやるからな）

だが、一文なしでどうやって今夜をしのごうか。東京ならばなんてこともないが、ここは知らない土地。

（──クソ丸やドテ子が居たらばなァ）

奴等《やつら》も今頃《いまごろ》は、また夜汽車にのってアトかサキかとやっているだろう。ステテコの真似《まね》して、モヤ通しでもやって稼いでやろうか。重い足どりで白楼を出たとき、筋向かいの堀のふちに立っていた小さな人影が、ひょろりと此方《こちら》へ近寄ってくるのが眼に入った。

「ドテ子──！」

私は思わず叫んだ。この女郎奴《めろうめ》、なんてアマッ子だ！

「坊主と一緒に行かなかったのかよ！」

「大阪の方が面白そうだわ──」そして彼女はおずおずと訊《き》いてきた。「勝った？」

私は無理に笑って首を振った。

「あかんの？　そう、単騎だものね」

ドテ子は兵隊コートのポケットから紙包みを出して私の手に握らした。

「汽車ン中で勝ったお金よ。あげるわ。鼻血が出るまでおやり——」

四

ドテ子が捩《ねじ》こんでくれた札束は、私のポケットの中で容易に折れずそのまま突っぱらかっていた。百円札の束だから、かなり分厚い。

ちょっと照れくさくて、私は逆に愛嬌《あいきよう》のない顔になり、そのまま『白楼』に引き返しかけたが、すぐに足をとめた。

（——ただがむしゃらに攻めたってどうにもならんぞ。今朝と、夜と、二度襲って二度とも、機先を制されて相手のペースで戦っていたじゃないか）

今朝は、タンクロウに、ストレートというお面を一本とられ、夜は、達磨《だるま》に、場所きめの折り、胴を打ちこまれた。本質的には同じ手を二度喰《く》って負けているのだ。そうして、勝負師ならば誰《だれ》でも同じことをやるだろう。力まかせの牌の引きっこなら、どちらが勝つかはわからない。玄人《くろうと》の勝負は時の運じゃないのだ。

まず土俵《どひょう》ぎわに押しこんで、其奴《そいつ》の運を身動きできなくしてから、料理にかかるのだ。坊主のクソ丸でさえ、あの夜汽車の中の花札で、先制することにもっとも心をくだいてたんじゃないか。

（――よく考えろ。力技《ちからわざ》だけに頼るな。奴等《やつら》のやったことを此方《こちら》もやり返してやるんだ）

　私はドテ子の方を見た。

「おい、お前、打つかい」

「打たしてくれるの」

「お前の金じゃないか。お前、きっと勝てるよ。奴等だって女の子にはきっと甘くなる。但《ただ》し、最初の一回だけだ。あとは俺《おれ》に任すんだぜ」

　ドテ子は、小娘とは思えない凄《すご》い笑いを浮かべた。

「あたいたち、コンビなのね。きっとうまくいくわ。大阪を潰《つぶ》したら二人でいろんなところを歩こうよ。あんたさえよけりゃ、あたいお婆《ばあ》ちゃんになるまでやるよ」

「一応、通しをきめとこうか」

「通しって何？」

「サインさ。いろんなことを暗号を使ってしゃべりあうんだ。クソ丸とも、やってたんだろう」

「クソ丸さんはインチキなんかやらないわ。あたいもよ。そんなのかえって面倒で駄目《だめ》よ」

私は苦笑しながら、ドテ子を先に立てて、また店の中へ入っていった。今日、三度目だ。

ぎっちょが、あれ、という顔になった。

「あんさん、ここに巣喰《すく》う気だったか」

タンクロウはじろりと見たが何もいわなかった。達磨《だるま》は見向きもしない。しかし、皆の胸の中に私という存在が、やっと或《あ》る位置を占めてきたのは事実らしかった。つまり、行きずりの、ただのカモではないらしい、ということだ。

それでよかった。それだって、なにがしかのプラスになる。今度打つときはこの連中だって、いくらか警戒してしのぎに力をそそいでくるだろう。

相手が真剣で打ってくるならその方がやりよい。力くらべになるからだ。力が入れば、勝敗は時の運になる。そうじゃなくて、ただのフリー客となめられて、素人《しろうと》用の小技巧であしらわれる方がはるかにやりにくい。

私とドテ子は、隅《すみ》の椅子《いす》で番のあくのを待った。三十分ほどした頃《ころ》、メンバーが崩れた。今度はぎっちょの卓だ。

「知ってるやろが、ブウ麻雀は伴《つ》れと一緒に入れんのが礼儀や。どっちか一人おいで」

私はドテ子を妹だと紹介した。そうしておいて彼女をうながした。

「一回だけ、妹に打たしてくださいな、奴《やっ》の懐中を当てにしてるもんでね。一回で帰るといってるから」

「ええよ、入りィな」

ガチャガチャと牌が鳴った。また、戦端が再開されたのだ。私はドテ子の背後で見学していた。

オヤ、と思った。彼女の手が配牌イーシャンテンだ。第一ツモで、スッとを持ってきた。

「リビ!」

「なんや?」

「リビリビリビ！　よ」

「ダブルリーチか、はっきりいいな」

「ツモ――――！」

二発目で🀟をツモった。ツイとるな、と対家の印半纏《しるしばんてん》がいった。ドラ牌が🀉だから百符ずつ加符、子三四の親五八。

いくぶん荒れ場の感じらしく二局目も皆積極的に打って出て、東家がリーチ、西家が🀀と🀅をポン。しかし前局親だったぎっちょがタンヤオドラ二をヤミ打ちで逆にリーチからとった。

その次がドテ子の親だった。ぎっちょが序盤でいきなりオタ風の🀁を叩《たた》いた。先行しているドテ子の親を早落としにかかっているのかもしれない。しかし、ぎっちょは🀊🀗🀍というところを惜しげもなく切ってきていた。

ところでドテ子の手も捨て難い。

🀀🀀🀂🀂🀂🀒🀓🀓🀇🀉🀋🀋🀌

ここへ🀋を持ってきた。ドラは🀌だ。ドテ子は🀒を捨てた。いくぶん強引な手作りだが、これが彼女流なのかもしれない。

ぎっちょが[中]をポンした。そのポンで好牌をひいたらしく（伏せたままだが[東]であろう）、

「こん畜生《ちくしよう》！」

アッと思うまにドラの[六萬]を叩ききった。ポン、とぎっちょがまたいい、[二索]を切った。

ドテ子は次に初牌の[　]をひいたが、ちゅうちょなくツモ切り。

「うわァ、かなわんな」

「これで当ったら、あたい、トンボリをストリップで歩いてやるわ」

「何故《なぜ》や」

「あたいのツモ牌に当り牌があるもんか」

「唄《うた》ってて、大丈夫か、ねえちゃん」

その言葉が終らないうちに、

「ブ！」

と叫んでドテ子は牌を開けた。ぎっちょが[二萬]を打ったのだ。

「カンしてりゃツモられたとこやな」ぎっちょの手は、

とにかくドテ子のマルエイである。

五

ドテ子は勝者特有のキラキラした眼で私を見上げるとやおら席をゆずった。

私も気分を昂揚《こうよう》させていた。先発投手の活躍に負けてはいられない。関東じゃ、坊や哲といえば泣く子もだまる、とはいかないまでも、指折りの雀《じゃん》ごろといわれたお兄さんではないか。

私はブウ麻雀の定法《じょうほう》どおり、東の一局を安くツモってあがり、マルエイの足がかりを作った。これで大きいのを作れば、ツモろうと振りこませようと三コロトップになるわけである。

次局の配牌は、

ドラ牌は、これはよろしい。しかしドラは一枚一飜でなく百符加符だから、これだけで満貫という性質のものじゃない。もし一挙にブウにしようとすれば、なにかかなりの手を作らねばならない。

無理せずに安くあがっておいて次局に持ちこすという手もなくはなかった。三巡目にをツモってチートイツの傾向も強まった。五巡目にを持ってきたが、場の方にはとが出ている。のような牌はどこかで使われている筈《はず》で二枚目の出を期待することができない。

迷っているうちにが一枚出て、これを見送ってしまった。すると、ぽっこりないと思ったがアンコになった。

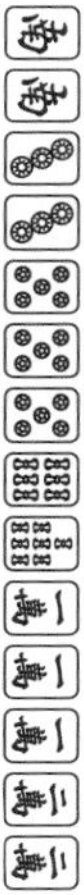

このうち一枚を捨てなければならない。普通ならである。しかし、もう八巡目、ブウ麻雀としては中盤もいいところだ。誰《だれ》かがテンパイしている。はちょっと振りきれない。といって進むためにはトイツを一つ落とすか、アンコ切り出しのチートイツか。もしそれ等の牌がとおったとしても、チートイツではブウにならない。トイツ落としの三暗刻狙《ねら》いは手のスピードが問題だ。

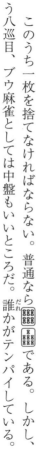

考えてみると、ひとつ安あがりをして、マルエイ一歩手前の体勢という奴《やつ》は、他者にとってもマルエイあがりのチャンスなのである。大物を作って、浮いている私からあがるか、ツモるかすれば、やはり三コロなのだ。

ただ安あがりした私の場合は、ツモろうと誰からとろうと、大物をあがればマルエイ確定だから、いくらか有利というだけの話である。

いずれにしても、初回安あがりという作戦を誰かがとれば、次局は四人とも大物狙《ねら》いで即決作戦に出てくる筈《はず》だった。じわじわと攻めているヒマなどは誰にしてもないのだ。

チートイツは駄目《だめ》だ。満貫以外の手では、ここまでくるまでに早あがりしない限り意味はない。

それではどうするか。

私は長考の後、力をこめて南を振った。そして続いてもう一枚の南を落とした。

「ほう——、ドラ牌二丁おとしかね」

私は答えなかった。わざと鋭い眼色を作って、卓上をみつめていた。

今度は誰も無駄口《むだぐち》を叩《たた》かない。三人ともに、こちらの手を心の中で読みはじめているらしい。

それが私の狙いだった。こちらを注目して貰《もら》えばよいのだ。ドラを二丁切ったとて、この局面でまさかオリているわけはない。ドラだって安全牌じゃない。ではなんで二丁切ったのか。オリてないということは、大物できているのだ。それはどんな手か。

そう考えつめることが、それぞれの手を遠まわりさせることにつながる。その次に私が🀌をツモ切りしたとき、

「ええくそ——」

と南家がいった。其奴《そいつ》はそれだけしかいわなかったが、或《ある》いは本来は当りの牌だったのかもしれない。

だが、なかなか私の手も進まなかった。やっと🀛をひいたとき、ためらわず私はリーチをかけた。ヤミにしておいても、どうせでてきはしない。🀁おとしで、必要以上に私はマークされている。流局になってもかまわない。流れるか、私が残りすくない牌山から五八索を持ってこられるか。いずれにしても他人にあがられなければよい。

次が🀅。次が🀇暗カンしたら、リンシャンカイホウで🀗を持ってきた。牌

が汗で汚れていた。

いつのまにか、混み合う時間が過ぎて、もう大分卓があいていた。

私は三回続けてブウをとった。ぎっちょが一回、学生風の若者が一回。四回目のブウを私が口にしたとき、ぎっちょが煙草《たばこ》に火をつけながら立ちあがった。

「おおい、大将、それから、おっさん――」とぎっちょは、達磨とタンクロウに声をかけた。「手がすいたら、ここへ来やへんか。こっちは長いことかかりそうやでえ」

六

達磨《だるま》、タンクロウ、ぎっちょ、おそらくこの白楼では屈指のメンバーにちがいない。

不思議なもので、勝ちだしてくると、相手がどんなに強くともあまり気にならなくなる。どこがそれほどにちがうかといわれても、はっきりはいえぬが、おそらく、こちらのペースで麻雀が運んでいるということであろう。

勝っているときは、沈まないように打つだけでよい。クソ丸のセリフではないが、リードするまでが博打《ばくち》で、あとは相手によっかかってればよいのだ。沈んでいるときは自然の風に逆らって打つ。当然のことだがえらいちがいになる。私はその前に二度来て、二度惨敗したことなどとっくに忘れていた。私が、ぐっと押す。相手がこらえて押し返そうとする。そこをいなす。相手が前に落ちる。面白いようにきまる。

十回ほどのブウの間に、相手のゲームになったのは三回ほどだった。三回とも達磨だ。タンクロウは今夜は奇妙に静かだった。ついていないのだろうか。私の六回目のブウは、初回から三発連続にあがって、いわゆるストレートだった。

「ストレートのマルエイだ。これは十倍だったね」

「ストレートって、なんや？」

といったのは他ならぬタンクロウだった。

「おや、あんたがそういって、俺《おれ》から十倍とってったんだがね」

「そんなルールはうちじゃやらへん。わいは店主やよってまちがいないわ」

「あれは――」とタンクロウがいった。「入会金や。そのくらい当然の話やろ」

ドテ子はどこへ行ったのか、私の背後にはいなかった。私も好調なので、出る幕がないと帰ったのか。

そう思っていると、突然、頭の上でけたたましい悲鳴がおこった。

「鼠《ねずみ》！——ああ、いやだ、助けてえ！」

四人とも（客は私たちの卓だけになっていた）頭上を見上げてあきれかえった。

まったくあんな妙な娘はいない。戦後の急造建物で天井《てんじょう》が張ってなく、梁《はり》が露出している。その梁の上に、いつのまにかドテ子が昇っているのである。

「どうしたんだ、おりてこいよ」と私はいった。「危《あぶ》ないじゃないか」

「だって打たしてくれないんだもの、退屈するわよ。ここから見下ろしてるからいい」

「あの少女《がき》——」とタンクロウがいった。「さっきからあそこで見てるんや、まったく、気ンなってしようもないわ」

「ははァ、それでおっさん——」とぎっちょがいった。「今日は単騎をやらんのやな、いやにおとなしい思うたわい」

そのときはちょうど達磨《だるま》にリーチがかかったところだった。点棒は達磨の一人浮きで、私が原点に千点ほど不足、あとタンクロウとぎっちょが多少沈んでいた。

だが、私の手もひけなかった。

七萬がドラ牌。伍萬であがれば文句なしのブウ。リーチをかけている達磨から出ればマルエイになる。

　達磨の捨牌は、

リーチ

　私は八萬を握って考えに沈んでいた。ドラそばだ。だが、沈み組ならともかく、リードしている方の達磨がこんな見えすいた待ちでリーチをかけるだろうか。

　私が振ると達磨のマルエイトップ確定ということになろう。ブウではこんな場合、他の打ち手に迷惑をかけるので、どの打ち手も慎重になる。

　しかし、八萬がとおれば、私の二五万、特に伍萬は出やすくもなろう。

「これか——！」

　八萬を振ったが達磨は表情ひとつ変えなかった。

（——これで勝ったかも知れんぞ！）

　ピンチのあとはチャンスという言葉もある。次のツモは。これは一牌出て

いるし、問題なさそうな牌だった。そのとき、

「あッ、あッ、また鼠《ねずみ》！　いやあん――」

ドテ子の叫びが切迫したものと変り、次の瞬間、ぐらっと揺れて彼女の身体が梁《はり》から離れた。皆が立ちあがる前に、我々の卓の上にもろに落下してきた。

牌が四散し、卓の脚が折れて傾いた。

「畜生《ちくしょう》、俺《おれ》がブウだと思ったのに！」私が思わず叫んでいた。

「ごめんなさァい、でも、鼠《ねずみ》が、足の中に入ってきたの――」

「怪我《けが》はないか、どうした、折ったのか」

彼女は、痛ァい、とかすかにいって顔を卓の上に伏せている。私はドテ子を横抱きにして、医者はどこだい、と訊《き》いた。苦りきっている達磨《だるま》は、

「大阪や、医者ぐらいどこにもあるわ、勝手に捜しィな」

私はドテ子を抱いて店を出た。

「どこを折った？　肩か、手か」

「フフフ、いい気持。このままずっと歩いてって」

「この野郎――」

私は彼女を道に投げ出した。

「せっかく俺が逆転のところだったのに」

「でも、あんた――」とドテ子がいった。「を握ったでしょ。あれ、リーチに当りよ」

あッ、と私は気がついた。奴等《やつら》と同じだ。奴等が便所から逃げたように、こっちも同じ手を喰《く》わしてやった。

「あたい、怪我ぐらいへッちゃらよ。コンビってそういうもんでしょ」

私は再びドテ子を抱きあげた。

「どこまでだって歩いてやるよ。お前、なかなか頼りになるぜ」

第一のいかさま

一

博打場《ばくち》で知り合った間柄というものはおかしなものだ。勝負の最中は、百年も前から知り合っているような遠慮のない口を利く。だが一歩外へ出てしまえば、ただこういって別れるだけだ。

「お疲れさん」

「またな——」

こいつはまだいい方で、たいがいは通行人同士のような無表情な顔つきになる。ときおり、電車の中などで出っくわすことがある。どうも思い出せない。たとえ思い出しても、お互い気まずい表情で、プイと横を向いてしまう。そんなところで出会っても、話し合うことなどありはしないからだ。

その朝、松島遊廓《まつしまゆうかく》で、思いがけず*ぎっちょ*を見かけたとき、最初はそんな調子だった。

私は女郎の小部屋を出て、洗面所で歯をみがいていたのだ。窓の外がやかましかった。なにか金属の物体をポンポン投げ合うような音が絶えまなくする。町工場か大店《おおだな》でもそこにあるのならよろしい。しかし路地の向かいも娼家《しょうか》の筈《はず》だった。

私は窓から下をのぞいてみた。

リヤカーに湯タンポが山のように積んである。かみさんらしい三十がらみの女と二人で、方々の娼家から、からの湯タンポを集めている男、そいつがぎっちょだった。

「おうい──」

私は思わず上から声をかけた。ぎっちょはきょろきょろ見まわして私をみつけた。

「おう──」

答えたが、それだけだ。おかみさんらしいのにリヤカーの後押しをさせて、自転車をこぎだそうとするのを、

「待ってくれよ、今下へいくから──」

私は手早く服を着かえて、娼家の階段を駈《か》けおりた。

「なんぞ用かいな、今いそがしいさかい、また夜でもな」

「うまい話だぜ――」と私は自転車の横にへばりついた。「きっと、乗ってくると思うんだがな」

ぎっちょが腰のあたりに手をやって、そっとかみさんの方を指さしている。で、私は話を打ち切った。私の方だって、ここまでで、話のその先は思いついていなかったのだ。

「ま、お稼《かせ》ぎなさい――」

私はうす笑いしながら、ぎっちょを見送った。

野郎が遊廓《ゆうかく》の湯タンポ屋だとはいいところで出会ったものだ。達磨《だるま》、タンクロウ、ぎっちょ、この三人の中では、ぎっちょが一番与《くみ》しやすい相手に思える。

まず此奴《こいつ》だ。此奴をバタバタにするんだ。

だが、どうすればバタバタにさせることができるだろう。奴《やつ》だって素人《しろうと》じゃない。おそらく防御本能とバランス神経を主武器にしてこの世界を歩いてきたのだろう。そういう奴のバランスをどうやって崩すか。

私はその夜、白楼へ行く前にドテ子と会ってお茶を呑《の》んだ。

「要するに、ぎっちょをあのクラブから落伍《らくご》させればいいんでしょ」

「そうだが、いい方法がない」

「あいつの家へ火をつけたら」

「馬鹿をいえ」

「わかったわ、いいことがある。商売物の湯タンポを全部かっさらってかくしちゃうのよ。当分麻雀どころじゃないでしょう」

「そんなことはできやしない」

「できなくもないわよ。あたい」

「たとえできても面白くねえな。ぎっちょに恨《うら》みがあるわけじゃない。こりゃァ勝負なんだ。罠《わな》は必要だが、何をやってもいいってもんでもないよ。博打《ばくち》打ちがやれる範囲でいかさまをするんだ」

「じゃあ、どうするの」

「いい知恵とはいえないがな――」と私は前置きして、遊廓のやり手婆さんにきいておいたぎっちょの家の住所を示した。「お前、奴《やつ》の家に行くんだ。いや、行くより電話の方がいいな。商売だから多分電話はあるだろう。公衆電話で局を呼び出して住所をいえばすぐ教えてくれる」

「そして、なんていうの」

「最初は、モシモシ、だ」

「馬鹿ねえ、当り前じゃないの」

「男がでてきたら、そこで切るんだ。でも夜かけりゃァまず居やしないさ。女房が出てくる。おぼえられるか。モシモシ、だ、ご主人をお願いします。——居ないとなれば、ではこうお伝えください、何もかも精算して元の白紙に戻しましょう。理由は貴方《あなた》がご存じの筈《はず》。名をきかれたら、麻雀、というんだ」

「どういうことなの」

「俺《おれ》だって知りやしないさ。借金の催促、女のあいそづかし、或《あるい》は、麻雀の方のコンビ解消宣言、どうにでも奴の好きなようにとるさ」

「嘘《うそ》をいうのね」

「そうだ、いかさまだな。かかる方が悪いんだ。だって奴《やつ》は素人じゃないんだもの」

「もし、電話がなかったら」

「電報だ。そのくらい考えろよ。大人の声でやるんだぞ。さとられるなよ」

「コンビだものね、仕方がないわ」

ドテ子は頷《うなず》いて立ちあがった。

二

それから白楼へ出かけて行ったが、ぎっちょは私を見てもなんの表情も浮かべなかった。といってクラブの中だからことさらに無表情を装っているという気配もない。つまり、私に心を許してないだけらしかった。

十二時をまわって奴の卓が崩れると、私もすぐにやめてほとんど一緒に外へ出た。

あまり気のすすまないらしい彼を無理にさそって近くのバーに行った。

「若造の俺《おれ》がこんなことをいっちゃ生意気だが、湯タンポ屋さんてのは儲《もう》かるのかい」

「あかんなァ、わいが休みさえせにゃええのやろがな」

「でもやってるんだな、その方がかっこがつくからかな」

「女房の親父《おやじ》さんが飛田《とびた》であれをやっとったんや。かかい、かかりいうたら水を湯うにするくらいやで、どう転んでも損なしの商売やさかい、真似《まね》しとるが、わいはあまり気乗りがせん。女房が意地張って続けとるんや」

ところで、と奴の方から切りだしてきた。

「うまい話って、なんや」

「ああ、正真正銘のいい話なんだが、その前にあんたをもうすこし知りたいな」

「けったいやなァ、何故《なぜ》、わいにうまい話をしてくれはるんや」

「大阪じゃほかによく人を知らないからさ」

「誰《だれ》やろうとええから相棒が欲しかったんか」

「誰でもいいわけはない」

「なら、わいのどこがよかった？」

私は正面からぎっちょの顔を見た。

「信用でける男と思うたか」

「――いいや」

「頭の切れる奴っちゃと思うたンか」

「――さあ、な」

「ならなんや、運勢の強い男に見えたンか」

私は黙っていた。ぎっちょはグラスを傾けてブランデーを呑《の》み干し、そのグラスに手で蓋《ふた》をしてつがせなかった。

「きいているんやぜ。答えられへんのか」

「結局のところ――」と私はいった。

「これは賭《か》けなんだろう。固くて、頭が切れて、運がついてて、そんな奴《やつ》が居るわけはない。だから、誰でもいいといえばそうなのさ。今朝、あんたにばったり会った。で、ちょっとあんたに賭けてみる気になった。理由はそれだけなんだ」

「運否天賦《うんぷてんぷ》ってわけかいな。けどな、わいだけやなく、タンクロウもマスターもいうとるぜ。お前、麻雀打ち（商売人のこと）やろ。たしかに素人《しろうと》やないわ。玄人《くろうと》なら運否天賦の博打《ばくち》はようせん。あんさんかてそうやろう。この話、納得がいかん。乗れんわ」

「白楼の待遇がそんなにいいのか」

「なんやて」

「マスターやタンクロウたちと組んでりゃ城でも建つのかい」

「気イつけてしゃべれや。わいは気早いぜ。組んどる証拠でもあるんかい」

「戎橋《えびすばし》の角にビルが建ちかけてるだろう。あの地下は大きな雀荘《ジャンそう》ができるんだよ。百卓あまりある奴だ。金主は東京で銀座や新橋に何軒も雀荘を持ってる人で、俺は使いで大阪のクラブの様子をのぞきに来たんだ。それから人探《さが》しも頼まれてな。つまり、マネージャーをさ」

ぎっちょは立ちあがらなかった。呑《の》むかい、と私はいった。奴はだまってグラスの上に蓋《ふた》をしていた手をのけた。

「とまあ、こんな話がかりにあるとすらあね。かりにだぜ。正直いゃあ、今、そのテストをさせて貰《もら》ってるんだ」

奴は二杯目のブランデーをチビッとなめた。

「どんな、テストや」

「第一に、口が堅いこと」を私はいった。「俺《おれ》がいった今の話が、かりの話だぜ、すぐどこかに伝わるようじゃ、もうあかんな」

「第二に——」と私は続けた。「客をどれだけ動かせるか。むろん、あんたの客だけをあてにしてるわけじゃないけれど、既成のクラブから、どれだけの客があんたについて移動してくるかは、この場合問題になるな」

「ヘッ——」とぎっちょがいった。「わいにどれだけついてくるかやと、おう、自慢やないが、八月十五日のあくる日から、この橋の袂《たもと》で博打打っとるんや。こいらの衆でわいのいうこときかん者は居らへんで」

「第三に、勝負強いかどうか。その金主はこういうんだ。第一第二の条件に合っても、勝負弱い奴《やつ》を味方にひきいれるわけにはいかん。そんな男には店はまかせられないってね」

「あんさん、三つとも、わいは合格やで。――この件に関して、わい以上の人物は居らへん。――けどな、まっぴらや。ことわるでえ、誰がそんな話に乗るかいな。白楼とは古いつきあいやもんなァ、関東者と組んであの店を引き倒すような真似《まね》はわいにはできん」

「じゃあ、これまでだね――」と私もいった。「たとえばの話でそれじゃ、本当の話できないなあ」

ぎっちょは残りの酒を一気に干して店を出ていった。

だが、まずまずの首尾だ――と私は思っていた。新規の店のマネージャー、という言葉が予想以上に、奴には強くひびいたらしい。

関東ではクラブは大概、経営者自身か傭《やと》われママさんがとりしきっており、他に誰《だれ》か居る場合も麻雀ボーイという名称になるが、西の方では、少し大きなクラブは、客の交通整理をしたり外敵《ばいにん》から店を守ったりするためにもっと積極的になっている。それがマネージャーという役目で、名のとおった店はこの下にサブマネージャーをおいてあるところもあるくらいだ。マネージャーはバイニン（関西流にいえばケン師）の副業では決してないのだ、それだけに何の保証もないバイニンにとっては魅力的なポストだったのだろう。

ところで、このぎっちょとの会話の中には、私の仕かけた罠《わな》がいくつかあったので、たとえば、三つのテストといった中で、第一の条件と、第二の条件とは、それぞれ離反するものである筈《はず》だった。

口を堅くすれば、当然誰にもこのことをしゃべれない。しかし、客を動かすためにはそれだけの手を打たねばならぬ。

奴はきっと誰かにしゃべることになるだろう。いざというときに好条件を出せるように、良い客をひそかにひいてみるにちがいないからだ。それが、私の思う壺《つぼ》になるはずだった。

三

翌日の夜、ぎっちょは大分おそく、白楼に入ってきた。顔色があまりよくない。

しかし、それだけのことで、ドテ子にいわせた文句がどのくらい効《き》き目があったのか、私にはわからなかった。奴《やつ》だってそんなことを態度に表わしはしない。

さりげなく観戦している。そのうちにタンクロウの卓が一人あいた。

ぎっちょが立ちあがりかけたが、

「あかんわ、強いのに二人入られたんじゃ、どもならんわい、あてはやらんぜ」

　残ったメンバーの阻止《そし》にあった。

「そうやな――」とぎっちょも苦笑しながら答えている。「なんでもないんやけど、タンクロウと一緒で、痛くない腹さぐられてもかなわんしな、ええよ、わいは遠慮しとる」

　ちょうど私の卓がブウになったところだった。

「西村さん（ぎっちょの本名）ここへ入って、こっちから向こうに一人行ったらどうなのかな」

「へえ、あてはどこでもよろしおますよって、かわりまほか」

　堀筋の商店街の旦那《だんな》らしいのが気軽に立ったので、ぎっちょは此方《こちら》へ歩いていた。

　私の方は一瞥《いちべつ》もしなかった。ぎっちょがじっと眼をとめていたのは、私の上家のニッカボッカに対してだった。

　場所をきめなおしたために皆が立ちあがったとき、ぎっちょがニッカボッカに素早くいったのを私はきき洩らさなかった。

「おい、極楽橋の色女な――」

「ああ――」

「元気かいな」

「玉。何故《なぜ》や」

「――よろしく、いうとくれ」

「なんや、此奴《こいつ》、けったいやな」

「わいとこの電話知ってる女子は、お前の色女しか居《お》らんのや。それでな、承知や、答えてやったわ」

「だから、なにがちゅうんや」

ぎっちょは小さな声でいった。「とぼけンな！」

「いうてみいよ、なにがじゃ」

「いうてええのか、ここで」

するとニッカボッカもおちつかぬ表情になった。たぶん色女に関することと思ったのだろう。

「そら、ここででなくともええわ。ま、とにかく、はじめよう」

私は笑いをこらえていた。しかし笑うべきではなかったかもしれない。私のやりかたが、陰険で、悪辣《あくらつ》なので、彼らはすこしもおかしいところなどないのだ。

でも、やはり動揺が卓上に現われていた。初っぱなに、まず普通のぎっちょなら絶対に打たぬと思える、私のこんな手に、

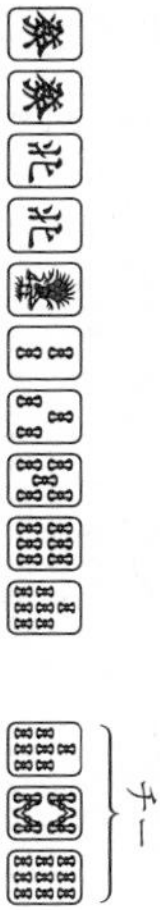

で打ちこみ（がドラだった）ぎっちょのワンナウト（一コロ）。

その次は私の小さい浮きに対して、三人マイナスの形だったのを、ニッカボッカが二飜手をツモり、これがきっかけで連続にあがってブウをきめた。Bトップ（一コロ）である。

ゲーム展開としては、たとえニッカボッカとぎっちょがコンビだとしても、ニッカボッカにとって当然の策であろう。しかし、ぎっちょは釈然としないらしかった。ぎっちょの沈みを見捨てたのが、気にいらんというわけらしい。平常ならよくある形なのだが。

次の回、ぎっちょが痛烈な手をあがった。

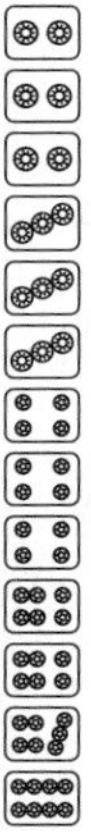

まだ五巡目で早かった。六九筒が出れば三暗刻がついたが、であがったのだった。しかしタンヤオである。一発でブウである。奴《やつ》は一瞬、キョトンとした。それから信じられぬように、大声でわめきたてた。

「俺《おれ》のンか、俺ので本当に、アガったのンか」

「悪いか——」

今度はぎっちょの方がおちついていた。打牌の音が、いくぶん荒っぽくなったようであった。むろん今までだって、烈《はげ》しい音をたてていなかったわけじゃない。とおるか！　とか、行ってやれ、どうだ！　とか、いいあっていたのだ。しかし、どことなく、空に響く。私自身が関東でコンビ打ちを長くやっていただけによくわかるのである。

ちょうど花相撲《はなずもう》と本場所の一番相撲のちがいのようなもので、やっと本物の気合が卓上に湧《わ》いてきたようであった。

すぐにニッカボッカが、三色ピンフを山越しのヤミ打ちでぎっちょからとってにっこりした。するとぎっちょが、また痛烈な奴を放った。

彼は北家で、配牌をとり終ったとたんにダブルリーチというのだ。

「リーチはまだかからんよ、自分のところへ回って来てからいうんや」

「そうか、けど、もうリーチと同じや」

東家が一萬南家のニッカボッカが北を切ったが、そのときぎっちょはロン！

というなり手を拡《ひろ》げた。

ニッカボッカはリーチが北単騎と知るや、やにわに打牌を卓に打ちつけて、こン畜生《ちくしょう》、とのたうちまわった。

四

こん畜生、このくたばりぞこない、ようそんな手であがれるもんやな！　というニッカボッカの、ただ大物を打っただけにしては烈《はげ》しすぎる呪《のろ》いの声をききながら、ちょうどニッカボッカの下家だった私は、山へ伸ばしかけた手を途中でとめずに、次の私のツモ牌をツモってみた。なんの気なしにやったことだ。

次の私のツモ牌は、北。

オヤ、と思った。念のため、もう一度手を伸ばして、その次の、ぎっちょのツモ牌になるやつを探ってみた。

ガチャッ、とその山が崩された。それはぎっちょの山で、彼はニッカボッカと口論しながら、手を動かして自分の山を崩したのだ。それはまァ、それほど不自然な行為ではなかった。しかし、私はたしかにモウ牌したのだ。その次のぎっちょのツモる牌も、北。

もうちょっとくわしく述べてみよう。

ぎっちょの手はこうだった。手としてはくだらない小物だが、これが配牌でとったそのままの手なのだ。
ぎっちょは北家。東家が捨てたのが一萬。そしてニッカボッカがその次に、北を捨てた。そこでもう、当たりだった。つまり、人和である。
ぎっちょの待ちは北単騎。ニッカボッカの第一ツモは、おそらく北だったのだろう。次の私のツモも北。そしてぎっちょの第一ツモが、また北。
ぎっちょの山の右から三、四枚目の上下に、北が三枚かたまっていた。もし、ニッカボッカと私のどちらも北を捨てなかったとしたら、ぎっちょは地和《チーホー》をツモっていた筈《はず》だった。

だが、それだけだろうか。

あッ、と私は顔をしかめた。

私がはじめてこのクラブへ入ってきたとき、タンクロウに、ストレートは十倍やで、いわれて出鼻を叩《たた》かれた。あのときの死命を制されたタンクロウのあがりも、私の第一打牌、そして同じく北ではなかったか。

タンクロウも、たしか北家。ぎっちょも北家。北家は配牌テンパイの手が来た場合は、他者の第一打牌がほとんど無警戒に打ってくるので一番有利だ。

しかし——。

「やかましいわい、なにをごちゃごちゃもめてんのや。他のお客さんは迷惑やで、もっと静かにやらんかいな」

達磨《だるま》のひと声で、ようやく二人の口論も下火になった。

私はまだ考えていた。東京で打っていた時分、はじめて出目徳の秘芸〝大四喜十枚爆弾〟に出っくわして考えこんだときと同じように。

この回、親が振ったサイの目は十。するとニッカボッカの山からスタートして親の山をとおり、最後のチョンチョンがぎっちょの山にかかる。だが、ニッカボッカのこの怒りようから見て、彼はこの企てに参加したとは思われない。現実に打ちこんでいるのだ。

ぎっちょの配牌をとる場所は、サイ十の目だと、ニッカボッカの山の最終二枚、親の山の右端二枚、これが第一集団。六枚飛んで親の山の八、九枚目上下四枚、これが第二集団。また六枚飛んで親の山の左端上下四枚、これが第三集団。あとはチョンチョンの一枚で、ほとんど親の山からとる。

私はそのとき思い出した。たしか今回、皆が山を積み終ったとき、

「あそこ、長いな」

そういって、ぎっちょがニッカボッカの山の右端の二枚を持ってきた。どういうわけかその行為をぼんやり気にとめずに見すごしてしまったが、ニッカボッカも、ぎっちょ同様の半玄人《はんくろうと》の筈《はず》である。練達者が自分の山を一枚多く並べてそのままにしている筈がない。

ニッカボッカはちゃんと十七枚並べておいたのだから一枚多かったのは、その直前に、東家が、ニッカボッカの山の左端に、そっと二枚、牌をつけたしたからだ。ほとんど同時に、うまいタイミングで、ぎっちょが右端の二枚を持ってきた。つまり、ニッカボッカの山は、右端と左端の二枚ずつを、すり替えられてしまっ

たのだ。

私は改めて、東家の顔を見直した。今までまったく無視していた相手である。その男は年齢、三十前後だろうか。地味な背広で、顔つきもおとなしく、どこといって特徴がない。めったに口も利かないので、つい、印象に残らない。

そうして印象がうすい理由は、そうした風貌《ふうぼう》姿勢の点ばかりではなかった。麻雀自体にもどこといって特徴がない。下手《へた》というほどではないが堅実というだけで、特にめざましい強味は感じられなかった。とにかく、目印といえば、鼻の脇《わき》の小さなほくろぐらいだったろう。

しかし、このぎっちょの手に関する限り、奴《やつ》が元凶と考えるほかはなかった。ニッカボッカの山の左端の二枚をたくみにつけ、自分の山をぎっちょに四メンツ入るように仕込んだ。ぎっちょは、ただ自分の山の右の方に北をかためておいただけだ。

（——そうか。親が四メンツ仕込む。するとぎっちょはチョンチョンの最後の一枚を含めて四枚入れる。つまり北は三枚ではなく、四枚固めて入っていたのだ。待ちは単騎だから、ぎっちょは親の積む単騎と関係なく、自分の待ち牌になるものを自由に『四枚そろえば』入れられるわけだ。ただそれは最初に出やすい北とか西とかになるが――）

親でないときにやるのだから、最初の一巡であがる人和か地和でなければならない。出目徳の大四喜十枚爆弾、あるいは私の三色爆弾、玄人技《くろうとわざ》はたいがい、ただ好牌を手に入れるだけでなく、どうしても狙《ねら》った相手が打ちこむような工夫がほどこされている。

いずれにしても、上り役のぎっちょ、仕込み役の東家、この二人のコンビ技であることははっきりしている。私は、今まで完璧《かんぺき》に狸《たぬき》をきめこんでいた東家のほくろを、うす闇《やみ》で幽霊《ゆうれい》に出会ったような眼で眺《なが》めた。

五

ぎっちょがラーメンをすすりおわり、自分で茶を入れに立ちあがっていた。ほくろは便所に行っていた。

私はニッカボッカにこう訊《たず》ねた。「奴《やつ》は、何者？」

「奴か――」とニッカボッカもおだやかならぬ表情で便所の方に顔を向けた。

「よう来とるが、はっきりは知らへん。株屋ちゅうようなことというとったがな」

「西村さん（ぎっちょ）とは親しいの？」

「さあ、なァ――」

「やっぱり、親しかったんだろうね」

「今夜ばかりは、な――」

　ニッカボッカは当然、二人のコンビ技であることを見抜いている。ただ私にはしゃべらないだけだ。彼はしばらく、それ以上私としゃべろうかどうしようか迷っているように、私の顔を見ていた。私も黙って、ニッカボッカの顔を見返した。

　二人が元の席に坐《すわ》るまで私たちはじっと押しだまっていた。

　しかし、私は心中、こんなことを考えていた。ぎっちょとほくろが、普段から親しい仲ではなかったのなら、このコンビは急に造られたものだ。ニッカボッカの口うらでは、どうもそのように感じられる。

　そうだとすると、これは、つまりこういうことだ。今夜、ぎっちょは、この白楼の主流派である達磨《だるま》＝タンクロウ＝ニッカボッカ、というラインを離れて、別ラインを形成しはじめたのだ。

　ドテ子の電話も影響していよう。私の誘いこみも頭に残っていただろう。とにかくぎっちょは、別ラインのほくろと組みはじめた。ということは、すくなくともほくろには、私のいった新店誕生の件をしゃべっている。或《ある》いはほくろのようなバイニンばかりでなく、おいしく肥《ふと》ったカモにも何人か口をかけているだろう。自分の客として新店へ連れていこうとしてるにちがいない。

（面白いことになってきたぞ――）

次の回は私が起家だった。私は念入りに自分の山を化粧した。

サイの目は、奴等《やつら》と同じ十。

私、ぎっちょ、ほくろ、ニッカボッカという順に配牌をとっていく。

私の配牌は、

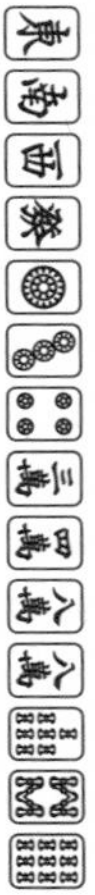

まるっきりのクズ手だった。私は［南］を捨てた。

「ポン――」と北家のニッカボッカがいった。

そこで私はまたツモ山に手を伸ばし、［伍萬］をツモって［西］を捨てた。

「ポン――」とニッカボッカが、またいった。

「なんやおい――」ぎっちょがいった。

「二人でやっとるやないか、わいたちにもツモらしぃな」

しかし、私が次に［東］を切って、ニッカボッカがまた鳴いたとき、場がさっと緊張の空気に包まれた。

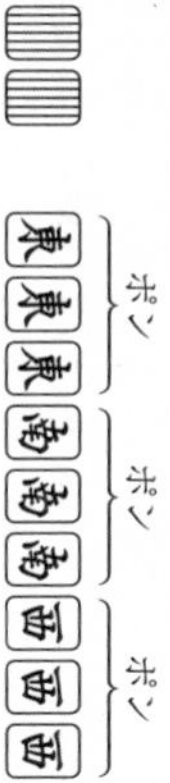

私が三枚切って、ニッカボッカが三つポンしただけだ。他の二人は一度もやらない。そうして私の三枚の捨牌もそっくりニッカボッカの鳴き牌のところに集合して、私の前には一枚もない。

「なんや、お化けみたいやなァ」

やっと、ぎっちょが第一ツモをツモって呟《つぶや》いた。

「これで、でけてたちゅうことがあるんやろか」

「振ればわかるわ、振ってみィ」

ぎっちょは中を振りかかっていた。しかし考え直して彼はその牌を手牌の中に戻した。

「今の内、やろ思うがなァ」

ぎっちょは中ではない別の牌を振った。それは、さっきと同じ北だった。

ははは、とニッカボッカが芝居のような笑声を出した。

《大四喜十枚爆弾》

「ブウや、くそ、よう見てけっかれ」

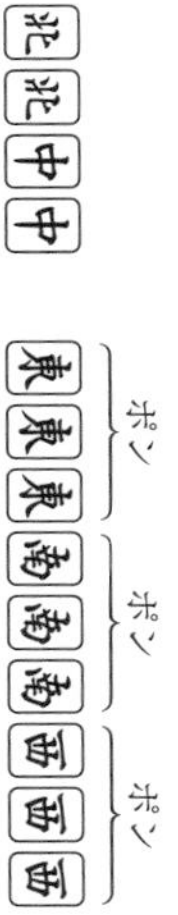

ぎっちょの口が丸く大きくあいた。

「そりゃ、なんちゅう手や」

「大四喜字一色や、おぼえとき」

ニッカボッカの気持よさそうな声。

しかしむろん、彼が自力でこしらえたのではない。

出目徳ゆずりの十枚爆弾を私が入れてわざとニッカボッカにあげさせたので、前作の青春編をお読みの読者は先刻ご承知かとも思うが、ここに図を再録する。

サイ十の目であるから北家のニッカボッカはこの山の右端の角牌（東と南）、六枚飛んだ八、九枚目（西二枚北二枚）、また六枚飛んだ左端四枚（中二枚に東と南）をとる。親の私は配牌第二集団で右から二枚目（東と南）六枚飛んで十枚目の西をつかむ。

以前の図とややちがって十二、十三枚目の上山に北と中があるのは、南家のぎっちょに打ちこませるためで、東南西を一枚ずつ掴《つか》んだ私はこれを一枚ずつ捨てていって、ニッカボッカにポンをさせ、ようやくぎっちょが第一打牌を捨てるときには、ニッカボッカが北と中でテンパイしているのである。

狙《ねら》われたぎっちょの手には北と中が一枚ずつ浮いており、最初からこれを抱いて死んでいくか、或《あ》るいは相手の手が整う前に早捨てしていくか。

まず大体は、この場合のぎっちょのように、まさかと思うだろう。ぎっちょも中から捨てかかったが、思い直して一番重要の牌北から捨てた。これは中を捨てるくらいなら北からである。しかし、それがこちらの思う壺。

ぎっちょは、卓に突っ伏して頭を抱えたきり、しばらく顔をあげなかった。ブウ麻雀だから役満だろうと被害額はさほどのことはないが、こんな場合の仕込みは宣戦布告の代りなのである。これで双方が完全な敵として宣言しあったとなると、一種の不安に襲われたのであろう。

六

もう大分夜も更《ふ》けていた。ニッカボッカが便所へ立ったおり、私もさりげなく立って一緒になった。

「あんさん、さっきの仕事は、ありゃ、なんちゅうんや」

「大四喜十枚爆弾――」

「ほう。関東者《かんともん》の仕込みらしくて、豪快やな。――けどブウは点数計算やないよって、役満くれても割り戻しは払えんで」

「そんなものいらないよ。ただ、あんたが、ぎっちょたちに仕込みを喰《く》ったから同情しただけだ。名刺がわりさ」

「あのど阿呆《あほう》、今日はどうかしとる――」とニッカボッカは呟《つぶや》いた。

「そうでもないさ、ちゃんと計算してるんだ――」

私は手を洗いながらいった。

「なにを――?」

「角のビルに新しく雀荘ができるんだとよ。奴《やつ》はそこのマネージャーになるんだって。今、客抜きしてる最中だよ。もうこのクラブの仲間にゃ用はねえんだ」

「何故《なぜ》、あんさんが知ってるんや」

「そこのバーで一杯やってたら、ぎっちょがここの客とそんな話をしてたんだ。店の女もきいてたわけじゃねえけどさ。きこえたもンしようがねえや。嘘《うそ》じゃねえぜ。きいてた。嘘だと思うならWってバーで調べてみな」

「新店か、そいつァいい——」と、ニッカボッカはいった。「商売は自由競争や。誰《だれ》がどこでやろうとかめへん」

私もうす笑いしながらいった。「そりゃそうだね」

「そやけど、あの野郎がやるのはあかんわ。あの野郎はな、復員服一枚で、梅田の地下道で寝起きしとって、この界隈《かいわい》を残飯もらって歩いとったんや。ここのマスターにひろわれてな、ボーイ代りにこの店でお茶汲《く》みしとった。見ィ、そやからいまだに、茶ァ呑《の》むときは自分で立ってつぎにいくやろ。そのうち今のかみさんと一緒になって、どうやら人並みな顔がでけるようになった——」

ニッカボッカは急にどす黒い顔つきになった。

「あの野郎が、商売仇《がたき》になるんやったらだまっちゃおれんわ」

「いいじゃないか。義理は義理さ。そう縛られてちゃ何もできないよ」

フン、とニッカボッカは、便所の扉《とびら》を手荒くあけて出ていった。すこしおくれて私が出て行ったとき、彼は達磨《だるま》と店の隅で言葉を交し合っていた。

ははは、と例の芝居の笑いのような声を立て、ニッカボッカは冗談話でもしてきたかのような格好でこちらの卓へ戻ってきた。

ぎっちょが、上目遣いで私たち二人を等分に見くらべていた。

「おそい便所やったな。二人ともウンコしよったンか」

「取引きさ――」と私はいった。「このおじさんに一発入れてやったかわりに、何をくれるかかけあってたんだ」

「これや――」ぎっちょはほくろの方を向いていった。

「関東者とはつきあえんわ。大威張《おおいば》りで仕事《ごと》をぶつんやからな」

「条件次第じゃ、あんたにだって入れてやるぜ。俺《おれ》は誰彼とコンビなんか組みやしない。敵も味方もないんだ。ただその場その場で叩《たた》っ切っちゃうんだから、刀が当たったらごめんよ」

「けッ――」とぎっちょはいったきりだった。

向こうの卓から達磨《だるま》がこういった。

「タンクロウ、西村（ぎっちょ）、岡田（ニッカボッカ）、今夜は久しぶりに、内輪で一戦やろやないか。奥の部屋をあけとくよってな。そっちゃの卓のきまりがついたら来いよ」

おう、とタンクロウが答え、ニッカボッカはだまってうなずいた。ぎっちょは、チラと不安な表情を見せた。

「お通夜（徹夜）かい――」と私はニッカボッカにきき、それから達磨の方に叫んだ。

「お通夜なら、俺も打ちたいな。入っちゃ駄目《だめ》かい」

「せっかくやがな――」

と達磨がいった。

「こりゃ内輪同士の麻雀でな。お客はんは出てもらうことにしとるゝや」

私はしつこくは頼まなかった。その卓が終って、連中が奥の部屋に消えると、私は店を引きあげた。

筋向かいのバーへ行って、一杯呑《の》んだ。私は時間を見計らって、もう一度、奴《やつ》等《ら》のところへ電話をかけるつもりだった。

お通夜麻雀

一

受話器の向こうで、ベルが、何度も何度も鳴っていた。

奴等がこんなに早く解散するわけはない。番号もまちがいなくかけた筈《はず》だ。だから、警察を警戒して、お互い顔を見合わせて、どうしようか思案しているのだ。

よおし、出るまで鳴らし続けといてやるぞ——。

ガチャッと先方の受話器が持ちあがった。

「どなたでっかいな。もう店はとっくに閉めましたがな。あんまり遅いこと起こさんといておくなはれ」

達磨《だるま》の声だ。

「俺《おれ》です——」と私はいった。「関東者《かんともん》です——」

「おう——」ととたんに声の調子が変った。

しばらく間があいたが、

「どこに居るんや」

「すぐそばですよ。呑《の》んでたんだけれども、気になったもんだから。――ちょっと顔を出していいですか」

「――おいで」と達磨がいった。「鍵《かぎ》をあけとくさかい、早いとこやで」

私は受話器をおいて立ちあがった。

おそらくぎっちょが吊《つる》しあげられていよう。どんなやり方で、どう責められているかはわからないし、もう終ってるかもしれないが、奴等《やつら》の仲間割れをこの眼で見ておく必要がある。

見て、どうというわけではないが、やはり相手の様子をなるべく知っておいた方がいい。戦う前には、できるだけ相手に近接しているべきだ。

私は『白楼』の扉《とびら》を押して暗い店の中へ入っていった。奥の方に灯がついている。達磨とタンクロウとニッカボッカとぎっちょが、卓をかこんで打っている。

想像を裏切られて、べつに荒れた痕跡《こんせき》もない。ただ麻雀を打っているだけだ。

私はやや拍子抜けのていでそばの椅子《いす》に腰をおろした。

「一人やな――」

「ああ――」

「扉に鍵かけてきたかいな」

「ああ――」

「よし。そこで、ちょいと見とれや」

ニッカボッカがリーチをかけており、タンクロウが例によって二つほどメンツを食っている。

達磨がを打った。すぐ続いてその下家のぎっちょがやはりを打った。

「それや――四七索や」とタンクロウ。

だがタンクロウの下家のニッカボッカも同時に手牌を倒した。

「わいもや、二《ツー》ランだとすると、こらブウやな」

「あれ、おかしいな――」と私は思わず口を出した。

タンクロウとニッカボッカが同じ待ちで振りこんだ場合、二人が同時にあがる、これはわかる。関東のように頭ハネにはならず、通称ツーランホーマーといって、二人に払うことになる。だが、

「マスター（達磨）に続いて捨てたでも西村さん（ぎっちょ）ので当たれるのかい」

「そうや。此奴《こいつ》へこましゃ、Bトップ（二コロ）やからな」

「リーチかけてる場合もか」

「そうやがな。うるさく言ィな。なんでもええんじゃ。素人《しろうと》ルールでやっとっちゃ、誰《だれ》も打ちこまんやないか」

当のぎっちょは何もいわなかった。深々と頭をたれていた。それから急に立ちあがって、バラバラと卓の上にこぼすように百円札を出し、ポケットの裏地を両手でひっぱりだしながら、

「もうこれや、ハイ無しや、このブウの分は明日絶対に届けさせるかい、帰らしてや」

「あかんな、わい等はその気でやっとんねん、まァ朝までやろやないか」

「けど、小僧も来よったさかい」

「小僧は小僧や、やろ、やろ」

「堪忍しィな――」とぎっちょはかすれ声を出した。「わいも、悪気じゃなかったんや」

「堪忍て、なんや。わい等が堪忍せんならんようなこと、やったんか」

達磨《だるま》が卓上の百円札をつまんで横手の卓へ無雑作《むぞうさ》に投げた。そこには千円札が

すでにかなりの高さの山になっていた。

　ニッカボッカがいった。「はよ、積まんかい」

「そうかて、払えんわ」

「なァに、我々の仲や。金でなくたってかめへん」

「そうや――」と達磨も千円札の山を振り返りながらいった。「お前がブウやったら、これ全部、返したるでえ。敗者復活という奴《やっ》やなァ」

「お前はなに賭《か》ける」とタンクロウがいった。

「そうや。家があるやんか。かみはんの家か知らんが、あれいこ」

「あんまりや――」ぎっちょはまた立ちあがった。

「サイ振るでえ。親きめや」

「ホラ、西村、配牌とらんかい」

「助けてえな。わい今日かぎり麻雀やめる。もうどこぞから話があっても、いっさい関係せんさかい、頼むで」

「これか、これ振るんか――」とタンクロウが腕を伸ばして、ぎっちょの配牌の一番端にあった[西]を河に捨てた。

「やあ、ロンや――」とタンクロウは同時に自分の手も倒した。

「えらいすまんなァ、西単騎で、人和《レンホー》や。ブウやろ。ワンナウト（一コロ）でもしようないわ」

「弱ったなァ、西村――」と達磨もいった。

「そやけどお前も博打《ばくち》では、なんとかといわれた男やもンなァ。往生際《おうじょうぎわ》はきっとええぜ。帰ったらすぐに引越しの仕度《したく》や」

「積まんかいな、西村――」とニッカボッカ。「何やってもええ。お互いようく知っとるからなァ。元気ィ出してやれや」

二

勝負は簡単だった。ブウ麻雀でこう露骨に三人に組まれては、勝負になるはずがない。ぎっちょは商売道具の湯タンポ全部を賭《か》けさせられ、世帯道具を賭けさせられ、それから内儀《かみ》さんを賭けさせられた。

「西村、まだいくらもあるやろ。靴一足かてええ、米一升かてやったる。どうせ朝までまだ大分あるんや」

「取り返す気にならんかい、西村」

「西村、どうせ朝まで帰れやせんのや。声を出せや」

「やったかて同じや。ええもう、みんなくれてけっかるわ――」眼を血走らせたぎっちょがいった。「それでええんやろ。まだ文句あるンかい」

「それでええよ、それでもともとや――」とニッカボッカが笑った。「梅田の地下道で寝とったときを考えてみィ。穴のあいとらん服つけてるだけでもましやないか」

ぎっちょはふらふらと立ちあがった。そうして私を見た。近くの椅子《いす》に彼の左手が伸びたと見るや、烈《はげ》しい勢いで私のところへ飛んできた。私も自分がかけていたやつをすぐ投げ返した。

「騒ぐんやない、ど阿呆《あほう》！」

私は唇《くちびる》の端を切っていた。ぎっちょは暗い方へ行って両手で頭を抱えこんだ。

「よおし、さあおいで、小僧――」

達磨《だるま》がてれっとした笑顔で私にいった。ニッカボッカもタンクロウも、同じような笑顔になっていた。いやな感じのする笑い顔だった。

「いいよ。俺《おれ》は打ちに来たわけじゃない」

「まァ坐《すわ》りィな」

達磨は、ぎっちょが今までいた席を手で示した。

「いややいうたかてな、つきあいちゅうもんもあるよって——」

「そや、あの西村だって——」とニッカボッカもいった。「打ちとうなかったらしいが、帰りはせなんだ。帰ったところで、同じなんや。この意味わかるか」

「どうだろうと——」と私はいった。

「三人に一人じゃいやだ。負けるからね」

「そらわからん。博打《ばくち》や。お前の腕の見せ所やろて」

「まァ坐《すわ》れちゅうんだ。訊《き》きたいこともあるからな」

私は、その被告席のようなところにむりやり坐らせられた。私には連中が何を訊こうとしているかわかっていた。いかさまは必ずバレるものだ。バレたってかまわない。ただもうすこしおそいと都合がよかっただけの話だ。

「まず訊くんやが、この近くに東京からの資本でクラブが出張《でば》ってくるちゅうのは、ほんまの話か」

「嘘《うそ》だよ」

「ほんまや！」と離れたところから、ぎっちょが叫んだ。「此奴《こいつ》がわいを誘いよったんや。だのに岡田（ニッカボッカ）に密告《さ》しよったのも此奴や。どんな気ィかわからへん」

「そういったのはそうだが、話は嘘なんだ」

「西村をひっかけよったんやな」

「そうさ」

「なんぞ、怨《うら》みでもあったんか」

「怨みなんかない」

「じゃ、なぜや、なぜ奴《やつ》をふらつかせるように仕向けたんや」

「なぜかなァ。当面の相手の一人だったからだろう。俺《おれ》ァ、なんとかしてあんたたちに勝ちたかった」

「なぜ――」

「なぜだって麻雀打ちなら誰《だれ》だってそう思うだろう」

「そうやろか。わいはそう思わんなァ。わいやったらきつい相手はよけていきよるがのう」

「そういうやりかたもあるな。でも俺はそうしないんだ。だって、そんなら他の商売やった方がずっと楽だよ。俺が麻雀やめられないのは、俺より強い奴がいるからさ。なんとかしてそいつ等《ら》に勝ちたいんだ」

「ふうん。勝つためには手段をえらばずか」

「そうだね。相手が玄人《くろうと》だったらね」

「もうひとつきくが、西村は、強い打ち手やと思うたのか」

「あんたたちの中じゃ一番甘そうだった。でも俺は、おっさん、あんたが相手だと思ったからね。まずその前に枝を切らなくちゃあ」

達磨《だるま》は声をあげて笑った。

「枝をな、なるほど、おもしろい小僧や」

「もう一日あれば、枝はなくなっちゃったろうよ」

「さよか——」達磨の顔からは笑いが消えなかった。

「ねえ——」と私はニッカボッカの顔を見た。「名刺もあげたもんね、俺たちは一応口をききあう仲なんだよ」

ニッカボッカのごつい身体がちょっと揺れた。

「ありゃ名刺やない、お前の罠《わな》や」

「まあええわ」と達磨。「本気にはせんよ。どうも此奴《こいつ》のいうことは信用でけんさかいな。さあ、早くやろうか」

「金はあまり無いぜ——」と私は千円札を何枚かと、百円札をごちゃっと出して見せた。

「俺をカモったって――」

「なんぼやってええんや。賭《か》けるものなぞ仰山《ぎようさん》あるわ」

「そや、あるでえ――」タンクロウも口を出した。「早いとこやって、寝よう。わいは二日目やしな」

三

私の金も、ぎっちょと同じく、達磨のそばの卓に、ポイと無雑作《むぞうさ》に投げられた。はずかしいが二回とも負けたのだ。私は起家のチャンスを狙《ねら》っていたが、二回ともラス親だった。

「もう、金、ないぜ」

「金やなくたってええのや」

「でも大阪は、まだ来たばかりで、なんにもないんだ」

「身体張ったらええやんけ。お前、麻雀打ちやろうが」

「身体――？」

「おう、小指とか、薬指とか、頭の毛とか、足の指とか、いらんものは仰山あるわ」

「おっさん――」と私はいった。「さっき、勝つためには手段えらばずっていったが、俺《おれ》にだってやらんことはたくさんあるのさ」

「そりゃ、どういうこっちゃ」

「バーで警察《サツ》に電話をしとく手だってある。ぼくはあとでのぞくと電話して、鍵《かぎ》をはずしといて貰《もら》えば、それでいいんだからな。でもそりゃアしない。俺は自分で勝負するんでなきゃいやだ」

「じたばたしよるなァ、小僧――」とタンクロウがいった。「往生際《おうじょうぎわ》がわるいでえ。警察《サツ》にいったって同じや。ここは日本人の店やあらへん。そう簡単に手入れはでけんのや」

「だからそうはしないよ」

と私は必死に技《わざ》を考えながらいった。

「でも、おっさん、ぎっちょを吊《つる》しあげるのはいいが、俺を吊しあげるのはまちがってるよ」

「なぜや。お前は元凶やで」

「ぎっちょはしくじったんだ。俺は罠《わな》をかけた方だ。そりゃ悪いのは俺だが、善い悪いでものごとをきめるんなら、普通の世間と同じじゃないか。この世界は技をかけた方が勝ちなんだ。勝った方をいたぶるなんて法はないぜ」

「ふん、それも一理やな」

「だろう――あッ、失礼」

私の手からサイがひとつ飛んで卓の上におちた。それはコロコロ転がって見えなくなった。

「ごめんよ。タンクロウさんの方へ行ったんだが――」

タンクロウとニッカボッカが椅子《いす》をずらした。彼等がサイを見つけてひろう前に、私は頭をあげて山の左端をつかんだ。

山の牌を抜く気だった。だが手が動かなかった。達磨《だるま》が、変らぬ姿勢で笑みを浮かべたまま私の手もとを見ていたからだ。

私は今度もラス親で、上家の達磨が親だった。いつもここまででブウになってしまうのだ。なんとか私の親まで持っていきたい。だが、私があがらない限り、達磨の親はおちない。

抜けないとしたらどうするか。積みこみではまにあわない。彼らはいずれも、私の山が最後に残るようにサイの目を出す。私は他人の山ばかりで手を作り、クズ牌ばかりツモりながら他家の早い手に対抗しなければならない。

結局その局は好牌を入れられず、辛《かろ》うじて六九万でテンパイしてリーチしたがあがれなかった。達磨が追っかけリーチをして来、おそらく狙《ねら》い打ちのサインが出ていたのだろう。タンクロウが達磨に打ちこんで連チャンとなった。

私は原点かすかすだった。ツモられれば、どんなゴミ手でもへこんでしまう。へこめば、すぐに連中が打ち合ってブウにしてしまうだろう。

私はふと卓の脚《あし》を見た。寸法がいくらかちがうらしく、煙草《たばこ》の空箱や厚紙などが何枚もさしこまれて平均をとっている。

私は煙草に火をつけようとライターをとりだし、それを床へおとした。

「なんや、またかいな――」

「ちがう。今度はライターだ。もうみつかったよ」

私はライターをとるついでに、卓の脚にはさんである紙類を取り払ってしまった。

達磨の親の三本場だった。

熟練に熟練を重ねているらしいその手で、奴《やつ》がサイを振る。実際、奴の出す目はいつもきまっていた。五か、九だ。下家が私なので、私の山をさわらせないためには、五か、九がよいのだ。

サイが達磨の手からはじけて、綺麗《きれい》に河をころがった。一つは四、一つは五でとまりかけた。

その瞬間、私は卓の端に手をのせた。卓がガタリと揺れた。

とまるかに見えたサイが、そこでとまらなかった。ひとつ狂って、四が六になった。

五と六で十一――。

「うむ――」

と達磨がうなった。

「よおし、わかった――」

彼はそういい、突然自分の前の山をぶちこわした。

「なんや、どないした――」

「勝負はここまでにしてやろう。こりゃ長くなりそうやわい」

「へええ、今まで一度も吐かなんだセリフやがなァ、マスター」

「この局は奴があがる。風向きがそうなっとるわい。次の奴の親も、奴があがりきる。こりゃ、やらん方がいい。結局はわい等が勝つんやけどな。ま、東京の兄《あん》さんのじたばたが気に入ったさかい。やめたるわ」

「それじゃ――」と私はいった。「また、打ちに来てもいいかい」

「おう、ええぞ。博打《ばくち》は技《わざ》をかけな、あかん。技をかけない奴は仲間にしたってしょうもない。技をする敵の方がおもろいわ。せいぜい、工夫しておいで。――それからな、脚の下の紙を元のようにしておきィな」

浮浪の法則

一

外は日本晴れ。街はもう朝の活気を孕《はら》んでいる。お通夜（徹夜）が終って充血した眼を渋く開けながら世間の風に当たるとき、玄人《くろうと》も素人《しろうと》もおしなべて博打の空しさを感じるらしい。

勝った負けたはもうたくさんだ。お互いの顔ももう見たくない。で、誰《だれ》しもがいそぎ足になり、声もかけずにそそくさと別れる。

一番あとからのろくさと『白楼』をぎっちょが出たときは、そんなわけでもう誰の姿もその辺から消えており、わずかにタンクロウが輪タクに乗りこんだのがチラと見えたきりだった。

ぎっちょはふてくされて、固い石畳に足をぶつけるようにして歩いた。着ている物と、五体の他には自分の所有物は無い。

在り金をとられ、家をとられ、女房をとられ、商売道具の湯タンポを、押えられ——、いかに達磨《だるま》の強要にしてもそんな馬鹿なことはないと思われるだろう。居住権というものもあるし、れっきとした夫婦なら他人が口を入れるすきはない。しかし、そう思うのは小市民の素人了見であって、無法社会にはそれなりの法則があるのだ。彼等を左右しているのは法律ではなくて、仲間うちの約束だった。約束の中で生きている以上、ぎっちょにとってボスである達磨のセリフを反故《ほご》にする手段はない。

つまり、ぎっちょの今池《いまいけ》の家は、仮《かり》の寝ぐらにすぎない。女房は、自分の女にはちがいないとしても、自分の女であることが原則ではない。原則は他にあるのだ。召集令状が舞いこむと同時に戦線に駆りだされていった兵士のように。生きていることでさえも仮の姿なのだった。約束の中で保護されるということは、同時に、約束によって殺されてもいくということだ。それがいやなら、大樹の陰に寄らなければよいのである。

その場合は一匹狼《おおかみ》の、独立国となって、八方を敵にしなければならない。すぐに殺されるかもしれぬ。だから誰かを味方として仰ぐ。

約束を守っている限り、味方は攻撃をかけてこない。では平和であるか。しかし、安全を保障されて、なにもかもうまくいくような、そんな都合のよいことがこの世にあるわけはない。

利益は達磨が一手に吸いこんでいく。達磨は『白楼』を乗っとり、ついで南の盛り場に寿司屋を出し、喫茶店を開いた。たった二年あまりのうちにだ。ぎっちょはいつもそれを口惜《くや》しく眺めてきた。俺だって、腕は、奴《やつ》とそうちがいやしない——。だから、私のちょいとした誘いに、警戒をしながらも乗ってきたのであろう。

しかしぎっちょは、達磨を仰いで安全を買い入れたとき、彼の誇りや主体性を売った筈《はず》だった。そういう都合の悪い反面を忘れている。だから、仮にでもこの世界で生きてこられた以上、達磨は今日まで立派に約束を果しているのである。

独立しては生きにくい。安全を求めれば仮の姿でしか生きられない。

この世にはその二つしか生き方はないので、したがって、ぎっちょに許された自由とは、ただふてくされることしかなかった。

ぎっちょは、長い時間をかけて今池の家まで歩いて帰った。

格子戸《こうしど》がするッと開く。家内では物音ひとつしない。

まだ寝ているのか——となにがなし安心して、そっと唐紙《からかみ》をあけたが、そのとたん、此方《こちら》を向いてきちんと坐《すわ》っているかみさんの顔と鉢合《はち》わせをしそうになった。

夜具は隅にきちんとたたまれて大きな包みになっている。かみさんの顔は無表情のままだ。

ぎっちょはおろしかけた腰を、おちつきなく元へ戻して、水を呑《の》みに台所の方へ歩きかけた。

すぐに箪笥《たんす》がないのが眼についた。違い棚《だな》も、食器戸棚も何もなかった。それ等は長四畳に山と積まれていた。ぎっちょは部屋の隅の、それだけは荷作りされていない電話機に眼をやって、すぐに了解した。

「お市――」

それだけしかいえなかった。水を呑んで、かみさんの硬い背中を眺めた。すると、急に捨て鉢な気持が湧《わ》いた。

（なんや、騒ぐことなんぞあれへん、どんなになったかて、わいはもともとルンペンや、元っこやないか――）

その変化は素早く来た。おかしなことに、彼はもう、家にも女にも未練を感じていなかった。

それは、わずらわしくて不自由な、自分を縛りつけているお荷物のように思えた。

（あほンだら。こんなもン無い方がええのや、厄介《やっかい》ばらいちゅうやっや――）

ぎっちょは荒い所作で、かみさんに近寄ると、ずぶっと懐中に手を突っこんだ。

「なにしやはるの！」

他人行儀に烈《はげ》しく身をもむのに、

「阿呆《あほ》ぬかせ。妙な気とちがうわ。そんな出崩れたパイパイに気ィもつか。財布を出せいうとるんや」

ぎっちょはかみさんを横にねじり倒した。

「出さんかい！　わいは一文無しやで」

「あてかて、そうやがな」

「女は文無しかて、なんでも生きられる。ヘッ、こうなりゃ便利なもんや」

「いや、やたら！」

「この糞《くそ》ッ、どつかれたいゝか！」

ちょうどそのとき、表が騒がしくなった。

「まだ居たゝか、西村――」

　タンクロウ爺《じい》さんの声だった。

二

「さあ、ここや。ここが今日からお前の家やさかい。遠慮のうおあがり」

　タンクロウが上機嫌《じょうきげん》な顔で、背後の女を振り返った。二十六、七か、ボリューム充分の生殖器みたいな女だ。

「どや、気に入ったか――」

「フン、まァ、アパートよりは、ましやな」

「えらい挨拶《あいさつ》やな。今どき、一軒家なんぞなんぼ探しても空いてやへんで」

　ぎっちょは往来にしゃがんで、その様子を眺めていた。眺めている必要が、べつにあったわけじゃない。行き場がなかったからだ。

　まもなく、小型トラックがやってきて、女の所帯道具らしいものを運びこみはじめた。

「もう行かはるの。一服して行きィな」

　そんな声が、家の中からきこえる。

「行きゃァせんわい。わいの女子の家やないか。茶ァいれたら、布団《ふとん》敷けや」

「ふふふゥ、布団敷いててええのンかァ。そやかて、あの変なおばん、見とるでえ」

「阿呆《あほう》、わいは二日も寝とらへんのや。ぐっと寝なきゃ、動けへんわい」

「なんやそうか、おかし思うたわァ。もうそんな元気あらへんもンねえ」

「ちぇッ、阿呆《あほ》くさ！」

ぎっちょははずみをつけて立ちあがった。まったく阿呆くさい。昨日までの我が家で、昨日までの仲間が、たわむれている。これじゃぎっちょがいかに無神経でも居たたまれない。

「おうい、西村ァ――」

往来に面した窓格子にタンクロウの白い顔があった。

「かみさんはどうする。彼女《やっ》の始末がつくまで居なくてええのかァ――」

「勝手にしくされやァ――」とぎっちょは暗い声で叫んだ。「そんなモンに、もう未練はないでえ。煮るなと焼くなと、どうにでもしろやァ」

くり返すが、ぎっちょの自由はふてくされることだけである。そうして、これが彼の唯一の見栄《みえ》だった。

ぎっちょは再び淋《さび》しい気持にどっと襲われながら歩きだした。

気持も外見も、若くは見えるが、ぎっちょはこれでもう四十近いのである。この前の復員後、浮浪者だった頃《ころ》は三十そこそこだった。あの頃はまだ若かった。今はもう、諸事に疲れている。今から浮浪者の群の中にふたたび舞い戻って、それでもう一度、浮かびあがれるだろうか。

浮かびあがるといったところで、世間の人たちのように住むところや家族を持つことをいうのだが、それは雑作《ぞうさ》もないことのようで実は大変なことなのだった。もう二度と自分は、かみさんを追い使って茶《ぶぶ》づけをかっこんだり、湯あがりで大の字に寝こんだりする暮しはできないだろう、とぎっちょは思っていた。だが、そのかわり、今日からは何をしようと俺《おれ》の勝手だ。この世界に遠慮するものは何もない。やりたいことをやってしくじったところで、くたばればそれでいい。

そうだ、くたばったところで元っこだ。何故《なぜ》、はじめからそう思わなかったのだろう。

ぎっちょは、家や女房に未練をなくしたと同じ素早さで、中年という年齢や、このところ身についた世間智などを捨てていった。普通の人ではとてもこうはいかないだろう。浮浪経験がある者でなければ、このへんの心情はよくわからないかもしれない。

とにかくぎっちょは、今や身も心も浮浪者に戻っていた。さしあたり、かみさんから奪ってきたいくらかの金がある。これがある間は天下無敵。心配ごとなどはすこしも迫ってこない。

実は、筆者自身がこんな場合のぎっちょの気持がよくわかるのである。浮浪者は、こんな場合、つまり小金を握っているとき、酒を呑《の》もうとは思わない。わずかの金で安堵《あんど》して、ひっくり返って寝てしまおうとも思わない。そんな奴《やつ》は本格的な浮浪者じゃない。

どう思うか。働こうと思うのである。なんとかして、この小金を増やそうと思うのだ。ひっくり返って寝てしまうのは、小金も何もかも無くなってしまったときである。そのときはそのときで、また平気で寝ちまうだけの話だ。

だがその手前のところでは、じたばたして金の命を明日へ延ばそうとする。そのじたばたがなんとも楽しい。わずかの金が、頰《ほお》ずりしたいほど愛《いと》しくなる。嘘《うそ》だと思ったら、地下道で暮してごらんなさい。

ぎっちょは、そのじたばたをはじめた。競輪場に足を向けたのだ。

現在はなくなったが、長居《ながい》公園の中に中央競輪場というのがその頃《ころ》あって、俗にいう地獄の鐘《ジャン》を鳴らしていた。

まだ一日十二レースもやっていた頃だ。花火をドンドン打ちあげて客を呼んでいた。世間が今のようにうるさくなかったのだ。

第一レースの選手の地乗り（顔見せ）がすんだところだった。B級の木炭車レースだ。

場内はまだ閑散としている。予想屋たちもパラパラと居るだけだ。

ぎっちょはベンチに腰をおろして、舌なめずりをしながら予想紙を検討しはじめた。昨夜から寝てないくせに、ねむ気はすこしも感じない。

本命が三枠《わく》の赤帽子でマーク屋。対抗が六枠の赤青帽子でこれもマーク屋。単穴が二枠の黒帽子でこれが逃げ屋。いずれも四十歳代のロートル選手だ。

「ヘッ、どれもこれも、ええおっさんやなア――」

自分の年齢を忘れているぎっちょとしてはそう思うのも無理はない。

三―二、という車券を勝負して、押えが二―六。本線は二にマークする三と六と見て迷わず買った。彼は群集にまじって金網のところにへばりついた。

スタートの号砲が鳴り、選手がゆっくり周回をはじめた。二枠の黒帽子が先行位置。それに赤帽子と赤青帽子が競《せ》って続いている。

「九番（六枠）退《さが》れ――」

「馬鹿野郎、競っちゃあかん――」

だが、ぎっちょはほくそ笑んでいた。どっちにしろ、この形じゃ三―六という本命車券はない。脚力どおり三が六を競りおとせばチョイ差しの三―二。

もし六の方が競り勝ったとしても、いくぶん力が落ちるので、二を差すことができずに二―六。

（うまくいきよるわ、わいは勝負師だてこうなったら強いんや――）

周回のスピードが早くなり、ジャンが鳴りはじめた。不意に隊列の後尾が動きはじめる。と見るうち、あまり計算に入れてなかった青帽子が矢のように上昇し先行位につくと外枠《そとわく》で踏みこらえていた六枠の赤青帽子がすかさずそれに乗りかえた。二枠と三枠は内側で包まれて出られない。青帽子が逃げる。好位でそれを追うのは赤青帽子と白帽子だ。黒帽子と赤帽子は後尾まで退って泳いだまま。

四コーナーをまわって、先頭集団がどっと横一線に並んだ。

「差せ、差せ――！」

「そのまま、そのまま――！」

周辺の怒号の中で、ぎっちょはむっと黙りこくっていた。ゴールの着順をたしかめもせず、手の中の紙っきれを空中高く投げ捨てた。

三

五レースまで達しないうちに、ぎっちょの持金はほとんど無くなっていた。彼はもう、バンクに背を向けていた。

「チェッ、落ちてるわ——!」

だがまだ文無しというわけじゃない。それに博打場《ばくち》の中なのだ。ひっくり返ってふて寝などしていられない。すっ転がったって、ただでは起きるもんか——。

(あそこに誰か、麻雀屋の顔見知りが来てるやろう。誰か、来てさえいれば、今日ならまだ、『白楼』をしくじったことも知られてへんし——)

なんとか指定席スタンドにあがってみよう。ぎっちょは金網のそばをはなれて指定席の入口にやってきた。

「あ、もし、おっさん指定券お持ちでっか」

「なにィ——」

若い整理員をひとにらみして、強引に駈《か》けあがった。五レースがスタートしたところである。色とりどりの選手が、さっきまでと同じように小さなバンクの中を走り廻《まわ》っている。

ぎっちょはしかし、そちらの方はまるで見ていなかった。スタンドの端にたって、夢中で観戦している客の顔をひとつひとつ見渡していく。

(――居た!)

今池の、つまり昨日までの我が家に近いところから『白楼』に打ちに来る焼鳥屋のお内儀《かみ》が来ている。ぎっちょとはもう長いなじみだ。

(あのおばんなら、カモだ――)

ため息と怒号のうちにレースが終り、穴場の方へ散りかける人波を縫うようにして、ぎっちょはお内儀の方へ近づいた。

「やあ、当たっとるけ――」

「おや、西村さん、あンた競輪やらはるの」

「やるってほどやおへんけどな」

ぎっちょは精いっぱい親しげな顔を浮かべた。

「まァ、ここで会ったらしようもないわな。教えたろか」

お内儀は顔をのけぞらして冷笑した。

「教えるって、今度は銀行レースやわ。あんたにきかんかてわかっとるがな」

「無いよ――」とぎっちょはポツンといった。

「無いて、赤池為雄が？　冗談やないわ。ここで消えたら、騒ぎやでえ」

「赤池は消えん。けどな、本命は無いんや」

お内儀《かみ》は今さらのように、予想紙の方へ眼をおとした。

「赤池為雄の逃げ一点。それに一枠《わく》の時田正がマークせなんだら、これまた騒ぎや。なんで本命無いの？」

ぎっちょはお内儀の耳へ口を近づけていった。

「――情報や」

「情報情報て、よくあるからねえ。レース終ってみると、ありゃ失敗やって、許せ、かんべんな、て」

「お内儀。わいが競輪場へ来とるの、これまで見たことがあるか」

「そら、無いわ――」

「無いやろ、よくよくのことがなけりゃこんなもん、やらんのや。わいは麻雀でおまんまにありつける。こんな他人が走るようなもン、よう買うものか」

「じゃ、ほんまやの」

「せやかて、教えたるいうとるンや。来たらお祝儀《しゆうぎ》たんと貰《もら》うでえ」

「それで、なによ。赤池の頭で、ヒモはどれが来る？」

「わからん」

「わからんのやったら——」

「対抗の時田は無いんや。時田を消して、あと赤池から抜け目を五点、全部買え。時田の一本かぶりやから、どれが来ても合うぞ」

なんとなく思案気なお内儀《かみ》の背を押して穴場に連れていった。

「はよ、行け。バラ券はあかんぞ。たんと買えや。安心して行てこい」

(——来なくて元っこ。来たら三割はいただきや)

ニヤッとしたその顔がおさまらぬうち、ぎっちょは肩を叩《たた》かれた。

「西村はん、なんや儲《もう》かりそうな顔してるが、どういう風の吹きまわしや」

麻雀で先日コンビにたぐりこんだばかりのほくろが人混みの中に立っていた。

四

ぎっちょの顔に臭い息を浴びせかけるほど近寄って、ほくろはこういった。

「あんた、競輪は珍しいやろ。なんで来よった。誰《だれ》ぞの使いか」

「いや――」

「ほう。じゃァ遊びか。おかしいな、あんた、競輪で遊んどるほどのんきな身分かいな。白楼で皆にどづかれたこと、きいたでえ」

ぎっちょは渋い顔になって口ごもった。

「――遊びやあらへん」

「そうやろな。麻雀打《ぶ》ちが競輪打とうってんやから、こらァひと理屈あるんやろ」

そのとき、ぎっちょのコーチどおり穴場を走りまわって買い終えた今池のお内儀が近寄ってきて、手にした車券でぎっちょの頬っぺたを軽く叩いた。

「ほんまに、大丈夫やね。今日の持金全部買うてしもうたんやから」

「ほんまやて、お内儀《かみ》。奴《やつ》は麻雀の借金で首がまわらんのや。今日、パッ（八百《やお》長《ちょう》）やらなんだら首くくらにゃならんわ」

スタンドへ戻っていくお内儀のうしろ姿を見送って、ほくろがいった。

「――教えろよ。情報やろ。なんや」

「あかん、そんなんやないのや――」

こりゃァ、口から出まかせのクーパツ（贋《にせ》八百長）なんや――、そういいかけたとき、締切りのブザーが鳴りひびいた。穴場の小さな扉《とびら》がいっせいにしまる。

ぎっちょは、ほっとした。

今池のお内儀とちがって、予想がはずれたとき、このほくろが相手では始末が悪い。

「なんや水臭い。あて等《ら》の仲やないか。あのお内儀になにを買わしたんや」

「時田の消しや――」

「ふうん。一本かぶりの対抗時田が無いか」

「奴は麻雀でパアなんや。赤池為雄の頭は固いが、時田無しで人気うすが二着にくる。赤池からうす目を流しや。だがなァ、こんなモンわからへんで。八百長崩れだってよくあるこっちゃ」

「赤池からのうす目流し。――ほんまやな」

「ああ、情報はそうなんや」

穴場が締切っているので、ぎっちょも気がラクだった。ほくろはもう車券は買えない。よっぽど、お内儀《かみ》にも、来なくて元っこの嘘《うそ》を教えたのだといおうとしたほどだ。

「よし。わいも買うてやろう」

「買うてやるって、今からか」

「ノミ屋（私設車券売り）で買うんや。せっかくの儲《もう》け口をだまって見ているわけにもいかんやろ」

「あ、ちょっと――」

ぎっちょは緊張してほくろの姿を見送った。◎赤池為雄、○時田正、×雲井明、△堤三郎、▲池田善助。

お内儀のいうとおり、◎赤池の逃げ一点、マーク屋の中では時田正が実力格ともに抜けていて、誰が見ても赤池―時田の銀行レースだ。

プロのコーチ屋なら、こんなときは本命を教える。九分九厘までそれでくる以上、変哲もなくてもそれを買わせるのだ。どんなに配当的に面白くても来ない奴《やつ》を教えたって一銭にもならない。たとえ百五十円の配当でもたくさん買わせればよいのだ。

（――固い方を教えりゃよかったかな）

ぎっちょはお内儀からもほくろからもなるべく離れて指定席のうしろに立った。しかしこのスタンドをまるっきり離れるわけにはいかない。首尾よく目と出れば、精いっぱい食いつかねばならぬ。

(——ええ糞《くそ》、勝負や)

号砲が鳴った。トップ引きの河島が一団からおどりだして先頭位置をしめる。そのあと正攻位が◎赤池、そのうしろが○時田、×雲井、△堤、▲池田と力どおりにスンナリ一列だ。

「うわァ、固いなァ」

「こら、どうしようもないわァ」

という声が満ちている。時田に雲井あたりがセリかけるかな、と見ていたのが、この二人が折りあいがついて一列なら、スンナリ第一本命でこのままきまってしまう。

二周、三周、隊列は変らずだ。もし◎赤池と同脚質の逃げ選手が一人でも居たら、もうすこし並び順が動いて目が崩れる可能性も出てくるのだが、なにせ全選手が赤池一人を目標にしているという状態ではそれも望みうすか。

ジャンが鳴ってスピードがあがった。と見るや、遠征の▲池田が突然上昇し、○の時田の横でセリかけた。うわっと歓声があがる。すると時田の後位に居た×雲井もひとつ上昇して▲池田の外に並んだ。

時田、池田、雲井と三人が並んだ態勢から、サンドイッチにされた池田が車をひく。時田と雲井の壮烈な二着争いである。

ぎっちょも思わず声を張りあげた。

「雲井、ええぞ、潰《つぶ》して行け！」

だが○時田は退《さが》らない。懸命に肱《ひじ》を張ってねばり、コーナーで雲井をハネあげようとしている。トップ引きをかわして◎赤池が逃げの態勢に入った。半車身おくれて二人がセリながら続く。三コーナー、雲井の脚勢がにぶった。隊列から脱落した雲井を尻目《しりめ》に時田がもがいて赤池に続く。うしろの△堤が隙《すき》をうかがうように踏みあげた。だが時田は内をしめてこの上昇を許さなかった。四コーナーから直線へ、そしてゴール。赤池に続いて時田が入った。それから堤が――。

ぎっちょは走路審判をひとわたり眺めた。赤旗（失格の印）があがらないか。

全部白旗（セーフの印）だ。万事休す。

彼は足早にスタンドをはなれ、石の階段を駆けおりた。正面入口のアーチをめざした。

だが、やはりそううまくはいかなかった。食べ物屋が並んだ横手で、ぐいと肩をつかまれたのだ。

「なんや、あのレースは――」ほくろだった。「パツの気配などどこにもあらへんやないか」

五

「あんな筈《はず》やないんや。時田はたしかに――」

胸ぐらをつかまれて、屋台の横までひきずられながら、ぎっちょは懸命にいった。

「消えるいうたんや。わいのせいやあらへん、なにかまちがいがあってこうなってしもたんやろ」

「アホ吐《ぬ》かせ。トボける気ならいくらでもやれるレース展開やぜ。おい、西村――」

押さえつけられているベニヤの戸がみしっと鳴った。

「おのれは、どんな恨《うら》みがあって、クーパツかませるんや。白楼のことやってそうやぜ。新店がでけてマネージャーになるちゅう話も、クーパツやそうやな。さ、いうてみ、なんでわいを泳がすんや」

「あれは、わいもひっかかっとんやね。白楼で、わいがきゅうきゅういわされたの知っとんやろが――」

「お前のことなど訊《き》いてへん。この団徳市をどうさせる気ィなのか、訊いてるのや」

スタンドの方で、うわァッと熱い歓声がきこえた。

「お前、わいとコンビを組んでくれいうたとき、どんな話を持ちだした?」

「もうええやないか、堪忍してえや。話が食いちごうたんや」

「どんな話やったか、いえちゅうんだ!」

「新店がでけるよって――」とぎっちょは苦しい声を出した。「そこでわいが舞台つくるから、稼がしてやる。白楼から乗りかえた方が賢明や、客と一緒にこちィ移れや――」

「よっしゃ。それから、もうひとつや。先刻のレースの情報を、たしかに持ってきたんやろ。それをいうてみ」

「時田は無い。赤池から抜けや。時田でかぶっとるから――」

「赤池の抜けで稼げるちゅうたな。ええか。この二つはきっと、近いうちに実行するんや。わい等バイニンはな、博打場《ばくち》でいったことをいい加減にしよったら生きていけへんぞ。よう覚えとけ」

スタンドの客たちが穴場に散りだしていた。いつもなら、当っても当らなくても、大当り、万歳万歳と、派手なジェスチュアで自分の台のところまで駆け戻ってくる筈《はず》の予想屋たちが、何故《なぜ》かしゅんとして声がない。よほどの大穴が出たのらしい。

そのとき、マイクで当り番号と配当金を告げる声が流れてきた。

「一着、七番、タイム、三分二十四秒六、ラップタイム十五秒八。二着、二番――」

「第七レースの配当金額をお知らせいたします。連勝単式勝車番号、五―二の組、一万三千八百円――」

ぎっちょは細い眼をチカリと光らせて、わずかに姿勢を立て直した。

少しはなれたところを、お下げ髪のかわいい少女が歩いて行く。

あれは、たしか、恨み重なる関東者の若造が伴《つ》れて歩いていた娘だ。いつだったか白楼で、麻雀卓の上に飛びおりて、こっちのチャンスを目茶目茶にしやがった、あの娘にちがいない。

(おのれ、野郎も来てるのか――?)

しかしぎっちょの視界にそれらしい人影は見えなかった。

娘は大股《おおまた》に歩いて、払い戻し車券の穴場の方へ行く。

（おや、あいつ、今の大穴をとりやがったんだ――）

ぎっちょは横にいるほくろをつついた。黙っていればよかったのに、ひょいと口に出してしまったのだ。

「おい、あすこにいく娘、なかなかおもしろい奴《や》っちゃァ――」

「あんな子供がかァ?」

例によって、ほくろにも一人前あつかいされなかったドテ子は、特券の払い戻し場の方に立つと、部厚い千円札を両手で抱くようにして立ち去りかけた。

「ねえやん、――おい、ねえやんたら」

「あたいのこと?」

「そうや。えらいまた、儲《もう》けよったなァ。ちィと、わいたちにも運をまわしてや――」

「ああ、ご祝儀《しゆうぎ》?――はい」

ドテ子はヒラリと一枚の千円札を抜きとると、ぎっちょの顔につきつけた。だが、さすがに彼もそれには手を出さなかった。必死の思いで首を振り、

「ちがうちがう、そんなんやないのや」

「あら、それじゃおいくら」

「——全部や」

ドテ子がごくっと息を呑《の》んだ。それから彼女は急に笑い出した。

「なあんだ。思い出したわ。白楼で麻雀やってた人でしょ。そうだわね」

「そのとおりや。競輪なんか、こんなもん結局は入れあげるだけや。今とったかて、そっくり返すことになるで。はよやめて、わい等と打とう、その方がええ」

「つまり、麻雀やって、あたいからこれを巻きあげようってのね」

「そうや——」

「いいわよ。どうせあたいも、これで帰るつもりだったから。どこへでもいくわよ」

「やるか。よし——、じゃ、ええと」

ぎっちょはうしろのほくろをじっと見返った。

「白楼はやめてと。どっか近まがええが、三人やから、もう一人居らんかな」

「夕方になれば、もう一人できるけど。大阪駅に知り合いがつくの。電話かければくるけどね」

「あの若造やないんやな」

「ええ、坊主よ。クソ丸坊主っての。——それまで三人打ちなんかどう?」

「三人打ちか――」とぎっちょはにこやかにいった。「ええよ。ねえやん、あんたはほんまに、おもろいねえやんやなァ」

六

こんな手で彼女は突っぱっていた。三人打ちだが牌は全部使う。だからツモ回数が多いために派手な手がよくできる。

下家のほくろはあきらかに索子一色の手であった。ぎっちょの方は筒子が高い。二人とも面前で、食いに来ては居ないが、三人打ちは意外に早い一色手がある。

中をツモってきた。初牌だ。しかしドテ子は強引に切り飛ばした。万子が安い。それなのに九萬がまだ一枚しか場に出ていない、ドテ子は山にあるとにらんでいた。こんなときは、きっと九萬を、スカリ、スカリ、とツモってくる。オリてなどいられるものか。それに、三人打ちはツモ回数が多いから、オリていても、ツモられて負ける。消極戦法はよくない。一か八か、運の戦いだ。

「ポン――。ねえやん、度胸がええなァ」

ぎっちょがそう呟《つぶや》きながら、やや考えて七萬を切った。

「とおったか、こりゃええぞ」

「うん、きつい牌やな。九萬が出てへんし、わいも七萬はいややった」

あがろうか、いや、九萬を持ってきてあがりたい、まだ最初だもの、と心中で問答していたドテ子は、こういわれてなおさら、ロンというわけにいかなくなった。

すぐ続いて、ほくろが七萬を捨てた。

(まァいいわ、いいわよ――)

びっくりするような手をこしらえて、ねえやん、なんてなめたいいかたができなくしてあげる。あたいの強さを見せてやるわ。

ドテ子は気合をこめて次の牌をツモった。九萬だった。

(ああ、やっぱり――)

迷わず八萬を切った。

「それや――」とぎっちょが手を倒した。

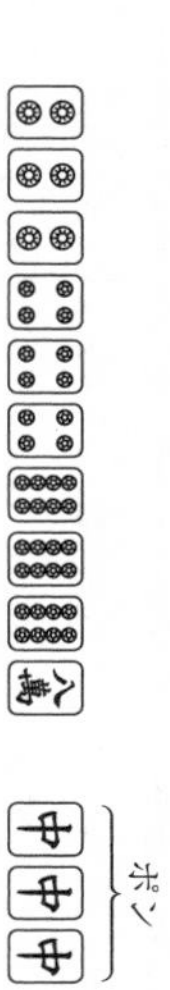

「ピンコロにしよう思うたが、どうも七、八万がいやでな、ずっと六九万待ちゃったんやが――」

その能書をドテ子は半分ほどもきいていなかった。すっと、千円札を出した。

（点棒は使用していない茶殻《ちゃがら》麻雀だったので）

「いいわよ。さっき御祝儀渡したと思えば同じことだわ」

「それや、そうやとも。人間は気ィを大きゅうもたんとあかん。ねえやんでけとるぜ。すっかり大人や」

ドテ子は口惜《くや》しく黙った。あたり前だわよ、二十二だもの、大人じゃなくちゃ何だってのよ――。

もし凡庸な打ち手だったら、さほどの傷にはならないのだ。いけないことに、ドテ子はすぐに反省した。勝負中に反省したってなんの足しにもならないのに。

七萬であがらないくらいなら、中をツモったとき、何故《なぜ》八萬を切らなかったか。九萬は必ず持ってくるような気がした、それはよろしい。七萬であがらなかったのも、まァよろしい。だが中だって初牌だ。山からまた持ってくるかもしれない。九萬の場合とまったく同じ手ができあがるのだ。

それでも中を叩《たた》き切った。それもまァよろしい。だが、中を切ったら、七萬であがらなければいけないのだ。七萬であがらないつもりなら、中を押さえろ。それが麻雀だ。それが勝負だ。勝負はツウチャンスを相手に与えてはいけない。ワンチャンスならすぐにおあいこになる。だが、ツウチャンスでは、すぐに追いつけない。

しかし、それよりまだいけないことがあったのだ。それは、反省することだ。ドテ子はやはり若かった。反省した結果、手作りがそれまでと逆になった。ガメリを中止して、軽く早くテンパイし、こちらのペースに戻そうと考えだした。その気配を二人がすぐに感じる。ぎっちょもほくろも、この道で長いこと食っている。こういうときの打ち手の心情の形式《パターン》はよくつかんでいる。

「うまい、ねえやん、その牌握られてしもうたか。ああ、アガりにくいのう」

軽く早く、あがる筈《はず》が、ひとつ危険牌を握るとオリて回すようになる。すこしも早い手にはならない。結局は、軽くおそい手を作っているのだ。

そうして、こんなふうになると、危険な牌ばかりが手もとに集まりだす。

ついさっきまでは、三人打ちだから、オリていては損だと思っていたのに、その損なことをやっている。

あがりから遠のき、大きくツモられ続けで、ドテ子は総崩れの感じで立ちあがった。

「おい、まさかもうやめるんやないやろ。まださっきの大穴は全部吐いてないで」

「馬鹿ね、やめやしないわ。梅田の喫茶店に電話する時間なのよ」

ドテ子はやっとの思いで平気な顔をよそおって、ダイヤルをまわした。

「もしもし。お客でクソ丸という坊さんをおねがいします――」

まもなく耳もとにクソ丸の声がきこえてきた。

「ドテ子か、元気か。――今どこや。――何しとるんかい――」

ドテ子は涙と鼻汁で、声が出なかった。声をしのび、身体を慄《ふる》わせて泣いた。

博打《ばくち》を打って、負けるなんて、考えたこともなかったのだ――。

毛虫から蝶《ちょう》へ

一

クソ丸坊主がやってきたのは、それから三十分後だった。

ドテ子はもう泣いてはいなかった。泣き止まってはいたが、形勢はほとんど変ってはいない。ぎっちょもほくろも、調子の波に乗り切っていた。

クソ丸は一見してその場の状勢を読んだようであった。

「ははァ――」と彼はいった。「ま、いい、儂《わし》はちょっと休まして貰《もら》おう。今、大阪へ着いたばかりでな。――ちょっとマスター、ビールをおくれ」

麻雀卓の上にがっしりビール瓶《びん》をおいて、ひと息、ふた息、呑《の》みはじめた。

「坊《ぼん》さんよ、打つんかい、打たんのかい。打たんやったら向こうで呑んでくれへんか。こっちゃ目下、戦闘中やでな」

「ビール呑みにわざわざここへ入ってくる奴《やつ》はないやろ。打つよ」

「よっしゃ、四人なら、ブウやで」

「まァ待て。急ぐなよ。儂《わし》ァせかせかするのが大嫌いじゃ」

クソ丸はグラスにビールをつぎたしながらメンバーを眺《なが》めた。

「あんたは、顔を知っとるぞ」と彼はぎっちょにいった。「打ったことはないが、以前、白楼で、見かけとる」

「ほう。あそこで打ちよったか、えろう生臭坊主やな」

「こっちの人ははじめてや――」とクソ丸は今度はほくろの方を向いた。「はじめてやがなんとなくわかるな。あんた等《ら》二人は友だちだろう」

ぎっちょがとがった声でいった。「それ、どういう意味や」

「意味はないさ。ただ、三人打ちで、ドテ子の隣の席をあかして男二人が上下《かみしも》くっついておる。もしやと思ったんじゃ。しかし、いいよ。儂とこの娘だって友だちや。おあいこさ」

「まあ、ええわ――」とほくろがはじめて口をきいた。

「その仲間同士の麻雀とやらを早速はじめようや」

「もう一本ビールだ――」とクソ丸はいった。「ドテ子も呑め、気分直しになるで。あんた方もどうだ。――グラス三つとな」

「わい吞《の》まん——」とほくろ。「ゲーム中はな」

「堅いこというな。吞まして勝とうというわけじゃない」

「けど、風を変えようとしとるわ。間ァおくだけ、わい等のツキは離れてしまう。西村、坊《ぼん》さんの作戦にかかるなよ」

「はっはっは、ドテ子、吞め。シュンとした顔で打つな。お前は考えちゃあかん。考えて打つんだったらこの人たちの方がずっと上だ。お前は子供だから勝てるのだ。だから、子供になれ。それが勝つコツじゃ」

ドテ子はまじめな顔でこういった。

「クソ丸さん、あたいもう博打《ばくち》やめる。これで最後だわ。博打なんかやめて、娘になるのよ。だってあたい、もうほんとうに、娘なんだもん」

「よかろう。なるようになるのが一番ええ。それじゃ、これが卒業式だな」

ビールが空《あ》いた。

四人の両手が卓上で交差しあった。起家はクソ丸。ドテ子、ぎっちょ、ほくろの順だが今度はブウ・ルールなので起家に近い方が有利だ。

ビール二本の中休みで、ツキの風が本当に変ったのだろうか。二巡しない間に、クソ丸がタンヤオ・ドラ二でツモあがった。

一本場の回が五巡目で、二本場の回が三巡目で、いずれも安くはあったがツモって連チャン。俄然《がぜん》ペースが早くなってきた。ぎっちょもほくろも顔を硬くした。

あと二百点ほど増えればクソ丸のブウである。なにをあがったとてよろしい。逆にぎっちょにしてみれば、クソ丸からとらなければあがれない。手によっては、ツモっても誰かがハコテンになってブウということになってしまう。

次善の手としては、誰か一人を浮かして三コロを二コロにするということであろうか。ブウ麻雀は三コロ、つまりマルエイと、二コロ、つまりBトップでは被害金額がちがうからだ。この場はナナトウ（一コロ乃至《ないし》二コロなら一人七百円ずつ払う。三コロだと三人が千円ずつ出さねばならぬ）でやっていた。

因果なことに、次の回ぎっちょの手がよかった。本当は、トップの見こみのないときに好手がきてもしかたがないのである。

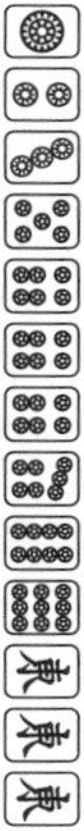

そして、三巡目ですでにをあまらせ、以後、、、と捨てていた。

こんな捨牌だった。彼は🀇打ちでリーチをかけた。

二

むろん、ほくろにはサインを送って、自分のテンパイを知らしておいた。この捨牌ならば誰《だれ》も筒子一色とは思うまい。満貫なので、出れば自分は浮く。クソ丸から出ればしめたものである。ドテ子から出るか、ツモるかしても、自分は浮き、二コロになるのでほくろの被害もすくなくなるわけだ。

通しがかけてあるので、ほくろからは出ない。しかし、ぎっちょはほんのすこし、汚ない手を打った。ほくろには、四七筒だと知らしたのだ。

なるほど四七筒で四筒なら通貫完成型である。しかし🀝だってあがれるのだ。ぎっちょはそれを隠していわなかった。彼は🀚🀠と捨てていて、🀝は一応筋である。

それが、ぎっちょがリーチを敢行した最終の理由だった。クソ丸から出れば大当り、ドテ子から出るか、ツモるかすれば二コロになってまァよし。そして、ほくろが🀝を振ったらしょうことなしの顔をしてあがる。仲間を売ったことになるが、それでも自分は浮く。仲間だって、せんじつめれば他人だ。俺《おれ》はもう家も家族もない身分。握った金を手放したら行き倒れなければならぬ。俺だけは浮くぞ。白を黒にねじ伏せても浮くぞ。

クソ丸、

。ドテ子、

。ぎっちょ、。ほくろ、。クソ丸、

。ドテ子、。ぎっちょ、

。ほくろ、。

「うむ——」

とぎっちょは呻《うめ》いた。

「まあ、しょうないわな。アガっとこ。またやり直せばええんや」

「チェッ、糞《くそ》ッ、あほんだら——」

とほくろが牌を投げ捨てながら叫んだ。

「ごめんよ。リーチやからなァ。アガらんわけにはいかへん——」

「だから手前はど阿呆《あほう》やいうんや」とほくろはなおいきりたった。「ピンコロが一杯で、最初からあまるような手が、おのれの力や偶然ででけたと思うちょるのか。どこの山から配牌をとったんや、なァ坊《ぼん》さん——」

はっはっは、とクソ丸は笑ってる。配牌は、クソ丸の山からとったのだ。

「儂《わし》は積みこみなどはせんよ。ケン師（イカサマ師）じゃない。これでも坊主だからな」

「積みこみも糞《くそ》もあるか。坊主の山はピンコロで固まっとったわ。わいの手やってこうだわ」

　ほくろは自分の手をあけた。

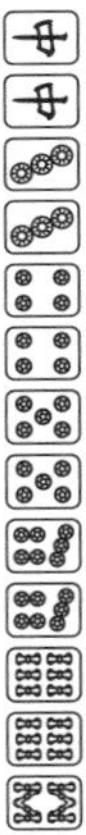

「その程度の手でアガるなら一番喜ぶのは坊さんや」

「お前だって」とぎっちょもいった。「まさかのときにゃアガリにかけるやろが」

「わいは他人の作戦にのってアガらへんわ。お前がそんな考えおこすように坊主が仕組んだ手や。お前は犬の餌貰《えさもろ》うてわいを売ったんや。これで三度目やぞ」

「くそッ、とにかくマルエイをのがれたんや文句あるかい」

　ところが二回戦の初っぱなに、突然、ドテ子が早い面前チンイチをぎっちょからとり、簡単にぎっちょの一コロになった。坊主はビールのせいか便所へ立っていった。

「笑うとるんやろ――」とぎっちょは七百円をしぶしぶ払いながら、ほくろにいった。「ええ気味や、そういう顔してるで」

「笑うたってしょうもないわ」とほくろも声をおとしていった。「機嫌直せや。

わい等がバラバラになっちゃ、なおのことあかん」

「コーラ、欲しいな」

「ああ、コーラ、呑《の》むか」

「呑もう、呑もう」

「坊さん――」とぎっちょがいった。

「めんどや。レートあげよやないか。サンゴーでどや」

「三五か。三千両と五千両だな。儂《わし》はかまわんぜ」

「よっしゃ、きめた――」

ぎっちょとほくろはチラと顔を見合せた。実はコーラというのが、彼等の通しで、あれのことだった。あれというのは、北単騎地和積みのことだ。

その回はほくろが軽い食いピンフをツモってあがり、ここで大きいのが出れば誰があがっても三コロ態勢という感じになった。

親はぎっちょで、北家がほくろだった。地和は北家があがる。つまりぎっちょが仕込み役であがり役は北家である。

仕込み役は三か所十枚入れるので骨が折れるばかりでなんということもないが、ぎっちょは先刻の罪ほろぼしに入念に積んだ。ほくろの方は[北]を四枚、所定の位置におくだけだから簡単である。

そうしておいて、ぎっちょはべつに仕込み牌を二枚、積み終ったクソ丸の山の左端にそっとつけ、同時に、

「おや、長いな——」

ほくろが、クソ丸の山の右端の二枚をとって自分の山の左端につけたした。つまり、クソ丸の山の右端二枚と左端二枚が、すり変ったわけである。

読者はもう何度もこの手に出合《であ》わしているので多く説明はいるまい。一瞬に地和乃至《ないし》は人和ができてしまうため、まだ何人も防ぎようがない。ピンチに追いこまれると彼等はよくこの手を使い、ツキの風を変えたものだった。

ぎっちょがサイを振った。

綺麗《きれい》に転がって、予想どおり、十。

ほくろが、仕込んだところをそっくりとっていく。配牌で、北単騎でテンパイしている筈《はず》だ。

クソ丸の第一ツモが北。ドテ子の第一ツモも同じく北。二人のうちどちらかが捨てれば人和。なにかの拍子で北が出てこなければ、ほくろ自身の第一ツモも北で地和が完成する。

親のぎっちょは、まず發を捨てて、固唾《かたず》を呑《の》んで見守った。

「待てよ——」とクソ丸がいった。「これ、カンしようかな」

彼は手牌のまん中から、西を四枚出してわきにのけた。アッ、とぎっちょは叫びかけた声を辛《かろ》うじて呑みこんだ。

クソ丸は西を暗カンして、北を捨てた。続くドテ子も右へ倣えで、打牌は北。

ほくろがじっと、ぎっちょの顔を見ている。カンされてしまえば、北は第一打牌にならず、人和にはならない。したがって一飜しばりではあがれない。また、次に北をほくろがツモろうとも、ツモの一飜だけの手だ。

西を四枚固めておいたのは誰か。大部分がぎっちょの山なのだ。ぎっちょもバイニンなら、同じ牌が四枚ダブるようには積まない筈《はず》。では故意に、おいたのか。

(——おのれ、また邪魔をしくさったな!)

(ちがう、ちがう。最初の四枚は坊主の山や。きっと坊主がおいたんや——)

彼等は心の中で言葉を投げかけ合い、一番拙《まず》い心理状態に再びなった。

してていた。

三

卓上の牌が乱れたまま動かず、四人とも手を下におろしてそれぞれの形で沈黙していた。

ぎっちょの額に、じわっと汗が噴いていた。

「ほな、やめやな――」とほくろがいった。「そうだね。無いものを払えともいえん。無きゃァ無いでいい。そのかわりあんたとはもうやらんよ」

ぎっちょが追いこまれたように眼をあげた。もうこれで一文無しだ。何も無くなったら、あとは道ばたに寝っ転がって暮すだけだが、さて、どうしよう――。

彼は立ちあがると、だまってジャンパーを脱いだ。卓の上に、ふわっとおいた。

「持ってけや。わいは、こいつとられる方が金よりこたえるんや。だから、これで堪忍やで」

ぎっちょはそういうと、左肩を揺すりあげて牌を積みだした。

はよ積めや――と彼はいい、それから、積んでくれや、といい直した。

皆の手が卓上に伸び、ジャンパーはクソ丸が空いた椅子《いす》へ投げた。

最初の手はかなりよかった。

これが配牌だ。難をいえば、手が重すぎる。態勢の悪いときは、とにかく軽く早そうな手がくればよい。二つ三つ軽いあがりを重ねていって、そのへんで重い手がくるのがよい。ツカないときはどうしても他人より手の進み方がおくれるから、後手攻めをしなければならぬ。

後手攻めで無理をして、相手に脅威を与えぬままに、もう一押しでしくじる。よくある奴《やつ》だ。形式《パターン》はどんな奴でも呑《の》みこんでいる。このくらいの打ち手になると判断はいつも正確なのである。ただ、判断にまかせてのんびり打てる状況でないだけの話だ。

四萬を持って来、を持ってきた。三色がある。イーペイコウもある。伸びは無限にあるが、進行がおそい。そうしてるまにドテ子にあがられた。

二局目もそうだった。中と東が二枚ずつあり、しかし鳴けぬままむなしく五巡、六巡とまわった。

「すまへん、火ィ貸してえな」

「そこにマッチあるやろ」

「すまへん――」とぎっちょはくり返した。これは俺たちの通しじゃないか。

「火ィ貸して。ゲンじゃよってな。すまへん」

ドテ子が火をくれた。左によってぎっちょは彼女に顔を寄せ、右手を卓の下でぐっと伸ばした。ほくろの手が伸びて、たしかに牌が送られてきた。

中か、東か。――ちがった。□だった。彼は右手で口惜《くや》しくそののっぺらぼうの牌をモウ牌した。

（――野郎、とことんまでわいに仕返しをする気やな）

ぎっちょは素早く□を卓子にあげると、みせつけるように振った。

「当りよ。ブウだわ――」

ドテ子の声だった。

ぎっちょはセーターを脱ぎ、シャツを脱いだ。
「あたい、こんなもんいらないわ」
「貰《もら》っとけよ――」とクソ丸がいった。
「負けたらそれで払えばいいんだ」

　ぎっちょは無言で牌を積んでいた。ほくろが低く笑いながらこういう。

「じゃあ、ズボンはわいが貰うか」

　顔をゆがめ、牌がべとつくので力をいれてツモるが、なんとも手が変化しない。振りこまないだけで精一杯で、しかしツモられてへこむ。本当にズボンが、ほくろでなくクソ丸の手に渡った。

「パンツはいやよ。もうやめましょう」

「歯や。歯を持っていってもらおう」

　ぎっちょは大口をあいて皆に奥の入歯を見せた。

　その夜の十二時すぎに、結局、その勝負は終った。クソ丸はドテ子を連れて、長居《ながい》から輪タクに乗り、戎橋《えびすばし》のあたりでおりた。

「どこへいくの。どっかで呑《の》むの」

　クソ丸はだまって歩いて、堀沿いの道へ出ると、ぎっちょのジャンパー、下着、ズボンを全部まるめて、堀の中に投げ捨てた。

「かわいそうに――」とドテ子がいった。「返してやるべきだわ。残酷な坊さんね」

「馬鹿をいえ。奴《やつ》と儂《わし》たちは勝負したんだ」

「でも、ただの麻雀の相手だわ。仇《かたき》同士じゃあるまいし」

「儂は裸になるまでやった奴を、勝負の相手として認めてるんじゃ。これを返したら、儂が奴に同情し、軽蔑したことになる。儂は奴を軽蔑したくないよ。奴だって軽蔑されたくないだろう。それが勝負の世界での人間的な関係というものだ。だからお前の考えはまちがっとるが――」

とクソ丸は笑いながらいった。

「まあうるさくいわないどこう。お前はもう博打《ばくち》をやめて、女になるそうだからな」

四

そのあとぎっちょは、じたばたをまったく放棄してしまって、ひどくおとなしくなってしまった。

つまり、朝と晩と二度ずつ、堀筋の道を裸に近い格好で歩いて、残飯をあさって歩くほかは、なにもしなくなったのだ。彼はたいてい、道頓堀の橋の袂《たもと》の陽だまりにうす汚なく寝そべっていた。だから、当時の近辺の人々の眼には、この男が半生を博打三昧《ざんまい》に暮したとは映らなかっただろう。

私も、よくぎっちょのそばを通りすぎたが、彼はもう眼を向けようともしなかった。私にしたって特にびっくりするわけもない。博打に身を焦《こ》がしてる者なら誰《だれ》だって、一週間か十日負け続ければ、彼のようになってしまうだろうから。

私はあいかわらず、白楼に出入りして打っていた。ちょうどぎっちょが脱落した穴を埋めた格好である。そしてこの頃《ころ》になると、ようやくブウ麻雀のコツもわかってきて、あちらこちらのクラブにも顔を出していた。たとえば、千日前《せんにちまえ》のSクラブ、A荘、難波《なんば》のクラブF、それから西成《にしなり》方面の強い打ち手が集まるところなどだ。

当時、クラブFには大九郎という名の名手が居たし、西成の方には岩きんという老人のボスが居て、気の烈《はげ》しい東洋人系の打ち手がたくさん集まっていた。

盲目の大九郎のことは、前に短い小説に書いたことがあるので、ここでは省略するが、要するにブウ麻雀が第一期の全盛を迎えたところだったのだ。

考えてみると、大阪入りして以来、白楼というクラブに比較的定着していたのは、私がブウ麻雀を本当におぼえこむまでの、なかば本能的な計算だったかもしれない。一人前になるまでは、性のわかった同じ相手と打っていた方が安全だからだ。

私は西成で知り合ったトンビという若い男から、兵庫県の方のブウ麻雀はまたひとつルールが派手で面白いという話をきき、とたんに食指を動かした。

白楼のタンクロウを相棒に誘ってみた。

「三《さん》の宮《みや》に、紅鶴という名の面白いクラブがあるんだって。行ってみないか」

「三の宮か。まァわいは遠慮しとこ」

「何故《なぜ》——？」

「何故でもや。わいはここで打てるのやし」

「だって、たまには、目先のかわった料理が喰《く》いてえだろう。俺《おれ》ならそうするな」

「せやから一人で行けいうとるんじゃ」

「なんかヤバいことでもあるのかい」

「まあな——」とタンクロウは焦げくさいような顔つきになった。「あっちゃは組（やくざの組織）が威勢があるよって、うっかり商売人が場荒しでもしようもンなら、あとが面倒やわい」

「ヤーさまならこのへんにもたんと居るぜ」

「こっちゃとあっちゃはちがう。ここで打ってる分には誰《だれ》もなにもいわへん」

「チェッ、くだらねえな――」と私はいった。

「縄張《なわば》りの中で餌《えさ》を待ってるんじゃ、動物園の熊《くま》じゃねえか」

私は風紀の悪い地域でも一人で打ってきて、その種のことには気を強くしていた。

時計を見ると午後七時をちょっとまわったところだ。私は一人で行く気になって、もっとくわしく場所をきこうと、トンビの居そうなクラブに電話をしたが、折りあしく彼はつかまらなかった。

（めんどくせえや、どっかで訊《き》きゃァわかるだろ――）

月の二十日頃で客の数もすくなかったので、私は白楼をたちまち見捨てて外へ飛びだした。

入口のところに花売娘が立っていて、つと私の方へ近寄ってきた。私は避けようとしたが、相手は私のそばを離れずにじっと視線を向けてくる。私は思い直してポケットから小銭を出した。

「どれでもいいよ。ひとつおくれ」

その女の子は白い地にぽっと赤味が浮いたような口紅水仙を三本ばかり束ねた紙包みをくれた。花売娘の品物としては高級品だ。

しかもお金を受けとらない。

「足りないかい。いくらなんだ」

「お金なんかいらないわ」

「ドテ子――！」

私は叫んだ。なるほどドテ子だ。あの鼻たれ小娘が、緋《ひ》色のワンピースに黄色の短い靴下、頭をもじゃもじゃっとさせて、化粧で作った顔を見せているのだから驚く。

「いったいなんだ。気でも狂ったのか！」

「あたい、博打《ばくち》はもうやめたのよ」とドテ子がいった。「だってそんな女の子、あんた、嫌《きら》いでしょ」

「そうかい、そりゃよかったな」

と私はドテ子の言葉を半分もきかずに形式的にいった。気がせいていたのだ。

ドテ子はだまってふくれ面《つら》で私を見ていた。

「でもさ――」と私はいった。「なんの仲だって商売物をただってわけにはいかねえよ、ドテ子」

「ドテ子なんていわないでよ」

何を怒っているんだろう、と私は思った。もっともこの娘は、いつでも怒ったような口を利《き》く子だ。

しかし彼女は私がむりやり渡した小銭を、大きなジェスチュアで塀の向こうまで投げつけた。

「なにしやがるんだ、ゲンが悪いじゃないか。勝負前なんだぞ」

ドテ子は私の方を見たままあとずさりし、そこでどうしようかちょっと迷っているふうだったが、次の瞬間には大股《おおまた》な足どりで飲食街の方に歩み去った。

五

予備知識のない私には、三の宮（神戸市内）は意外に大きな盛り場だった。交番かどこかできけばすぐにわかるだろうと思っていたのだが、この賑《にぎ》やかさでは、第一、山の方角に行ったものか、海の方角に行ったものかわからない。

私は山の方に足を向けた。麻雀クラブというのはあまり目立った通りにはない。特に紅鶴という家はレートが大きいらしいので、あまりごみごみしたところではないだろう。それだけの勘だった。

私は路傍にあった交番に飛びこんだ。

「紅鶴という麻雀クラブはありませんか」

町名も番地もわからない。巡査はかなり綿密に調べてくれたが、そういう名のクラブはないといった。

では、海に近い方だろうか。それにしてもこれでは探しているうちに夜が明ける。

とある街角に古い洋館建ての喫茶店があった。私は市外電話を借りるためにその店に入ってコーヒーを呑《の》んだ。

西成のクラブへかけてトンビをつかまえる気だった。その前に、物はためしという気でウエイトレスに訊《たず》ねてみた。

「紅鶴ってクラブはこのへんにない？」

「紅鶴だったら、この先の道を山手に曲がって、二丁ほど行った右だっせ」

しめた――。なんだ、あの巡査の奴《やつ》――。私はコーヒーをひと息に呑んで走りだした。

紅鶴はすぐにみつかった。だが大理石の美しい門柱に、くらぶ紅鶴、と字が浮き出ており、植込みの奥の構えは、どう見ても麻雀クラブとは思えなかった。

（なるほど、クラブって訊《き》いたからな――）

えい畜生奴《ちくしょうめ》、と私は思った。行ってみてやれ、ばれたってもともとだ。

玄関のベルを鳴らした。

ボーイのような男が出てきて、だまって私を眺めた。

「大阪のトンビという男にきいてきたんだが――」と私はおずおずといった。

ボーイは突然手を伸ばして、私が手にしていた花束の口紅水仙をひとつ折り、上着の胸にさしてくれた。

「どうぞこちらへ――」

私はふっと昔の記憶を思いだしかかった。昔、こんなふうなところへ来たことがあるみたいだぞ。

かすかに奥で牌をかきまわす音がした。やっぱりここだったんだ、勘がええぞ。

広い廊下を歩いて奥の階段から二階にあがった。ひとつひとつの部屋に一組ずつがにぎやかに打っていた。

「どなたかメンバーをご指名ですか」

「いや、はじめて来たもんでね」

ふと見ると、打ち合っている人々の胸に、それぞれ口紅水仙が一輪ずつさしてある。

（ああそうか、こいつを持ってたんで信用してくれたんだな――）

全くの偶然だったが、私はドテ子に感謝した。それから、ことのついでに彼女の悲しそうな顔を思い出した。

「――お客さま」

さっきのボーイが来て私を一室に連れていった。

掘炬燵《ほりごたつ》が切ってあって（火は入ってなかったが）足を伸ばせるのが当時としては珍しい。そこに三人待っていた。

白髪《しらが》頭の老紳士と、大学生と、赤ら顔の鋭い眼つきをした四十男と、妙に雑多な顔ぶれだった。

お手柔らかに、と軽く会釈《えしゃく》した私に、老紳士がこういった。

「ルールはご存じだすな」

「はあ、四千点持ちのブウでしたか」

「いや、二千点持ちです。アールシアールルールだっさかい、げいしゃ（ドラ牌）は使うてまへんのや」

「もうひとつ――」と四十男が口を出した。

「ここはチョンボがきびしいんだすわ。どんなチョンボでも一律に、マルエイ

（三コロ）喰《く》うたときと同じ条件で三人に罰金を払いま。ここのレートでいえば、三五やから、五万円ずつだすな」

三五――三万円と五万円か、私は緊張したが、大きいのに越したことはない。中途半端な大きさなら、負ければ足が出ることは同じなのだ。

私はこのメンバーをちょっとナメていたようだ。こんな所で打つ人間は、ただのお遊びの人たちで、どうせ素人《しろうと》麻雀だろうと思っていた。

「中――」

と声を出して老紳士が第一打を捨てた。

「ポン」

と赤ら顔の四十男が鳴いたので、私はツモを飛ばされた。四十男は三萬を捨て、学生がを捨てた。老紳士がそれを喰《く》って東を捨てた。

「ポン――」

と今度は学生が鳴いた。私はまたツモを飛ばされた。学生は北を捨て、老紳士がツモってを捨てた。

「いいですか、ツモっても」

私は念を押してツモり、西を切った。

「ロン——」と学生がいった。

「満貫やから、ブウや」
「ブウだすな」と老紳士も和した。
私はだまって三万円払った。実はそれが精一杯の持ち金で、これだけあれば大きいレートでも、まず伸び伸びと打てると思っていた金だった。昭和二十七年当時の三万円である。

六

私はすっかり頬《ほお》をこわばらしていた。次の回は二千点持ちのブウにしては長びいたが、何局やっても同じ状態だった。

彼等は鳴きが早い。きっと私の手前でポンがあり、私のツモを飛ばした。上家の老紳士が振る牌が、奇妙に誰《だれ》かを鳴かす牌なのである。

やっと私のツモが廻《まわ》ってきたときには、三人ともテンパイの気配が匂《にお》っているという有様だった。

私はすぐに察知した。こりゃ、素人《しろうと》麻雀どころか、三人トリオだぞ。

四十男と大学生があがり役、老紳士がトス役。

私だってコンビのセオリイは百も承知している。やればすぐわかる。

だが、麻雀は二人コンビは効果的だが、三人トリオとなると、かえってむずかしい。人数が効力に比例しない。

何故《なぜ》か。三人だと出場所が一人である。無二無三にその一人に打ちこませねばならぬ。ツモったのでは、ハカが行かない。

その逆に、一人の方があがれば完全に点棒が入ってくる。だから、一人を絶対にあがらせず、三人で包囲しなければならぬ。

その点、この三人の攻め方は実に巧妙だった。私のツモを抜かして手を進めておき、三人がテンパイして待っている。ダブルリーチ三人を相手にするようなものである。

しかし、私だって素人じゃないのだ。どこかで隙《すき》を見てひっくり返してみせる。三人トリオには弱点がたくさんある。そこをついていこう。そうすれば、案外、この大きいレートでやった甲斐《かい》があるかもしれぬ。

本当は、素人麻雀じゃないとさとった段階で、さっと引き揚げるべきだったかもしれない。

だが私は立たなかった。私が親になったときが、私のチャンスになる筈《はず》だ。何《な》故《ぜ》なら、天和という荒業があるから、トリオだって第一ツモの前にあがられては打つ手がない。

しかし長引いているくせに私の親がまわってこなかった。上家の老紳士が、鳴かし役を引き受けながら、巧く小きざみにあがって連チャンしているのだ。

これも連中の筋道かもしれぬが、老紳士の卓の牌には勝点が堆く積まれ、私を含めた三人がへこんでいた。

この親をおとせば、と私も必死だった。

ちょうどうまく、三巡目で早くもこんなテンパイになったが、もう黒棒しかない大学生からはあがるわけにはいかない。
あがった私も浮かず、相手がハコテンになって自動的に他人のブウを決定させるようなプレーは、ブウ麻雀ではチョンボになる。

大学生がばかり出してくる。いらいらしているうちに、親が四十男から東アンコをあがり、マルエイ（三コロ）のブウとなった。一人五万円ずつを老紳士に払わねばならぬ。

「ええと、小切手でもいいですか――」と私は懐中から財布をとりだしながらいった。「五十万の小切手になるのですが」

「どんな小切手だす？」

「銀行渡りですが、確かな会社のものです。なんならあとでまとめて精算しますか」

「いや、ママにくずさせまひょ」

老紳士がブザーを鳴らした。

さっきのボーイが顔を出した。

「ママに来るようにいうとくなはれ」

「今、芦屋《あしや》のお宅に行かはりました。すぐお戻りになりますが」

「さよか。ほな、こちらが小切手をくずしたいいわはるで――」

「いや――」と私はいった。「僕はママに直接手渡したいな。ボーイさんを信用しないわけじゃありませんが」

ボーイが機械的にいった。「ママはんは、もう戻られる頃《ころ》です」

「それじゃ、ここにおいておきますから」と私は財布を小卓の上にのせた。「ママが来たらこの財布ごと持っていってもらいましょう」

こんな猿《さる》芝居が、たとえわずかの間でも通用したのも、胸の口紅水仙があったからであろう。

しかし私は次の回に賭《か》けていた。

今度こそ親番をよくして、早いめに自分が親になるのだ。今度こそ。

前回ラスあがりの老紳士が、サイを振った。――二と六で八。

大学生が振る。四と四で、また八。

私がラス親だ。ブウ麻雀では、ラス親まで親番がまわってくるかどうか。

(そうか、此奴等《こいつら》は、サイも振れるんだ)

だがなんとしても、ママが来るまでに、天和をあがらせなければならない。財布に、なんにもないとわかったら、ここは二階だけに、ずらかるわけにもいかぬ。

私は必死に手を早めて、なんとかペースを早くまわそうとした。

しかし、なんとチームプレーの巧妙なトリオだろう。あいかわらず私のツモ番を抜かして手を進めさせず、自分たちのペースを守っている。

やっとツモ番になって、力いっぱい引っぱるのだが、無駄《むだ》ツモが多い。親が起家から動かない。

前回と似たようなペースで、今度は下家の四十男があがりだした。

私は顔を汗でいっぱいにしていた。

三本場で、私も最初から喰《く》って、安くあがり、大学生の親もまた、八本（アールシアール）でおとした。だが、私の沈み分はこんなことではなかなか戻らない。

もう一発、かなりの奴《やつ》を四十男にあがられたら、ブウである。そうしてまたマルエイ（三コロ）だから、五万円をとられるのである。

再会

一

下家の四十男が、序盤でオタ風の北をポンした。

親は、私の上家の老紳士。

私は身体を硬くさせて下家の手牌をうかがった。（——これは、来てる）絶対に、この下家はクズ手じゃない。

次は私の親。そして現状は四十男が三コロのトップ態勢なのだ。だから、ここが終り《ブウ》をきめる勝負どころであるはずだ。

（——大きいだけではなく、早い手だぞ。これは仕込み手の筈《はず》だから）

私は慎重に、下家の捨牌と同じものを捨てながら、一刻も早く下家の内容を探ろうとし、同時に自分の手を、値段を度外視してあがりにかけようと工夫していた。

（大きい手としたら、何だろう――）

飜牌の多い一色か、トイトイか。しかしそれならば、三人トリオが歴然としているこのメンバーならば、通し（サイン）で連絡がとれている筈だから、老紳士から、あるいは対家の学生から、鳴ける飜牌がぞろっと出てくる筈だ。

だが飜牌は何も出てこない。四十男は、[北]を鳴いたきりで、その後はポンもリーチもしようとしない。

（するともうできあがっているのだろうか。テンパイしているとしたら、連中がどんどん振りこんでブウにしてしまえばよいのだ。どうしてそうやらないのだろう――）

連中と同じく私も沈んでいる限りでは、早くトップ走者をテンパイさせ、連中同士で打ちこんでしまえば、マルエイで私から五万円とれるのだ。

何故《なぜ》、そうしないのだろう――。

しかし私は[發]をツモってきてアンコになった。

安いがを振ればテンパイだ。は初牌だが、私自身があがってこの場を

未然に防がねば、いつかは下家にあがられてブウだ。

私は小卓の上の財布を見た。

ここの経営者《ママ》が帰ってきてこの財布を持っていけば、現金に代えるべき小切手も何も入っていないことがバレてしまう。ママが来る前に、早くブウをとってしまわねばならぬ。

私は力をこめて🀛を振った。

「ポン――」四十男が叫んだ。

「ポンですんだか、やれやれ――」

「ポンだっせえ、ほんまに、これが出ないんでどもならんかったわ」

四十男がやはり初牌の🀆を振り、対家の大学生がポンして🀑を捨てた。

「ロン――」

「ロン――」

二人が叫んであッと顔を見合わせた。私と、下家の四十男がだ。だがこれは、間一髪で私の頭ハネ。

「畜生《ちくしょう》、畜生――」

四十男はそう叫びながら、大学生と老紳士の手牌を手荒くあけた。

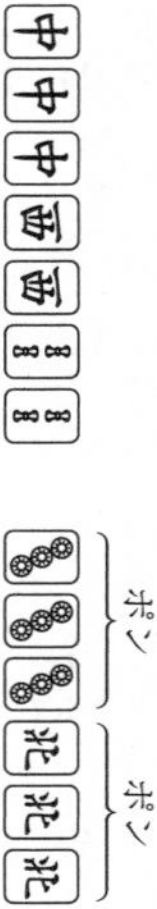

あと二枚の西は山に寝ているらしくどこにもない。

「この野郎――」と四十男がわめいた。「なんで、など早う切らん！」

「しゃァないで」と大学生が答えた。「一巡前にひいたばかしや」

風向きがやっと私に吹きだしてきたようだった。次は私の待ちに待った親。今夜ここに入ってから、はじめて迎えた親だ。

私は自分の山の中の十四枚に、丁寧に牌を仕込んだ。

私はサイを振った。――二と三で五。

もう一回、私が振って九を出せば、それで自分の配牌を、山の下山十四枚と総とりかえできる。それで天和だ。完全なマルエイのトップだ。

「今晩は、おいでやす――」

座敷に、さっと女の香りが舞いこんできた。

「ああ、ママ、このお客さんがね――」と老紳士がいった。「小切手をかえたいいわはるんや、そこの、それ、財布の中に――」

返事がなかった。

「どうしはった、ママ――」

それで、サイを振りかけていた私も、ママの方を見た。

「あ、へえへえ、小切手をだっか、よろしおま、このお財布だんな」

「ああそうです。財布ごと持ってってください。額面は五十万です」

ママの音声はおかしいほど小さく、私の方は逆に高調子になっていた。私はうわずった気持のまま、サイを投げた。

六と、三で止まる筈《はず》の片方が力の入りすぎでそのまま転がり、五になった。だから十一。五と十一で計十六。この目では私の天和は諦《あきら》めなくてはならない。

しかしそのこともショックと感じなくなっていた。

今ここに現われた女は、以前銀座にあったオックスクラブのママ八代ゆきだった。といってもこの小説の青春編をお読みでない読者はご存じないだろう。私がこの道にはいりこんだばかりの時期に、GI相手の高級賭場《とば》の雇われマダムをしていて、私などは物心両面で世話になったり、道具に使われたりしていたものだ。

私のその頃《ころ》の望みは、この女を博打《ばくち》で打ち負かし、そして又あの白い身体の完全な所有主となって私のために泣きぬれる女にしてしまうことだった。

（――三年ぶりだな、畜生奴《ちくしょうめ》）と私は思った。そして、彼女は私をどう思ってるだろうか。さっき言葉を交わしたときに投げた懇願《こんがん》の眼つきや、何も入ってない財布を見て、彼女はすばやく私のおかれた状態を察するだろうが、それでどういう態度をとってくるだろう。

二

これが私の親の配牌だった。天和が失敗した以上早あがりして連チャンを狙《ねら》わなければならない。その点ではさほど悪い手ではないが、天和積みの十四枚の中に七萬がアンコで入っている。これはそっくり山の尻《しり》の方に寝ているわけだ。で、私は九萬八萬から切りだしていった。八萬は老紳士にポンされたが、そのとたんに四萬が入り、二索が入り五筒が入った。

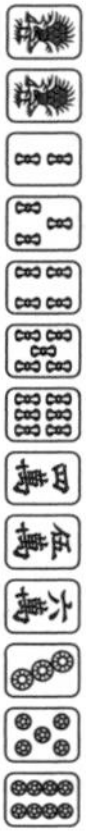

ポンがあってツモが上下狂ったので、そこは老紳士と四十男が本来ツモる場所

だから、好牌ばかりがおいてあったのだろう。続いて🀛が来、🀞が来た。

「リーチ——!」

といって四十男が🀜を捨ててきた。私は牌を倒したが、これも間一髪のところで、四十男がテンパイしたら忽《たちま》ちあとの二人が打ちこんで、ブウになってしまったにちがいない。

ともかく、三色の方なので、三色(一飜)ピンフで七百二十点。出場所が四十男なので逆転の感じになった。

それでも差はわずかだ。四十男がツモり返せばトップはすぐに戻る。しかし、こうなると三対一の、その一の方の有利さが出てきて、向こうとしては私を沈めなくてはトップをとっても何にもならない。

私は勢いにのりかけていた。さっきまでの三人の完璧《かんぺき》なチームプレーは、ひとつには私の不調も一助になっていたにちがいない。

一本場で私は飜牌一飜の手をツモあがりした。

「ツキ出したでえ、親おとしにかけなきゃあかんわ」

老紳士がそう呟《つぶや》いたが、それは他の二人も百も承知だったにちがいない。その言葉どおり、二本場の局には大学生が喰《く》いタンヤオを老紳士の捨てた🀗であがった。

「あれ、あんさんそれアガるゝか——」

老紳士の狼狽《ろうばい》したような声。「あかんがな、あんた、チョンボや」

「なんやて？」

「わい、払うたらハコテンや。あんさんそれでも浮かんやろ。このお客のブウになってしまう。チョンボやでえ」

なるほど、老紳士の点棒箱《チューマばこ》には黒棒が三本しかない。自分が浮くのでない限り、自動的に誰《だれ》かをブウにさせるようなあがりは禁じられている。

大学生は、角ばった顔つきで老紳士の点棒箱をのぞいた。

「嘘《うそ》つけ、ちゃんと計算しとったんや。おっさんはあと百三十ほどある」

「あるいうたかて、無いもんしゃあないで」

「あるよ。——なら、百点棒一本、かくしたんや」

「なにをこの小僧、なにいいさらすか。わいがそんなことする筈《はず》ないやないか」

「する筈ないのはこっちだわい——」と学生もいいはった。「昨日《きのう》今日ブウ麻雀をやりはじめたんとちがうぜ。相手が何点持っていて、どこからアガったらいいか、考えてやってるんや。ごまかそうたってそうはいかんわ」

私は奇妙な面持《おもも》ちでこのやりとりを眺めていた。チョンボなら、三人に五万円ずつ払わなければならない。すると、三人トリオと思っていたのはまちがいで、この学生は彼等と関係ないのか。

「まあ待ちィな」と下家の四十男が口をはさんだ。「点棒が足らんいうたかて、調べてみりゃァすぐわかるこった」

「ああ、調べたってええぜ。この年になってえらいいいがかりをつけられたもんや。とことんまではっきりさせて貰《もら》いまひょ」

「ほなら――」と学生がいった。「最初《はな》のアガリからいいたてていくか」

「それより皆の点数箱を算《かぞ》えて、チューマの数を調べるんや。それが一番早いやろ」

私たちはそれぞれ自分の持点を算えた。その結果どうしても赤棒が一本足りないことが判明した。

「やっぱりや――」と学生が叫んだ。

「わいはきちんと計算してアガったんやから。わいのチョンボやないで。おっさんのチョンボや。三人に五万ずつ払わんかい」

「なにをさらす。わいがかくしたちゅう証拠でもあるんか。そっちゃが隠したかもしれへんやないか」

「まあ待てちゅうに――」と四十男が渋い声を出した。

「おっさん、立ちあがって、ポケットの中の物をみんな見せて貰いまひょ」

老紳士は立ちあがると自分で座布団をはぎ、何もおちていないことを皆に確認させたあと、ポケットの裏地を引張りだして見せた。念のため、といって洋服とズボンを脱ぎ、学生に渡した。

点棒はどこからも出てこない。

「よろしおます」と四十男はいって私の方を向いた。「今度は、あんさんの番だす。立ってポケットの中を見せてくれはりまっか」

「僕が――、僕はべつに関係ありませんよ」

「わかりまへんなァ、けど、とにかく順番に見せっこしまひょ。それが公平ちゅうもんでっしゃろ」

面倒くさかったが、私は立って座布団をはぎ、続いてポケットの中のものを卓上に出していった。

ライターと一緒に、カチンと固いものが手にひっかかり、何気なく一緒に出したが、それがまさしく、探していた百点棒だった。

（あッ、やられたぞ、しまった——！）

三人が、異様に大きな眼で立った私を見上げていた。

「あんさん、こりゃ拙《まず》いなァ」

「手数をかけさせるもんやないで。どっちゃにしたかて、バレるんや」

「チョンボやなァ。三人に五万ずつ、それでも安いくらいや」

何故《なぜ》、連中の筋書が読めずに、安閑としていたのだろう。それにしても上家の老紳士の手の早さ。彼は、私がツキ出してきてこの回不利と見るや、すばやく点棒を私のポケットに投げ入れておいて、こんな破局を作りだしたのだ。

三

ママ——八代ゆきがその小部屋に入ってきたのは、私と相手の三人が凄《すご》い顔つきでにらみあっていたときだった。

「皆はん、どうしやはりました」

「このあんさんがな——」と四十男がいった。「点棒《チユーマ》かくしはったんだ。拙《まず》いなァ」

「あら——」

ママはチラと私を見た。それから私のそばに寄ってきて、

「とにかく、この財布、お返ししますわ」

私はママをじっと見返した。

「額面五十万、とおいいだしたな――」とママがしばらくしていった。「よろしいおます。今すぐに現金《キャッシュ》をこちらに届けさせまひょ」

私は深い安堵《あんど》の息を吐いた。

「でも、それじゃ、チョンボやおまへんの」

「チョンボや。ほんまは指一本つめて貰《もら》うてもええんやが、ま、チョンボやろな。手荒いことはしとうないて」

「とにかく、あてはお湯呑《ゆの》みでも片づけまひょ。新しいのをすぐ持って参じます」

ママは皆の脇《わき》をまわって小卓の茶碗《ちゃわん》を集めた。

「まあ皆はんで、ええこと形をつけとくなはれ。騒ぎになるちゅうようなことは、勘忍だっせ」

ママが去ったあと、私は大分元気をとり戻していた。金が、来るということもある。それもあるが、もっと私の気持を救ったのは、ママの動きだった。茶碗《ちゃわん》を

集めて運ぶ、そんなことはボーイにさせておけばよろしい、無駄《むだ》な動きだ。八代ゆきという女は、そんな無駄をやる奴《やつ》じゃない。

「――信用して貰《もら》えないかもしれないが」と私はいった。「このポケットのチューマは、僕の家で打ったとき、おそらく飛びこんだものだ。ここのチューマじゃない」

「けど、ここのチューマにそっくりやで」

「似たチューマなんかどこにでもある。それに、僕はトップ傾向だった。そんなことをする必要は少しもなかったんだ」

「そんな理由じゃ、いいのがれにはならんね。とにかくチューマが不足してる以上、定めた罰金は払って貰う」

私はいきなり手を伸ばして、さっきは調べなかった老紳士の小卓をずらしてみた。

「これはなんだ――?」

と私は怒鳴《どな》った。そこに、思ったとおり、百点の赤棒が一本、おちていたのだ。

「人を泥棒あつかいにして、おっさんが、不注意で自分の箱から飛び出させただけじゃないか。もっとよくおちついて物をいってくれよ」

私は坐《すわ》って、卓上に出したポケットの物をしまった。三人とも、一言もいわなかった。

「さ、続けようぜ。もうひと息でブウなんだ。ツキをはずされて一番迷惑したのは僕だな」

私は今度は点数箱を身体の前におき、ポケットに何かが飛びこまないように身がまえながら打った。

本当は、それでもきわどいところだったのだ。もう一度、点棒を合わせて算《かぞ》えてみようといわれたら、私のポケットにあった奴《やつ》を入れない限り、赤棒はやはり一本不足していたのだ。ママが、私の箱の赤棒を抜きとり、老紳士の横の小卓の下にそっとさしこんでくれたのだから。

彼等と打ち終ったのが十一時すぎ。とったりとられたりだったが、天和を一発きめたのと、マルエイが多かったので、私はやっと十万円ほど浮かしていた。でも、正直なところ、打ち終ったときは膝《ひざ》の力が抜けるほど疲れていた。

私はボーイに訊《き》いて、階下のママの部屋の前に立った。

「入っていいかい」

ママは化粧台の前で、髪のうしろに香水を新しくさしているところだった。

「大分、汗をかいたようね」

「ここんちは、あんな連中ばかりが客なのかい」

「悪かったわね。あんな連中と、あんたと、どこがちがうの」

ママの言葉が東京弁に戻っているのに気がついて、私はいきなり肩口から手をまわした。ママはきびしく身体を振って拒絶した。

「馬鹿にしないでよ。あれから三年もたってるのよ」

私は手を引いたが、ほとんど同時にママがこちらを向いた。

「でもまァ、挨拶《あいさつ》だけはするわ。しばらくね。すこしは大人になったの」

「ありがとう――」と私も硬い声になって五十万に一割の五万をつけて卓の上においた。

「出会ったときと、ちょっと似てる感じだね。あのとき俺《おれ》は、でっかいＧＩに殴《なぐ》られたが、今日はどうやらとりもどしたぜ」

しかしママはその金を見向きもせず、立ちあがった。

「食事でもしにいきましょう。ついてらっしゃい」

私はクラブの横手においてあった大きな外車に、奴隷《どれい》のように従順に乗せられ、山地を登って港の灯が眺め渡せる大きなホテルの前についた。何故《なぜ》だか、この女に会うと、いつもリードされてしまう。そうされまいと歯を喰《く》いしばっているのに――。

四

グリルの柔らかい光りの中で、あらためて八代ゆき――ママをじっくりと眺めてみたが、会わなかった間の時のへだたりはほとんど感じなかった。

もともと、その年齢よりも年増《としま》ぶっていたのかもしれない。それに、当時は身心ともにまだ幼なかった私の眼が、実質以上に相手に貫禄《かんろく》をかぶせて眺めていたふしもある。
二十八、九か――。
それとも三十に手が届いたか――。

「青梅《おうめ》のパパは、元気でいるかい」

うまい食事のあと、ブランデーをなめながら、私はこうきいてみた。

「――死んだわ」

ぽつりとそういった。私たちはしばらくだまって、ずっと下に見える港の灯をながめていた。

「──じゃあ」と私はいった。「築地《つきじ》のパパはどうした」

「馬鹿ねえ、なんでそんなこと訊《き》くの」

「どうしたかきいてるんだ」

「別れたわ」

「別れたのか。するともう、誰《だれ》に遠慮もいらないわけだな」

「そう簡単にもいかないでしょう」とママはいたずらっぽそうな眼つきになった。

「あたしはいつだって男なしじゃいられないし、今の男はおっかない人間かもしれなくてよ」

「でも、そいつは俺《おれ》の後輩だろ」

「よしてよ。あんたが権利を主張することはないのよ。あんたとは、いわば通りすがりの博打《ばくち》の相棒じゃないの」

「だが後輩だぜ。青梅のパパと築地のパパとはべつだが、あとの奴《やつ》は、向こうが俺に挨拶《あいさつ》しなくちゃいけねえ」

「挨拶が、欲しいの?」

「いや──」

そういっただけで、私はブランデーグラスをひきよせて口をつけた。俺の欲しいのは、といいかけてやめた。

　俺は此奴《こいつ》と、ただ寝たがってるんじゃない。身体を恵んで貰《もら》って喜んでるような坊やではもうないんだ。俺の欲しいのはこの女をとりしきる力だ。この女が俺のために流す涙だ。

　大分離れた窓ぎわの席で肉を喰《く》っていた裕福そうな老人と若い女のペアーが、立ちあがってグリルを出ていく。

　ママの視線がそれを追っている。

「誰《だれ》――?」

「東京のHという博打《ばくち》打ちの組の大親分よ」

「なあんだ、テラ銭とりか」

「今はもう跡目を若い人にゆずって、毎日、お遊びで暮してるわ」

「あのねえちゃんとか」

「あれは秘書。お遊びといってもあたしがいうのは博打のことよ」

「博打打ちの親分が、博打。チェッ、テラだけとってりゃいいんだ、あんな奴《やつ》」

「魅力的な人物だと思わない。特にあんたには」

「そうは思わないね。今日はもう博打はやめだ。そんな閑《ひま》はない。それよかさ

――」

ママは低く笑った。「いくらいそがしがっても駄目《だめ》よ。あたしはそんな気分じゃない。ここへは仕事できたんだから」

「仕事――?」

「そう。――とにかく部屋へいきましょう」

「部屋も、とってあるのか」

私はいきおいよく立ちあがって、背広のしわを伸ばした。

「何階――?」

「一番上――」

私はエレベーターのボタンを押した。

「昔とおなじ香水だね」

「おや、物おぼえがいいこと」

「当り前さ、このへんはずっと、モウ牌でもわかる」

「馬鹿ね――」

エレベーターが停《と》まったとき、ママの掌《てのひら》も私の身体の方へ来ていた。私は相手の胸のくぼみに鼻面を押しつけていた。昔とおんなじ格好だ、と苦々しく思いながら。

「さァ、いったん中止。あとは又あとで、ね」

それからママはしゃんと身体を立て直していった。

「いいこと、ひょっとしたら、これから打とうなんていいだすかもしれないけど、今夜のところは、勝っちゃ駄目《だめ》よ。適当に負けるのよ。いいお客なんだからね。むろんお礼はするわ」

「お客って誰のことだ」

「さっきの博打打ち」

「奴か。ありゃ女連れだ。打つもんか」

「そういう人なのよ。それだけ心得たら、だまってついてらっしゃい」

「部屋って、奴の部屋のことか」

ママが私の方を見て、唇に指を当てた。

コン、コン――、とノックする。

何も応答がない。

それでもママは平気な顔で、扉《とびら》をあけ、

「会長――、会長はん」

バスルームが突然あいて、さきほどの若い女が顔だけのぞかせた。

「あら、ママ――」

「まあ、ごめん遊ばせ、へんなときに飛びこんでしもて」

「いいえ、なれておりますの、毎度のことで――」

そのうしろから、さっきの老人とは思えないほど野太い声がきこえた。

「やあ、ママ、失礼してるよ」

「どうぞ、お気遣いなく――」

ママは私をうながして中へ入った。控えの間などがついていて、いわゆる特別室というやつであろう。

「なるほど、上カモだな――」

「でしょう。だから皆が狙《ねら》ってるのよ。関西へ来たらマークをせってでも、お客にしとかなきゃ」

五

ちょっとみたところ、老舗《しにせ》の大旦那《おおだんな》か、銀行の頭取《とうどり》かと思える、おだやかな、人ずきのいい老紳士である。

だがむろん、それだけではあるまい。無法の世界を押し渡ってきた苛烈《かれつ》なものがどこかに隠れていよう。

その証拠に、私たち二人を待たせながら、バスルームの方ではほとんどあたりをはばからぬ嬌声《きょうせい》が間断なくきこえてくる。

私は大あくびしてママのかけている長椅子《ながいす》の方へ移った。

「あほらしい。待っててどうなるんだ。この上カモは明日のことにして、俺《おれ》たちも、部屋をひとつとろうよ」

「駄目《だめ》よ、老人は朝が早いわ。明日になったらもうつかまらない」

「そんなにいそがしいのか」

「ええ。遊びでね。昼間は競馬競輪、夜は麻雀、ポーカー、それに女。アラビアの王様だってこうはいかないでしょう。それにどこへ行ってもすぐに取り巻きができるから、そっちの方へ行ってしまうわ」

「それじゃあ、今夜捕まえたって意味がないな。毎日べったり一緒に居なきゃ」

「そこよ。そのためのあんただから連れてきたんじゃないの。明日からずっと、会長さんにくっついていて、夜になったらあたしの店に連れてきて頂戴《ちょうだい》よ。お礼ははずむわ」

「ママ、ひとつきくが──」と私はいった。「ほんとにそれだけのために、俺をここに連れてきたのか」

「そうだとしたら、どうなの」

私は煙草《たばこ》に火をつけて、上眼遣いにママを見た。

「気に入らんね」

「でも、これは仕事なのよ。仕事が第一よ。あたしたちのことは、それからだっていくらでも考えられるわ」

「もし、会長が、俺を嫌ったら？」

「嫌われないように打つのが麻雀打ちってもんでしょ」

「だが男芸者じゃないからな。負ける麻雀なんかそうそう打ってられるもんか」

「ああ──」と彼女は、わかったというふうにしきりに頷《うなず》いた。

「あんたはまだ昔のままね。それだから無鉄砲に金ももたずにあたしの店へ飛びこんだりするんだわ」

「俺は強い奴《やつ》とやりたいんだ。俺ァ狩人《かりうど》さ。自分より強い獲物と力一杯たたかって、それで生きていくんだ。弱い奴とやっても気が入らない。素人《しろうと》をカモにして稼《かせ》ぐんなら、もっと世間の表街道に効率のいい商売がたくさんあるだろうからな」

「結構よ。麻雀一途《いちず》でご立派だわ。でもその結果が何さ。あたしが居なきゃ、進退きわまって半殺しになってたじゃないか。結局は書生博打《ばくち》なのよ。本当のプロは金儲《かねもう》けに徹してるわ。大きな利益のためだったら、麻雀打ちの誇りなんかどうでもいいの。だって麻雀はただ商売でやってるだけですもの」

　私は沈黙してきいていた。

「剣豪きどりのセンチメンタルな麻雀なんかおやめなさい。やるなら狙《ねら》いは利潤の大きさだけよ。それには老人に限るわ。実業家、代議士、大商人、社会のA級の老人で、半分死にかけてるような奴にとっついて、喰《く》い殺してやるのよ。それがこれからの博打打ちの生き方だわ――」

　やあどうも、と上機嫌な声とともに、会長さんとその美しい秘書が現われた。

「どうもどうも、失礼しましたな」

「会長はんたらひどいわァ、グリルじゃ知らん顔してはって、声もかけてくださらんのやもの」

「はっはっは、ひどいわ、はないでしょう。ママの方こそデートの最中で――」

「デートやて、どないしょう。うち、こんな若い青年とカップルに見えますのンか」

「アラ、ママ――」と女秘書が口を出した。「恋人は年齢なんかに関係ない筈《はず》でしょ」

「そりゃそうと――」会長はベッドの毛布を二枚はぎとって、卓の上にかぶせた。「これで音はひびかないだろう。明日は早いが、まだ二時間は遊べるね」

「なにしやはるの」

「なにって、四人居るんでしょう。まさか、ママ、四人タッグで、べつのことをやりに来たんじゃないでしょうなァ」

女秘書が大きな旅行用バッグから麻雀牌のケースをとりだしてきた。

「こんなにおそくゥ――?」とママ。

「さあさあ、おそいからいそいで、場所きめですよ。今夜は儂《わし》は強いよ。巳年《みどし》にさわったからね」

「あら、ま――」

「どういうわけか、儂はね――」と会長はみずから説明してくれた。「巳年生まれの女の人にさわると博打に勝つんですよ。明日の競馬でツクかと思ったが、さわったとたんに、カモ遠方より来たる。――儂が東だね。さァ、もう、今夜は、帰しませんぞ、か！」

六

会長さんの麻雀は、一言でいえば大邪道麻雀だった。

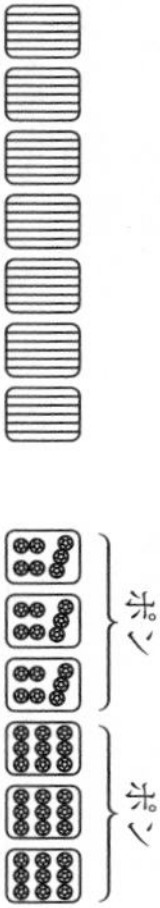

こんな手で中盤に来てからがあまってくる。北と發が切れていない。だからホンイチでトイトイになったのかなと思っていたが、あとで見ると手の中は、

となっていた。切り以後、手が変っていないので、で一応ツモあがりしていたにもかかわらず、チントイに直していったのである。

「チンイチぐらいでアガったってしょうがないでしょ」

「でも、凄《すご》い勘やわ――」とママが手をあけて会長に見せながらいった。「あた

しの手、二五筒待ちやもの。🀚お振りになったらドンですねん」

　会長は高笑いしながら「巳年《みどし》ですよ。巳年の御利益です」

　しかし、ブウ麻雀なのである。チンイチをチントイに直すなどはこの場合まったくのナンセンス。🀚を当りとにらんで停《と》めたとすれば凄味のある麻雀だが、これはママの商売人《バイニン》的お世辞ではなかろうか。

「巳年の女に触れたあとはね、心気が澄んで数字が心に浮かぶんです。競馬だろうと何だろうと当りまくりますよ。あんなもの数字ですからな。馬券には馬の名前なんか書いてありません。枠《わく》番号だけです。麻雀だってあんた、次にツモる牌がね、ふっと心に浮かぶんです」

　会長はその言葉どおり、チートイツをリーチ一発で（一発役はなかったが）ツモってみせた。

　しかし、どう見ても振りは荒い。他人の手などは眼中にないごとく、不要牌はどんどん無雑作《むぞうさ》に切ってくる。振りこまないのは、ツイているせいか、それともママがあがらないで見送っているのか。

　一回、二回と、会長にブウをとられた。三回目、私はいくぶん手がツイたせいもあって簡単にマルエイのトップをとった。

ママがややけわしい眼になっている。

「やあ、お若いの――」と会長は古風ないい方で私に声をかけた。「お強いな。よおし、あたしも本気で打ちますよ」

四回目は女秘書が細かくツモって先行していたが、私のメンタンピンのリーチに、会長が又しても無雑作に打ちこんできた。

「ええッ、これですか。いやァしまったなァ」

しかし会長は毫《すこし》も反省する色もなく、続けて私の中つきトイトイに打った。

「ロン、――ブウです」

「しまったなァ――」と会長はくりかえした。「今日はよく当るわい。おい古川さん、君は本当に巳年《みどし》かい」

「あら失礼ねえ会長さん、ちゃんと履歴書をごらんになったんでしょう」

「どうもおかしい。誕生日はいつだね」

「三月ですわ」

「するとなんだね、辰《たつ》の方が濃いんだな。辰はいけません。たつ、あたわずといってね」

私だって初回の相手でクラスが下と思えると手加減をして適当に打つことがあ

る。しかし今夜はそうはいかなかった。なんとなく気持がとげとげしい。眼の前のママの不機嫌な顔を見てると痛快である。

（――適当に負けて機嫌よくさせたところで俺《おれ》はママのおヒキ〈子分〉になるだけだ。こっちはこっちで勝手にやるさ）

次の回はママが二度続けて会長に打ちこんだ。

「あら、これ？　あたしも巳年《みどし》の男にさわってこようかしら」

ママは頭を抱えこんでみせたが、私には彼女の作戦はわかっていた。会長に点棒をやっといて、あとは私から狙《ねら》ってとろうというのだろう。

次の局面を私は慎重に打った。私を狙うとすれば、私の不要牌、つまり捨てた牌あたりで待つのではないか。

ママの手つきが、心なしかすばやい動きになっている。だが、私の手もよかった。

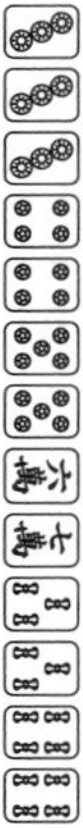

をひいてきた。私は少し考えた。ママの捨牌は、

テンパイしてる感じがある。以後はオールツモ切りだ。しかしこの捨牌では、まともな待ちじゃない。おそらく変化形にして私が切りそうな待ちになっているだろう。

もも、ママの捨牌から見ると筋で、これはかえって捨てられない。私はと捨てた。

そして二枚目のとが入った。私はママのチャンスを警戒していたから、迷わずを切った。

ほとんど同時に会長がを切った。

「ロン――」

「ロン――」

ママと私が続けていった。あぶないところで私の頭ハネ。又ブウになった。

会長が渡してくれた札が、私の胸ポケットにいっぱいになった。そして会長は、大物の名にふさわしく、十何回目のとき、コトリと椅子《いす》の中で眠ってしまったのだ。

「おやすみね——」

「ええ、又にしましょうか」

女秘書が牌を片づけ、毛布をベッドに戻しはじめた。私たちは連れだって出ようとしたが、

「お若いの、哲ちゃん——」と会長が眠そうな声で立ちあがった。「お強いお強い、初対面で私からあれだけアガるのが気に入った。どうです、ここへ泊って明日競馬へでも」

「昼間は打《ぶ》たないことにしています」と私は堅い男を気取っていった。「でも夜ならいつでもかまいません」

「結構結構。じゃ、明日の夕方、このホテルへ電話ください」

エレベーターで一階までおりたとき、私はママにこういった。

「フロントへ行って、ツインをとってくるぜ。いいだろ」

「あら、あたしは帰るわよ」

「なにか不服があるのか。ママのいうとおり、俺は会長と夜は一緒にいてやるよ。待ってな。今、鍵《かぎ》をもらってくるから」

私は背後を振り返りもせず、フロントまで歩いて部屋を予約した。鍵を握って

エレベーターの方を見ると、両手を前に組み合わせてじっと立っている女の姿が見えた。

ママは意外に小さく優しげだった。

お寺博打《ばくち》

一

会長さんはそれから三日間、六甲山のホテルに秘書と一緒に泊っていたが、その三日とも、宵《よい》のうちの麻雀遊びに私はつきあった。

むろんママの店にも連れていって充分使わせた。だが私はあまり楽しくなかった。

そりゃァ、会長さんの屁《へ》のような麻雀につきあっていれば金にはなる。居眠りしてたって勝てるのだ。面白くない原因はそこにあった。

こんな手がそう苦しまずにテンパイしてしまう。会長さんはガメってますます手をおそくしているし、ママたちもそれに合わせて手加減しているから、全体に

テンパイが皆おそいのだ。

[四萬]が出ても見のがせるように、むろんこの手はヤミテン。

（――出さないでくれよ、会長さん――）

私は卓の下で、手を合わせて祈っている。どういうわけか、きっと会長さんから[一萬]が出てくる。

三回に一回はブウをとるようにしていたが（でないと私がへこんでしまうから）、その他の回は、こんな[一萬]が会長さんから出てもあがらない。

手加減じゃなく、投げやりにやっていたのだ。こんな無防備な相手からとっても少しもあがった気分になれない。かえって、金を恵まれたような、いやな感じだ。

一度などは、似たような手で、会長さんから出た[一萬]を二度も見のがしておいて、ママの[四萬]であがった。純チャン三色が、一挙にカスのようなピンフになったわけだ。

ママはじっと私の手牌をみつめていて、なかなか点棒を払おうとしなかった。

「いったい、どういう気なの？――」

とママはあとでいったものだ。

「あんた、商売でやってるんなら、商売人のセオリイを無視する手はないわよ。会長さんに同情したって一文にもならないんだから」

「同情じゃない。自分の手だけ考えて、他人の手も見ずになんでも捨ててくるような人は、麻雀打ちとは認めないんだ」

「それ、どういうこと？」

「だから、ママは会長さんからどんどん取りゃァいいさ。俺《おれ》はママからとることにする」

「会長さんに憎まれずに稼ごうってのね。あんたはまだあの人を知らないわ。会長さんは、あたしたちと遊んで時間が潰《つぶ》れればいいの。大負けしたからって根に持たないわ。面白く遊べればね。だから手加減は必要だけれどそのために同志打ちはやめましょうよ」

「そうじゃないよ」

「じゃ、どうなのさ」

とママは私の腕の中でじれったそうに身をくねらせた。私たちは六甲のホテル以来、数年ぶりによりが戻って、私は又、芦屋《あしや》のママの家に忍んでいくようになっていた。

「どんな仕事だって、どこかで誇りをもたなきゃできねえだろう。俺は、強い奴《やつ》にはどんな裏芸だって使うが、弱い奴は敵と認めないのさ。それが俺のやり方だし、なぜだかしらねえがそうしたいんだ」

「あたしと、こういう仲なのに、あたしからとろうってのね」

「ああ――」

「何故《なぜ》――？」

「それとこれとはべつさ。とにかく、あのメンバーじゃ、相手はママしか居ねえんだ」

ママは調子にのって、会長さんに差しウマを挑戦する。サイを振ってその目できめようというのだ。

「会長はん、サイ一つじゃつまりまへん、二つ振らはってきめたらどうだっしゃろ」

「二個ですか、はっはっはァ、よしそれじゃァ儂《わし》も、本気を出しますぜ」

「わあ怖いわ、本気やなんて会長はん、今日は巳年《みどし》にさわって来やはったんとちがいますの」

その眼は弱い者をいたぶる快感に燃えているようである。あるいは会長さんの方も、そんな女の昂《たか》ぶりを楽しんでいるのかもしれない。

結局私には、つきあい麻雀の三日間だった。会長さんとママが、毎回差しウマを行っている。サイの目ひとつが一万円だから、六六と出れば十二万円のウマである。これではママをあまり悪い態勢におとすこともはばかられる。

といって自分もガメツイ気をおこして会長さんに差しウマを挑戦する気にもなれない。こんなことなら、ずっとレートは小さいし、なにをやられるかわからぬ危険はあるが、大阪のクラブで玄人《くろうと》たちと打っている方がずっと張り合いがある。

危険性のある面白い麻雀で生きようとすれば、その日暮しになる。

金になる麻雀を打とうと思えば、自分の気質を殺して全くの男芸者と化さねばならぬ。

これが麻雀打ちというものと、改めてさとったが、考えてみるとこれは麻雀打ちばかりでなくどこの社会にも通ずる摂理のようなものかもしれない。

二

会長さんが東京へ帰るという最後の日、白楼へ電話がかかってきて、私は中之《なかの》島《しま》のＳホテルのロビーに呼びだされた。

今日は京都に打ちに行くという。

やれやれ、と私は思ったが、ママのところでないのなら、今日でお別れでもあることだし、ひとつ威勢よく差しウマでも行ってやるかと、のこのこ出かけていった。

Sホテルのロビーで、会長さんは大柄の坊主と談笑していた。

（――おや、クソ坊主じゃないか）

破戒《はかい》坊主のクソ丸が例のよれよれの格好のまま、悠然《ゆうぜん》と坐《すわ》っている。そのうえ、椅子《いす》の背が大きいので近づいてみるまでわからなかったが、ドテ子も一隅に腰をおろしていた。

私はわざと彼女の椅子の肘掛《ひじか》けに腰をおろした。

「口紅水仙ありがとよ。あれはツイたぜ」

「そう――」

「どうした、いやにおとなしいじゃないか」

ドテ子はじっと正面を向いたきりだ。

サービスのつもりが、はぐらかされて私は会長さんとクソ丸の方へ顔を向けた。

「変った顔合せですね。お知り合いですか」

「びっくりするのはこっちだわい――」とクソ丸。「けどまァ、遊び場での縁じゃろう。三角さんの物好きは有名じゃよってな」

「三角さん――？」

どっかで聞いた名前だと思った。

「ああ、三角組の三角会長や。例の博打《ばくち》列車の胴元さんだよ」

「あ、それじゃあ、俺《おれ》もあれに乗って大阪へ来たんだ」

「はっはっは――」と三角会長が大きく笑った。「あたしはもう隠居で、今は若い連中がやってます。ただのフーテン老人ですよ。博打と女はやるが、それ以外の悪いことはいっさいしません。それでご勘弁をねがってまさァ」

「この若い衆はね、もう名前もご存じかもしれんが、坊や哲いうて関東育ちの麻雀打ちだす。三角さんの遊び方じゃ、かなりふんだくられたでしょう」

「いや、それがね、最初だけで、あとはあたしを気の毒がって、アガっててもアガらんようでしたわい。だが、あんた、あれは博打の神様に叱《しか》られるよ。人をなめるのは、あたしぐらいの年になってからでいい」

おや、知ってやがったのか、と私は意外に思った。そういう細部などはわからないまったくの盲目と思っていたのだが。

「ところで京都は何ですか。やっぱり麻雀クラブかなにかで——」

「いや、お寺ですよ。大恩寺《だいおんじ》といってね。場所はちょっと郊外になるが、だいぶ歴史の古い寺のようですな」

「その寺で、打つんですか」

「そう。和尚《おしょう》が好き者でね、あたしとはいい勝負相手なんですよ。そこでちょっと打って、夜は京都でおいしいものでも喰《た》べて夜行で帰ることにしましょ」

私たちは三角会長のハイヤーで淀川《よどがわ》沿いに突っ走った。

大恩寺は、古風な山門と濃い緑にいろどられた静かで由緒《ゆいしょ》ありげな古寺だった。この寺に依る僧侶《そうりょ》たちがそろって博打好きだとは信じられないような気がするが、クソ丸の話によると、一部の寺院で勝負事がさかんなのは、その道の者には常識でもあるらしい。

「破戒坊主はクソ丸さんだけかと思っていたがな」

「馬鹿いえ、わしの博打は一種の修行《しゅぎょう》じゃ。奴等《やつら》のは、ただの堕落さ」

信者の多い、現に栄えている宗派はそれなりによろしい。有名な観光資源のあるところも観光寺として批判は受けるにしても経営的には良好だ。そのどちらにも恵まれないところは苦しい。

「たくさんある末寺ばかりやない。昔、特権階級の庇護《ひご》をうけて栄えたような寺が一番今は苦しい。僧位を株制にして売ったり、偽りの観光資源を作ったり、四苦八苦さ。博打もその一法やろな。――儂等《わしら》のように、天空に在るものは身ひとつ、という派はそんな狂奔をしなくてすむが」

そんなクソ丸の言葉を裏書するように、金堂《こんどう》は閉ざされたままだったし、寺院の中には人影もなく、廃墟《はいきょ》のようにひっそりとしている。

「三の宮をずいぶん探したわよ」

ドテ子がポツリとそういった。

「だって、何日も帰ってこなかったから」

「打ちにまわってたんだ、珍しいことじゃないさ」

「そして女の人とホテルへ泊ったんでしょ」

「会長さんがいったのか」

「あんた、お婆《ばあ》さんが好きなのね。あたいも早く年をとりたいわ」

「いいかい、俺はいつだって結局一人なんだ――」と私はいった。「今までずっと一人でやってきたから、人を本当に好きになるってことがどんなことか、まだわからないいんだよ。勝負ごとをやる人間は大体その傾向があるらしいね」

「じゃ、あの女の人は？」

「好きなもんか。蹴殺《けころ》してやりたいくらいだ」

ドテ子は口もとをぎゅっとひきしめた。

三角会長とクソ丸のあとについて、私たちも座敷にあがった。

宗教大学の学生らしい女の子たちが、濃茶《こいちゃ》と小さな菓子《かし》を運んできてくれる。

その女学生が、多分、両方から引いたものであろう。襖《ふすま》が自然に、左右にスルスルと引かれると、ツルツル頭に山羊髭《やぎひげ》を生やした老師が、大時代な足どりで、しずしずと現われた。

「やあ、これは珍客ご入来で――」

「老師もお変りなくてなによりですな――」と三角会長はいつもソツがない。

「あいかわらずおさかんで？」

「おはずかしいが、夜はの、もっぱらこれですじゃ。阿弥陀《あみだ》様のお供物《くもつ》も麻雀の勝金とは呆《あき》れるが、まァ、博打は元来、寺方からおこったものときくからの」

「御前さま――」

女学生が襖の向こうで手を突いた。

「お料理やお飲物はどういたしましょう」

「う、飲み物などのひまはおありかな」

「いや、ちょっとのあいだ打てれば結構で。夜行で帰りたいと思いますでな」

「それではすぐに二階にまいりましょう。――しかし三角さん、権々会《ごんごんえ》の夜はこちらにお出《い》でかな」

「おう、そういえば、もうすぐ権々会でしたな」

「この寺じゃ、年に一度、衆生《しゆじよう》の集う晩ですからな。麻雀の方もひとつ壮大にやりますぞ。賽銭《さいせん》を数倍にして見せます」

三

中二階のような天井の低い小部屋に案内されると、そこにはすでに卓と牌が設営され、中年の僧がにこやかな表情で待っていた。

「よく、いらっしゃいました――」

「やあ、定恩《じようおん》さん、今日こそはお手柔らかに願いますよ」

「どう仕《つかま》りまして。会長はんのひきの強さにはかないません」

チェッ、このおべっか野郎め。この会長のどこがヒキが強いんだ。

「ルールは、例のツモ打ちですか」

「さようです。手っとり早いですからな」

「クソ丸さん、ツモ打ちだそうですよ」

「結構結構、儂《わし》はなんでもかまいません」

ツモ打ちというのは、誰《だれ》かがツモった時点で終り、というブウ麻雀よりもうひとつスピードルール。ふりこんだ場合にはそのまま点棒で払う。一人沈み、二人沈みより、三人沈みの方がよいのはブウ麻雀と同じ。

場所がきまった。——老師、定恩、会長、クソ丸、の順。私とドテ子はひとまず観戦。もっともドテ子は博打《ばくち》をやめたそうなので、おそらく手を出すまい。

私の観戦位置は、フェアーな態度を打ちだすために、寺方のうしろへまわらず、クソ丸と三角会長の間にきめた。

自然、ドテ子の位置がその対角線になり、老師と定恩の間になる。

「麻雀て、面白そうね。あたしも早くおぼえたいわァ」

ははァ、ドテ子の奴《やつ》、何事か画策しとるわい。カベ（スパイ役）になるつもりだな。

「秘書の方ですかな」

「さようです。まだ子供でね」

「よろしいな。三角さんがお年のわりに若々しいのはこのためですな」

「こちらにも、お若い方がたんと居《お》られるじゃないですか」

「いや、あれはほんの小坊主代りで。アルバイト代だけではとても自由にはなりませんわい。――おや、これは失礼」

しかし私は眼を瞠っていた。クソ丸の方はいいが、会長の危なっかしい麻雀を案じながら見ていたのだ。ところが、人が変ったようにシャンとした動作で、モウ牌麻雀をやっている。

昨夜までは、牌を揃《そろ》えることさえおぼつかなかったのに。

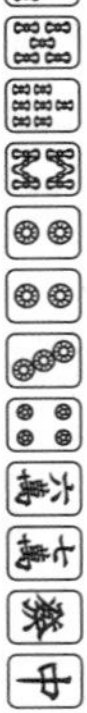

こんな手で、八萬が来、定恩が捨てた中に続いて中を殺して捨てたが、もう一枚の發はなかなか切らない。三筒が来て一索を切っていく。なかなかどうして昨夜までとはちがう。
というのはクソ丸に發が二枚あって、鳴くチャンスを狙《ねら》っているのだ。普通ルールではなんでもない發だが、ツモ麻雀ではおそらく飜牌がかなりの意味を持っているのであろう。

定恩がを鳴いた。

会長がを持ってきてを捨てる。

定恩が、むすっと苦笑して牌を倒した。

「やられましたな、仕方ありません」

苦情をこぼしたのは会長でなくて、定恩の方だった。

ポン

「ツモりたいところだが、仕方ありません。そちらの御坊がテンパイなさってるでしょ」
クソ丸の手を見返してみると、

そうか、そうか、と私はひとり頷《うなず》いた。ツモ打ちは、ツモられたら終り。初回に誰かがツモれば完全に三人沈みになる。
だから初回こそツモりたいところだが、逆に相手にツモられそうなときには打

ちこんだ方がよいのだ。

むろん、その打ちこみ牌であがるかあがらぬかは、テンパイ者の勝手。リーチをかけてない以上見のがしは自由である。

この場合、打ちこみでもあがらねばならぬと判断した定恩のさばきもよいが、三角会長の打ちも、タイムリイといえる。

このままの状態で、もう二、三巡まわせば、二人のうちどちらかがツモあがりをするだろうからだ。

二局目は、老師が最初から積極的に出て、最初から鳴きだし、四巡目でをツモり、タンヤオあがり。しかし点数計算ではないから、ガメるのはまずい。定《き》めによって、トップ者の上家が抜けて、クソ丸のかわりに私が入った。

いかんせん手が悪い。

四巡目でがアンコになり、六巡目でをひいたが、これではまともに競争はできない。

ドテ子が首を押しつけるようにして老師の手牌を見守っている。

「こういうときは、これが来ればいいんですの?」

「いや、まだまださ――」

私は首をひねって彼女を見た。〝こ〟という発音と、〝来る〟という発音。これはもしくは六九筒だが、こ、と、くる、のように同一の音に近いものが頭言葉についた場合は、高い手ということになっている。私はを振ろうとした手をひっこめた。

すると当分攻めに行けない手になるがやむをえない。

四

三十分ほどして私にもやっと、ツモ麻雀の要領が呑《の》みこめだした。

振りこんだ場合には普通に点棒を払っていくが、誰かがツモるとその時点でやめになる。ブウ麻雀よりももうひとつスプリントな変則ルールである。

ブウと同じく一人沈みよりは三人沈みにさせた方がよいので、一人沈みと思えばツモってもあがらない場合もあろう。雀頭をおろしていくわけだ。

逆に、ツモられそうになったら相手に狙《ねら》い打っていくことも考えられる。もし相手にツモる自信があれば、いくら狙い打ってもあがるまい。狙い打つ方もその間、手を進めていく。どちらが成功するか、そのへんにこの賭《か》けの面白さもあろう。

したがってリーチはかけられない。リーチという役は無いも同然だ。リーチすれば、誰かが出した時にあがらないと振りテンと同じようなことになり、不便になる。点数計算ではなく、浮き沈みで勝負がきまるのだから、大きい手を作る必要はない。

以上の理由で、山越しが実に多い。

その日も私が一巡前に捨てた🀕が、次に又🀕をツモったので切ったところが、ツモ切りをしていたクソ丸に当ってしまった。実はその間に、定恩が🀎を喰《く》っていたのだ。

誰かがポンチーをするということは、新段階に突入したことを意味する。ツモられる前にあがりにかけようとする者が出てくるわけだ。

会長は夜行で東京へ帰るという。例の博打《ばくち》列車だとすれば、京都発が九時か十時頃《ごろ》であろう。するとここを八時には出ると見なければならぬ。

外はもう、うす暗くなってきている。

（——このへんで、気合を入れなきゃ、あかんぞ）

はじめてのルールで戸まどいしたせいか、私はそのとき沈み頭になっていた。バタバタに負けるかと思った会長が、かえって善戦をしている。たとえば、こうである。会長の一投一打がヤケにゆっくりになり、じっくり考えだした。しかし手が変るわけではなく、ずっとツモ切りになっている。六萬をツモり、なんとなく場に高かった万子の中張牌を、やや考えた末、横を向いて眼をつぶり、肩を怖そうにすぼませながら、そっと振った。

「——当り」

と定恩がいって牌を倒した。

「ああ、やっぱりですか」

「どんな手が入っとりましたか」

と老師が身を倒してのぞきにきたが、

「やあ、あっはっはっは——」

会長は、さっと手牌を崩してしまった。

しかし私は知っている。抜け番なのでずっとうしろで見ていたのだ。

会長の手は、

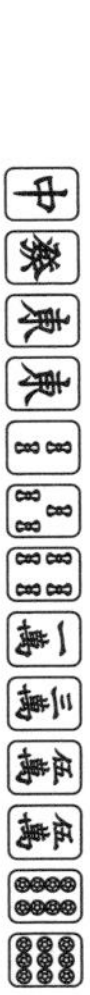

どうしようもない汚なさだった。あがれないと見たら、ツモられるよりは振りこんだ方がよい。普通では誰もツモるまであがらないから、威嚇《いかく》して相手を振りこみでもあがらせるようにする。老練な手だ。

「会長さんも人が悪いな。僕等とやるときはトボけてたんですか」

「あたしは女子供とは勝負しませんよ」

「——」

「怒っちゃいけない。あたしは老人ですからね。ああしてあんたやママにお守《も》りをしてもらってるんです。だから負ける。そうでなくちゃ誰も遊んでくれないでしょう。若い女を金で買うのと同じですよ。——だが、勝負はべつだ。今日は勝負をしてるんです」

私は奮起した。女子供、とまでいわれてだまっておれない。

だがこのルールで、必勝態勢になるにはどうすればよいのだろう。ドテ子は坊主二人の間にペチャンと坐《すわ》って、敵の手を通してくれようとしているらしいが、このルールでは、相手のテンパイがわかっても、さほど意味がないのである。

といって、危険をおかして積みこみをやったところで効果はたかが知れている。大きい手を作るより、密度濃くあがることが主眼目だからだ。大きくてしかも早い手が作れないことはないが、あがり方が不自然になるし、そのため相手に嫌われる方が怖い。この寺は、私のお得意先としてかなり大事にしなければならぬと踏んでいた。

五

私は自分の山に、サラリと数種類のメンツを散らしておいた。たとえば二四三(乃至《ないし》一二三四)というふうに一メンツを、元禄風《ふう》に少し離して結局ツモになるようにしておく。四三二とはおかない。相手に流れたとき、とめて使われる率が多くなるからだ。

サイ二度振りだから外筋中筋両方に一メンツずつ散らしておく。完全に一メンツになるようにおくのである。そうすれば関連牌が手中に一枚もない場合もツモあがりの可能性が濃くなるわけだ。

場は東風の初っ鼻だった。このルールは各回の第一局がもっとも緊張する。ここでツモあがりをすれば簡単に三コロのトップがひろえるからである。

定恩が抜け番で、老師が起家、会長、私、クソ丸という席順だった。

老師がふったサイの目は二、会長の目が八だったので、計十。私の山は中盤すぎにツモりだすことになる。そこまで、場が長びくかどうか。しかし、私の山に入れば、上下列の外筋中筋ともに、どこかに一メンツが散っていた。

老師が第一打で、いきなり🀞を捨てた。

「おや、これはすごい――」とクソ丸。

「なるほど、早そうですな」と会長。

ガメる必要があまりない麻雀だから、第一打の🀞は眼をひく。

老師はまじめな顔で数珠《じゅず》をまさぐり、片手おがみの形になって、

「何事も、弥陀仏《みだぶつ》の御心《みこころ》に添って打つのですじゃ」

「阿弥陀如来《あみだにょらい》は、麻雀もご存じですかな」

「もちろんです」と抜け番の定恩が答えた。「当山の御仏は重文（重要文化財）ですからな。本当に信仰が生きていた古いよき時代の御仏です」

老師の二打目は、手から出た🀗だった。しかしそのあと数巡はツモ切りが続いている。一向聴《イーシャンテン》あたりでとまっているか、それともすでにテンパイか。

定恩の方はやや打ちこみが多く、いつも後手にまわっている感じだが、老師は

なかなかテンパイが早い。おそらくこのルールに慣れきっているのだろう。
私の方は可も不可もない手で、

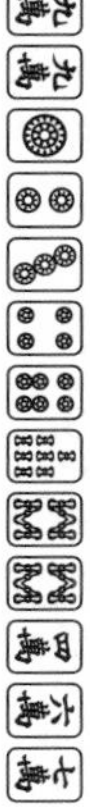

ただこの手を、私の山に散っているメンツを利してツモあがりに持っていくために、独立した雀頭は邪魔なのでを二丁切っていった。
一一二三、というふうに雀頭がメンツにかかっているような手にしておくと、待ちが直ちに変化できるので、こうした麻雀に便利なのである。
だが老師にあがられては元も子もない。老師も、むろんツモあがりを狙《ねら》っているだろう。この場合、こちらもテンパイと思わせては拙《まず》い。ロン牌を振っても見送らせなければならない。
ツモがだんだん私の山に近づいてきた。老師はずっとツモ切り。

こんなふうに切っている。私の手も整って、

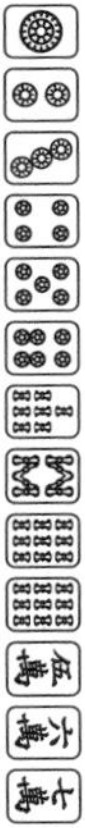

老師からが出ているが、むろんあがらない。そのを会長がチーした。ほとんど瞑目《めいもく》気味だった老師が、不意にカッと眼を大きく開いて私の山の方を見た。

その眼が、煩悩《ぼんのう》のとりこになっているような卑しい気配に満ちているように私には思われた。すくなくとも、僧侶《そうりょ》の眼の色じゃない。破戒坊主のクソ丸だって、もっと涼しい瞳《ひとみ》をしている。

次の老師のツモのところで、又進行がとまった。老師の大きな眼が、私の山を見ている。

「——これは、どうかな！」

下家の会長に向かってそういい、初牌のを振ってきたが、会長は見向きもしない。

本来ならば私は、自分の山でとツモる筈《はず》だった。しかし会長の喰《く》いでひとつずれて下山の外筋になったので、というメンツがやがて入ることになる。

私は🀚をツモり、🀖を捨てた。

クソ丸を通過してのち、老師が又、力をいれて手の中の🀆を切った。これも初牌。会長が、ポン、と鳴いたが、これはあがっていてなおかつ鳴いたのかもしれない。

だが、そのため私のツモは上山の外筋になり、🀜🀛とは入らなくなってしまった。上山の外筋には、山のまん中あたりに🀗🀖🀕とある。私は🀖を一丁切ってしまったが、再度その牌をツモって🀕でツモあがりできるわけだ。

私は🀄をツモり、一度とめた🀚を捨てた。老師が🀑を捨て、私は🀗をツモって捨てた。

次の老師のツモは🀐だった。老師はその牌をツモると同時にバタッと卓へ打ちつけた。

「やあ！　やっとアガれた。なんですなァ、このルールでこんな手も意味ないが、できたものはしようがないからのう——」

🀂🀂🀀🀁🀃🀆🀅🀄🀇🀏🀙🀡🀘

三コロである。私は力なく自分の手牌を崩し、気を入れかえるために便所へ立った。

便所から出ると、そこにドテ子が待っていた。

「変よ。あの牌、変だわ――」

「どうして――?」

「あの人たちのツモ、勘がよすぎるわ」

「山に細工がしてあるのか」

「いいえ、積みこみじゃない。だって他人の山でもそうなのよ。両面を切ってカンチャンを持ってくる。それが一度もまちがわないの。特に和尚《おしょう》さんがよ」

「ツイてれば、そんなこともある」

「山じゃなくて、牌に、細工がしてあるんじゃないかしら」

「――そうかな」

牌にガン(印)をこしらえるのは簡単ではないし、それで充分の効果をあげることもむずかしい。だが、こんな博打寺《ばくちでら》だ。どういう手が打ってあるかわからない。光りの屈折を利して自分だけにガンがわかるドイツの薬もあるときく。私は、老師が私の山に向けていた視線を思いだした。

「いいことがあるわ――」とドテ子がいった。「部屋の灯りを暗くしてみるわ。

あたいがなんとか工夫してみる」

「おい――」と私は笑った。「君は博打をやめたんじゃなかったのか」

「やりはしないわよ」とドテ子は口をとがらせた。「でも、あんたがやってるんでしょう。だから、仕方がないじゃないの」

事実、それから二十分ほどあとに、ドテ子はうっかり足をひっかけたふうを装って、老師の背後の雪洞《ぼんぼり》型のスタンドを蹴倒《けたお》して頭の部分を割ってしまった。

彼女は悲鳴をあげて詫《わ》びた。

「ああ、よろしいよ、怪我《けが》はなかったかな」

と老師は案外恬淡《てんたん》としていた。

「誰かを呼んで代りを持ってこさせよう」

「でも、又倒すと危《やば》いですよ。灯りはこれでいいんじゃないですか」

「いや、老人はどうも視力が弱くてな。定恩、階下のスタンドを持ってきなさい」

定恩が早速立ちあがった。

六

もはや七時をまわっていた。老師、会長、クソ丸の三人がセリ合っており、私と定恩が負け組であった。しかし定恩は老師のおヒキ（相棒）として動いたふしがあるので、私の一人負けということになる。

日が暮れた頃《ころ》から私は懸命にもがきだしたが、どうも全体にちぐはぐで、第一局にツモって三コロにしようとすると誰《だれ》かにあがられ、先制を警戒して他人の放銃であがればその次に大物をツモられるという具合で、これははさみ将棋《しょうぎ》のような要領と勘がいるらしい。

そのうえ、老師と定恩がときおり他人の山を注視する眼つきが気にかかる。ちょうどクソ丸が抜け番で、私の横にへばりついてきたのを機会に、私は手牌を全部伏せてモウ牌麻雀をはじめた。

クソ丸がいった。

「オヤ、ずいぶん他人行儀だな」

「そうじゃないんだ。実は、ゲンをかついでいるんだよ。あまりツカないからね」

はっはっは、とクソ丸は笑った。

「さよか、まァええわ、お前もきっとそうやるだろうと思ったよ。けど、伏せたって手の大体の傾向は読めんこともないで。俺《おれ》にも心眼があるからな。はっはっは」

なんとなく私はどきっとしてクソ丸の顔を見た。おや、この坊主も察してるじゃないか——。すると、会長も知っていておかしくない。

私が伏せ牌麻雀を始めたのは、自分の手牌の竹の部分をじっと眺めて、その特徴をなんとか見破ろうと思ったからだ。

私のそういう気持を見破って、クソ丸は笑ったのだ。クソ丸たちも、私より以前にこの牌の仕かけを見破っている。私は、いつもとちがう会長の牌さばきを思いおこした。卓を囲みだした直後に、クソ丸が二丁持っている緑発をしぶとく押さえていた会長、そのあとをタイムリイに打って、ツモられるのを未然に防いだ会長、いつもとまったく打ち方がちがう。あれはこの牌のガンを会長も見おぼえていたからであろう。

では、何喰《く》わぬ顔をしているだけで、私以外は皆知っているのじゃないか。負けるのは当然かもしれない。

私は最初、竹の色を比較してみた。牌によって濃い淡いはむろんあるが、濃い牌を頭の中で並べてみても、淡い牌を並べてみても、はっきりとした特徴は考えられなかった。

まさか、一枚ずつ、この牌はこんな色、とおぼえているのではあるまい。

次に、竹の模様を丹念に眺めた。

そのとき私には索子が多かったが、伏せてみたところ、竹の表面の黒い縞《しま》が、斜めに抜けているものが多かった。上下に直線的にとおっているのは🀚と🀛だった。そうして、縞と縞との間隔が非常に大きく、一本か二本しか縞になっていない牌があった。それは🀎だった。

私はツモるたびに竹の模様を注視した。その結果、竹の模様が目印になっていることが確信された。といって全部わかったわけではない。

字牌の特徴がわからなかったし、上に牌がのっていて竹の部分が見えない筈《はず》の下山の牌がどうしてわかるのかも謎《なぞ》だ。

しかしやっと私は愁眉《しゅうび》を開いた。相手が何をしているのかさえわかれば、どんなに有利な武器でも対策の講じようがある。

その回は幸い私のツモは上山だった。私はそっと視線を送って上山の牌をひとつおきに眺めた。索子、索子、筒子、索子、とツモることになっている。私はちゅうちょなく八萬を切った。クソ丸が低い笑い声をたてた。

「なんだい」

「え、いや、こっちの手のことさ」

　第一打目の八萬を、定恩がチーしてきた。六七万と両面喰《く》っている。

（――そうか、牌がわかってるのは俺《おれ》だけじゃないぞ。わかったところでやりにくいことは同じだな）

　下山のツモはほとんどが万子だった。私はなんとかして喰い返そうとしたが、上家のクソ丸が索子を出さない。

「坊や哲殺しやな。たまには負けるのも精神の浄化作用になるぜ」

　不意に、パチッと電気が消えた。

「あッ、停電だな――」

「ローソクはありますか」

「ないことはありますまいが――」と定恩がいった。

「御前がな、眼がお悪いで、ローソクはとても」

「でも、モウ牌でやれば同じことでしょ」

私は喰いさがったが、

「それにしても、もうおいとまする時間ですな——」と会長がいいはじめた。

「さようか。それではこのへんでお開きかな。負けてる方には悪いが」

ドテ子は先刻から老師のうしろを動いていない。だから電源を切ったとしても彼女の仕業《しわざ》じゃない。

では本当の停電か。——私は、これは追い出し策だ、と思った。寺側の有利なうちに、停電だから帰れ、という催促だ。

だが私は、もうさほど頭に来てはいなかった。このまま今日は負けて帰ってよろしい。又という日がある。くりかえしていうが、相手のやることさえわかれば、対策のたてようがあるのである。

殺し打ち

一

大恩寺の寺麻雀を打ちあげて、東京へ戻る会長さんとクソ丸に京都駅で別れ、私は夜更《ふ》けの大阪に又舞い戻った。

ドテ子がだまってあとをついてきていた。

「なんだ、クソ坊主と一緒に東京へ行くんじゃなかったのか」

「うん――」

私たちは、たったそれだけの短い会話を交しあっただけだった。

私は梅田《うめだ》の地下道をくぐり、曾根崎《そねざき》へ出、お初天神《はってんじん》の方へ歩いた。

水商売の女たちが私たちに逆行して梅田駅の方にぞろぞろ歩いていく。その流れの中に時折り立ちどまっている娘が居る。パン助である。

「おにいさん、火ィ貸してえな――」

彼女たちは通行の酔いどれたちとすれちがいざまに、気をひく言葉を小声で投げかけるのだが、私にはついぞ近寄ってこない。すぐうしろをドテ子が歩いている、そのせいもある。けれども一人で歩いているときもそうなのだ。きっと私の身体から、盛り場に巣を張る同類的な臭《にお》いを感じとるのであろう。

私はドテ子の方をふりかえった。

「うどんでも喰《く》っていくか」

「うん――」

「変な店だぞ。夜の女たちが巣にして、飯を喰ったり、あぶれたとき油を売ったりする店だ。朝までやってる」

「いいわよ、どこでも――」

私は屋台に毛のはえたようなその店で、ビールを吞《の》み、うどんをすすった。大阪に来てやっと顔なじみにした店で、店のおばはんやパン助たちにビールをつぎながらにぎやかに吞んだ。ドテ子はあいかわらずだまってすわっている。

「もう二時か、おそいな――」と私はいった。

うどん屋を出て、又しばらく歩いた。

車は一台も走っていないのに、十字路の赤信号がいつまでも変らない。私は信号の下でしばらく佇《たたず》んでいた。

「どこまで、あたいを連れてく気なのよ」

と不意にドテ子がいった。

「来いといったおぼえはないぜ」

「そうね、でもいけないともいわなかったわ」

ドテ子の顔が青く光った。信号が変ったのだ。しかし私は歩き出さなかった。ドテ子が大人の表情になっている。完全に大人というのでなく、子供が大人の顔を真似《まね》たというような格好だ。

「どうしてやろうか、さっきから迷ってたんだ――」と私はいった。「俺《おれ》は据《す》え膳《ぜん》て奴《やつ》は嫌いだからな。だがもう面倒くせえ。――つまり、その、どっちにしてもまあ面倒くせえって奴だ。こんなことをしみじみ考えるなんて、阿呆《あほ》らしいや」

ドテ子がクスリと笑った。

「あんた、なんか勘ちがいしてるのね。こんなことって、面倒くさく考える必要なんか全然ないのよ」

「そりゃ、どういう意味なんだ」

「あんたが、あたいを好きじゃないってこと、よく知ってるわ。あたいだってそうよ。あんたなんかぜんぜん好きじゃないわよ。だから、かァんたんじゃない」

若い勤め人らしい酔っ払いが一人、その頃流行《はや》っていたセンチメンタルジャーニイという曲を、口笛にしながら通り過ぎた。

ドテ子は、簡単、という言葉をへんに抑揚《よくよう》をつけていってから、今度は逆に私をうながして広い交叉点《こうさてん》を渡った。

「あたい、あんたを口説いてるんじゃないのよ。一緒に暮してくれなんていいやしないわ。お互い、ヤミテンよ。あんたはただちょっと、ヤミテンに振り込むだけ。そうすれば風が変るわ」

交叉点を渡りきったとき、私は彼女の腰に片手をまわして自分の方に引き寄せていた。そうして私は早足になった。

ドテ子が自分の心を正直に口にしていない、ということは推察がついていた。しかし私は、そういうふうにしかいえない彼女を、いじらしく思うよりも、もうすこし凶暴な衝動にかられていた。いってみれば、彼女から、弱い動物が持っているような魅力を突然感じたのだ。

私は羚羊《かもしか》の背の上に飛び乗ったライオンだった。こうなった以上、ガブリと噛《か》みついてその首の骨を折ればよい。それで、ことは簡単にすむ。かァんたんに、だ。

この世は弱肉強食さ――、と私はドテ子がそうしたように、自分の心を単純にいいくるめようとした。人間関係なんて、もともとたたかいがあるだけだ。それが一番自然なんだ。

私は、とある♨旅館の門をくぐり、部屋をひとつとった。それは狭《せま》くて北向きの貧相な部屋だったし、風呂《ふろ》も階下までいかなくてはならなかった。

「お客はん、今夜は混んどるさかい、ここで辛抱《しんぼう》しておくれやす、それに、もうおそいよってな――」

女中はそういってしばらく私たちを眺《なが》めていた。あきらかにチップを欲しがっていたのだ。けれど私たちは、少しもその気配をさとらなかった。

それに、よい部屋じゃなくたって私たちはほとんど気にしていなかった。私は階下の大風呂に行って、修学旅行の生徒のようにザブンと飛びこんだ。

♨旅館にしては奇妙な家で、もう少し早い時間だったら、ここで先客のカップルとかちあったかもしれない。

少しおくれてドテ子が入ってきた。私は彼女の裸体を、ひどく新鮮な気持で眺めた。

二

完全に、攻撃する、という形で女体に対したのは、そのときがはじめてに近い経験なのだった。

私は、ママ——八代ゆき以外にも、遊廓《ゆうかく》などの女を大分知ってはいたが、いつもどこかおどおどした形になっていた。身体の昂奮《こうふん》とはべつのところで、その昂奮を握り潰《つぶ》そうとしてしまうような意志が働く。

酔おうと思って酒を呑《の》むが、事実アルコールは身体にまわってくるのだが、そうなればなるほど、酔いを抑制するための努力をしてしまう。

酒や女ばかりではなかった。私が、戦闘意欲の塊《かたま》りになれるのは、博打《ばくち》を打っているときだけだった。博打のときだけは、恥も外聞もない姿勢をとることができた。だから、博打がやめられない。

しかし、私は博打以外のもので、我を忘れるような経験を待ちのぞむようになった。

酒を呑《の》んで暴れてみたい。女を凌辱《りょうじょく》してみたい。人をののしってみたい。無法の世界に長くいるにしてはそぐわないことだが、全部、私にはできにくいことばかりだった。何故《なぜ》、博打だとできるのだろうか。それは、慣れだろうか。

ところが彼女はひどく敏感で、身体のどこに触れても、びくっ、と慄《ふる》えるほどだった。そうして、夜具の上で触れあったとき、不意にひどい悲鳴をあげて私を驚かせた。彼女は何度も大きな叫び声をあげ、私をおしのけようとした。

「これが、ヤミテンかい——」

と私はいった。ドテ子は眼をつぶったままだった。その眼尻《めじり》から一筋の涙が伝わって落ちた。

私は改めて彼女の子供っぽい顔と、一人前にふくらんでいる胸乳のあたりを眺めた。彼女ももう二十二なのだ。そして私がきいていた限りでは、ドテ子は以前、客と青カンをしていたという。クソ丸ともしょっちゅう一緒に寝ているといっていた。

だが私には、そうした暗い体験の痕跡《こんせき》が感じられなかった。彼女が演技していたのだろうか。ともかく私は、娼婦《しょうふ》のように反応の乏しい身体を予期していたのだ。

理由はわからないが、彼女は自分の過去をわざと偽悪的に語っていたのではないか。私はそのことを彼女の口からいわせようとして、結局やめた。

翌朝、陽が高く昇った頃《ころ》、私たちはその旅館を出た。ドテ子は洋服の下にシーツを小さくまるめて、隠し持っていた。

「汚しちゃったでしょう。はずかしいから持ってきちゃった——」

と彼女はいった。

「ドテ子、お前——」と私はいった。

「本名はなんというんだ」

「本名?——」

「本当の名さ。親がつけてくれた名前」

「——知らないわ」

「じゃ、俺《おれ》がつけてやろうか」

「うん」

「江島多加子。——どうだい。いい名前だろう」

「それ、なんなの?」

「小学生のとき、一級上にすげえかわいい子がいた。俺たちみんな、あこがれたものさ」

その夜も、ドテ子と一緒に寝た。不思議なことに、突然、私はこの女の子を愛《いと》しく感じはじめたようだった。

私はその夜、手を出さなかった。

「どうしたの——?」

彼女は私の胸に頭をのせたまま、そういった。

「うん、今、お前のあつかいかたを考えてるんだ」

彼女は、ツと頭をあげた。

「いいわよ。面倒はかけないわ。あたい、ちゃんと一人で生きられるわよ」

「そうじゃないよ。昨日と今夜はちがうんだ。昨日みたいにはお前を抱かない。俺たちはゆっくり時間をかけて、いろんなことを考え合うような、そんな仲になったんだよ」

ドテ子は合点がいかないような気配だった。私もそれきり口をつぐんだ。

私は生まれてはじめてといっていいほど珍しく、平安な気持になって手足を伸ばした。俺はライオンじゃないし、彼女だって羚羊《かもしか》じゃない。俺たちはそれこそ牛が草を喰《く》うように、好きなときに好きなだけ愛し合う。そのかわり、ガツガツとむさぼり喰ったりはするものか。

「——なるほど」私は又呟《つぶや》いた。「俺はヤミテンに振りこんだのかもしれないな」

「そうして、風が変ったんでしょ。そうならそうと、はっきりいって」

「いや、俺はヤミテンは嫌いさ。リーチをかける。大きい手が好きだからな」

彼女はやっと、感情のこもった声音になってこういった。

「大丈夫なの、そんなことといって。リーチしたらもう手は変えられないのよ」

三

私はベッドハウスから、とにもかくにも部屋借りの木賃宿に移り住んだ。ドテ子がやってくるからだ。

普通の旅館に泊るぐらいの金はなくはなかったが、なんの保証もない麻雀打ちの暮しはどこでどう行きづまるかもしれない。それに大恩寺に又打ちにいく資金がいる。

ドテ子は昼間は靴みがきをやり、夕方からは花売り娘にかわった。もっと収入のいいバーのホステスをのぞんだようだが、これは私が許さなかった。

ある日の昼近く、附近《ふきん》で飯でも喰《く》ってから『白楼』に打ちに行こうとして宿を出たところで、緊張した顔で路上に立っているドテ子をみつけた。

「なんだ——?」

私が近寄ると、彼女は笑いもせずに視線を横にずらした。ラーメン屋から三人の男が出てきて私の方に歩いてくるところだった。

「知ってるの? あの人たち」

一人は学生、一人は角刈りの中年男、あと一人は瀟洒《しょうしゃ》な背広に蝶《ちょう》ネクタイを着こんだ老人。束の間、わからなかったが、私はすぐに思いだした。三の宮のママの店で対戦した三人組の麻雀打ちだ。

「先日は失礼——」

老紳士が軽く会釈した。

「なかなか面白い麻雀やったね。けど、あのときのことやがちょっと訊《き》きたいことがあるんやがね。君はママの何なのかね」

「ママの——?」

「ああ、そう、ママのや。先日の点棒に関するもめたケースについては、どう考えてもママが手を貸したとしか思えないゝや」

「その問題なら——」と私はいった。「点棒がなくなった原因をもっと究明したいものだね」

「原因は、君がや、儂《わし》のとこの若い衆にチョンボさせようとして、自分のを一本かくしたからやないか」

「ちがう、おっさん、あんただよ。俺《おれ》のポケットの中へ素早く一本投げこんだんだ。あのくらい早くできりゃ、逆にスリとることも簡単だろうね。うらやましい技術だ」

「やあい、此奴《こいつ》――」と角刈りが横から口をはさんだ。

「あべこべにあやつけてきよる。こら、こっちゃは三人やでえ、その気ならなんぼでも荒い仕打ちができるんや。気ィつけてしゃべれや」

「まあ、お前はだまっとれ」

老紳士は表面はあくまで鷹揚《おうよう》に、角刈りを制した。

「とにかく、きいたことには答えてもらお。君はママの何なんや」

「なんでもないさ」

「なんでもないもんが、あのあと、あの夜更けに六甲のホテルへアベックするか」

「じゃ、何かだったらどうするんだ」

「そこや。ママのヒモか何かなんなら、眼をつぶってやろう思うとったのさ。儂《わし》等《ら》かて、あの店は大事な職場や。ママの顔も立ててもやるさ。けど、その後あんまり気配がないやないか。あの晩、急にひっかけたとか、なんやたいしたことない関係なのやったら、儂等《わしら》、遠慮しとってもつまらんしな。――そこでや、儂等、昨夜、三の宮の店へ行ってみた」

老紳士風はちょっと言葉を切って、私の顔をじっと見た。紳士風といっても、やはり眼の色が暗い。

「儂等は玄関払いを喰《く》わされたんや、ママがことわりいいに来よった。――で、まあ、賠償《ばいしょう》を要求しに来たというわけや」

「賠償――？」

「そや。今すぐ、あのときのチョンボ代、一人につき五万円、しめて十五万円払ってもらうか、それがでけなんだら、三の宮の店に代るおもしろいところを紹介して貰《もら》うかや」

「なんで俺がそんなことをしなくちゃならないんだ。なんの賠償さ」

「お前はチョンボをごまかした。ママをたきつけて儂等があの店で打てなくなるようにした。いや、事実なんかどうでもええんじゃ。ぜひ、どちらかを頼むわ」

「いやといったら——?」

「三の宮のママの旦那《だんな》のところへ行って、ママと六甲のホテルへ泊ったことをぶちまける」

「あれは麻雀を打ちに行ったんだ。三角組の会長さんがいて——」

「そんなことは旦那にいうわさ。なんというたかて、身内が百人を越すちゅう大ボスやでな。いちころで消されちゃうわい」

学生風と角刈りは、じっと動かないように見えたが、私はいつのまにか電信柱が背にひっつくほど道の端へ追いこまれていた。

「よおし——」と私はいった。「金はないが、稼ぎ場なら教えるぜ。俺もこれから行くところだったんだ。一緒に行こう」

「どこや——」

「白楼ってんだがね」

角刈りが笑いだした。

「ど阿呆《あほう》! 麻雀屋なんかきいちゃおらんわい。阪神の店なら、どこでどういう人間が打ちよるか、一軒のこらず知っちょるわ。わい等がいうとるのは、クラブ以外のとこや」

老紳士がそのあとをひきとっていった。

「このねえやんにきくとな、寺麻雀に行ったそうやないか。どこの寺や、どんな具合にすれば打たして貰《もら》えるんやろ。そいつを、ちィとしゃべってくれへんか」

私は、京都の大恩寺だと素直にいった。そういうより仕方がない。

「来週の土曜日、権々会《ごんごんえ》という年に一度のお祭りがある。その晩、盛大にやるそうだ。俺も行くが、その気になったら打ちにこいよ」

「来週の土曜日、権々会やな」

「そのかわり、チンピラ風は駄目《だめ》だぜ。メンつけて（仮装して）来いよ。三角さんの紹介といえばいい」

「嘘《うそ》やったら、すぐ、ママの旦那にぶちまけるからな」

私は彼等とわかれると、『白楼』へいそいだ。つい先刻までは私一人であの寺に喰《く》いつくつもりだったが、こうなると、やはり誰かを味方にひきこんでおいた方がよい。

あの三人組は、たしかに三人組まれると厄介《やっかい》な相手だが、卓数が多ければ、バラバラにしてしまえばよい。一人ずつならば、そう怖《こわ》い打ち手じゃない。

老師のところへ明日でも顔を出して、一緒に来た者を二人組ませないように吹きこもう。そうすれば、あの三人組からも、かえってカモれるかもしれない。

しかし、『白楼』の誰を相棒にするか。

マスターの達磨《だるま》、タンクロウ老人、ニッカボッカ――、私は順々に頭に描いた。道具に使いやすいという点で甘いのはニッカボッカだが、雀力では達磨だ。しかし達磨は、私のおヒキ（相棒）では役不足をかこつだろう。

すると、さしあたっての目標はタンクロウ老人か――。

四

約束の時間に阪急の梅田《うめだ》駅ホームに現われたタンクロウ爺《じい》さんを見て、私は思わず吹きだした。

どこの貸衣裳屋《かしいしょうや》で借りてきたのか、モーニングにシルクハットというピカピカの礼装である。

「なるほど、メンつけた（仮装した）もんだなァ」

「なんでもええやないか。麻雀打ちに見えなけりゃ、ええんやろ」

タンクロウに大恩寺の件を話すと、彼は一も二もなく話にのってきた。私が意外に思うほど張り切ったのだ。

「そりゃァええ、寺はええぞ。近頃《ちかごろ》はもうブウ麻雀も客が呑《の》みこんできてもうて、クラブに居ってもろくな稼《かせ》ぎにならへん。寺なら逃げかくれせえへんしな、タネ（お金）が切れたって、ぎょうさん物品があるわ」

「うん、俺《おれ》たちだけなら宝の山だがね、実は他にも狙《ねら》っている奴《やつ》がいるからな」

「まァ仕事ってのはそうしたもんや。苦ゥがつきものやさかい、働くゥとこうなるんや。ズボッととってこれるちゅうんじゃ、気分出えへん」

私は大恩寺へ行く道々、奴等がガン牌（目印のある牌）を使っていること、ルールはツモ打ちであることなどを説明した。

「よっしゃ――」とタンクロウはますます張り切った。

「そんな奴等の方がええ。素人じゃとことんいくまでにやめちゃうからな」

私たちは山門を入り、鐘楼《しょうろう》や、重要文化財である三重塔の横をとおって、庫裡《くり》の方へ行った。

私はうっすらと顔を見おぼえている小坊主の方へ笑いかけた。

「御前様はおいでですか」

「へえ、ただ今、あの、ご来客中だすが、どちら様で――」

「三角さんと先日伺った者ですが――」

「ああ――」小坊主はやっと思い出したらしく、にやっと笑った。「それでしたら、どうぞお通りやす。この前と同じ部屋ですよって――」

上がりがまちに、靴《くつ》が三足脱いであった。

おや――、私はタンクロウと顔を見合わせた。

その想像は完全に的中していて、中二階の小部屋で老師と卓をかこんでいたのは、例の三人組だった。

「和尚《おしょう》さん、実はこの方は――」

と私はわざと三人組を無視して、タンクロウを紹介した。

「佐海《さかい》さんとおっしゃって、元海軍中将、ご存じでしょうかしら、比島沖やガダルカナルの海戦で勇名を馳《は》せた、あの佐海中将です。戦後は御隠居で悠々《ゆうゆう》自適というところですが――」

「おう、それはそれは――」

「ええ、佐海だす――」とタンクロウ爺《じい》さんは野太い声を出した。「閑《ひま》なもんで、麻雀にこりましてな、はっはっは、牌を握らんと寝つかれしめへん」

「ようこそおいでになりました」

老師は丁寧に一礼したが、タンクロウの方は三人組をぎろりとにらんでる気配だった。「せっかくのところですがな――」と老師がいった。「昨夜から通してこの先客と対戦しておりましてな。――そうじゃ、代りに定恩たちを呼んでお相手をさせましょう。なに、寺には好き者がたんとおりましてな」

「ふう、そりゃまァ結構ですがなァ、儂等《わしら》は、こちらの御老師さんがお強いときいて、お手合せをお願いに伺ったんやが――ま、ほなら又の機会ということに、さして貰《もら》いまほか」

「いや、まァ、そうおっしゃらずに――」

老師は疲労で黒ずんだ顔をふりたてて、やっきとなってひきとめた。

「代打ちと申しても、かなり打つ者でござんすし、せっかくのお越しですから少しでも遊んでいってくだされ」

「ご老師さま――」

と三人組の中から老紳士風が声をあげた。

「あて等はもう長いことお邪魔してますよっておいとましまほ。どうぞ、そちらとやっておくなはれ」

「さようか――」

といって老師はしばらく黙っていた。ちょうど角刈りがツモってあがったところだった。

「——では、精算ちゅうことに願いましょうか」

といって三人は点数箱の中からてんでにポーカーチップをとりだした。今日は現金制でなくチップでやっていたらしい。

「あては負けとりますねん、いくらでもやりとおますが、わがままもいえへんよって、さ、あての負け分はと——」

老紳士風は財布から札束を抜きとって算《かぞ》えはじめた。チップは角刈りと学生風のところへ、がさっと集まっている。

老師はおちつき払って、三人組の銭のやりとりを眺めていたが、

「実はの——、お支払いするお鳥目《ちょうもく》が無いのですじゃ」

ひょっこりとこういいだした。一座が急にしいんとなった。

「まァ寺方はな、珍しいことじゃないのだが、年に一度の権々会《ごんごんえ》に仕込みをかけて、その夜の賽銭《さいせん》で諸事をまかなうものですのじゃ。そこでな、今は一番底をついているときでの」

老師は二、三枚しかない自分のチップを、カラリと卓のまん中に投げだした。

「貸しといてくだされ。権々会の翌朝までな。御仏《みほとけ》に仕える身じゃ。嘘《うそ》はいわない」

「よろしゅおますとも――」と老紳士風がすかさずいった。

「なんやそないなことならお気にしまわれんように。いつでも結構です。あてら商売とちがいますよってな」

五

「三人組てのはあれかいな」とタンクロウがささやいていた。

私はうなずいた。

「こりゃ油断はでけんな。飛《と》び甚《じん》だ」

「飛び甚――？」

「大阪で戦前派のケン師（玄人《くろうと》）でな。それに息子《むすこ》と孫や。血縁やもの、息がおうとる。奴《やつ》なら、やり方がチイッときついで」

その飛び甚たちを送りだした老師が戻ってきた。

「やあ、失礼しましたな。さァやりましょう。いや、精算はご心配なく。いくら貧乏寺でも、多少のものはありますがな。ただあの人たちにはああいっただけですわい」

「ご老師は、あれ等をご存じで？」

「おや、あなたもご存じですかな」

「いや、儂《わし》は――」とタンクロウは作り声に戻りながらいった。「以前に、あの人たちとぶつかってひどい目におうたことがおましてなァ」

「そうでしょう、あれは玄人です」

「儂もそう思いますわ」

「あれに持たせる鳥目《ちょうもく》などありません」

「素人《しろうと》は素人同士だッな」

「ところで――」と老師はいいかけて言葉を切り、ふうふうと肩で息をついた。

「二十分でいい、ちょっと儂をやすませてくださらんか。儂はもう、ふらふらじゃ」

「どうぞどうぞ――」と私がいった。「ゆっくりお休みください。こうなったら我々もおちつきましょう」

「寝所《しんじょ》へ行っては本式に眠ってしまう。ちょっと、ここで失礼」

老師は卓のわきのところで脇息《きょうそく》を横に倒すと、それを枕《まくら》に長々と横に伸びた。

私たちは先日打った定恩と、名は知らぬがニキビをポツンと鼻頭に浮かせた若い僧と四人で打った。

誰かがツモったら終りという、例のツモ打ちルールだから廻転《かいてん》が早い。私たちは一枚千円だというチップを頻繁《ひんぱん》にとりあった。

定恩もニキビも、この牌のガンには精通してると思わなければならない。しかし私の方も、先日の会長さんたちの時とちがって、今日はサインの打合せも綿密にできている。

だからどちらが勝つにしてもあがりが早い。さながら源平麻雀のように巧くチーポンしてお互いの仲間にツモらせるようにする。振りこみあがりというのはもはや誰もやらず、東の一局でツモリ競争になった。

この点でタンクロウはまことにこの種の麻雀に向いていたといえよう。単騎のタンクロウという渾名《あだな》のとおり、彼の単騎待ちは神技に近かった。ツモ専門の麻雀で、三面待ちより効率がいいのである。

むろんこれにはトリックがあるので、山の右端と左端に同じ牌を一枚ずつおき、テンパイすると右端の一枚をスリかえて、その牌単騎で待つ。次のツモのときでも、左端の牌とツモ牌とをスリかえれば、ツモ！　となるのである。

こうしてチップが猛然とタンクロウに集まっていた時期があった。ツキが彼等の方に移ると序盤の三、四巡目までに皆ツモられる感じになる。

私は好調のタンクロウのセッター役にまわっているとはいえ、やはりどうも芳《かんば》しくなかった。どうも関東麻雀育ちで、手作りよりあがり競争のようなこの種の麻雀は苦手なのであろう。

ところが突如、こんな配牌がきた。

牌をとった場所は、ニキビの山からタンクロウの山へかかっているので、まったくの偶然であろう。

上家は定恩。二巡目でペンを喰《く》って、何を捨てるか、じっと考えこんでいる。

(――奴《やつ》は捨牌を考えてるんじゃないぞ、その振りをして、山の牌をにらんでるんだ)

それはわかっている。定恩が捨てたのは。喰うべきかどうか。奴の思惑《おもわく》を崩すためには喰ってツモをかえるべきなのであろうが、喰えば(一飜しばりなの

で）ホンイチ手にするか、東を鳴かねばならず、この麻雀では東は最高に警戒される牌なので鳴きにくい。

符牒《ふちょう》で、タンクロウに、

（ここは喰うべきだろうね――）

（喰うな――！）

すぐに答えがかえってきたので、私は喰わずに山へ手を伸ばしたが、次に定恩が捨てたのは、手の中から出した四萬。

そのとたんに私も、ハッと気がついた。

（こりゃ、喰っちゃいかん――！）

定恩に、この牌のガンが見透せるならば、山の牌だけでなく、私の手牌も大体察している筈《はず》だ。それなのに四七万を振ってくる。

喰ってくれ、といわんばかりだ。それは、喰えば彼に好牌が入るからではないのか。

結局、私は途中で西をツモり、ここで又ホンイチ手にするか、メンツ手でいくか迷ったが、長考の末西を切った。初牌の東はむろん切れず、そのためピンフにもならない。

大分あとで🀀がアンコになり、🀛を雀頭にして四七万待ちになったが、流局になった。

（西のかわりに🀚🀛切りならあがっていたが）

定恩の手はのぞかなかった。だから喰わないでよかったかどうか、結果はわからない。しかし、明らかにこの流局あたりを境い目にして、私は上昇線になるのを感じた。

で、思いきってストレートに攻める麻雀にした。それからの三、四十分は、私のための風のようだった。今度はタンクロウがセッター役にまわってくれた。

たしか、ニキビのチップがなくなって定恩がすこし廻《まわ》してやっていた、そんな頃《ころ》だと思う。小坊主が来て、定恩に小声でいった。

「あの、鐘がおまへん」

「鐘が、ない？　鐘楼《しょうろう》の鐘がか？」

「へえ、今朝まではたしかにあったゝどす」

「当り前やないか」

「でも、今見たら、無うなってるんで、夕刻の鐘はどうするやろ、思いましてゝ

――」

するとと疲労で失神してるとばかり思った老師が、ガバとハネおきた。

六

「鐘が無いて、そんな馬鹿なことが、冗談で儂《わし》を寝かさんと、承知せんぞ」

小坊主は泣きだしそうになって、「冗談やおまへん、あて、見たばかりをいうてるんですねん」

タンクロウが、ハタと膝《ひざ》を叩《たた》いた。

「奴等《やつら》や。勝ち金のカタに持っていったにちがいおまへんぜ」

集まってきた若い僧の一人もいった。

「そういうたら、さっき、小型トラックが裏門を出て行ったのを、見よったわい」

「お前等がぼうっとしよるから、そうなるんじゃ――」と老師はいつもの重厚さなどさらになかった。「権々会《ごんごんえ》に鐘がなくちゃどうもならんわ。糞《くそ》！」

「警察にでも、電話しまほか」

「あかん、ヤブ蛇《へび》や――」と定恩。

「じゃが、このまま鐘なしじゃ、居れんぞ」

「さすが、飛び甚や。きついなァ、わい等のやることの先へ先へといく」とタンクロウはそっと呟《つぶや》き、それから老師にいった。

「いや、権々会までには、奴等も必ず顔を見せるやろ。それが奴等のやりくちや。仕方ない、来たら払うてやりなはれ」

「そうじゃな、あの人たちとは、もう一度、打たないけんようになったな」

老師はふとい溜息《ためいき》をついた。それからすっかりチップのなくなったニキビの点数箱をのぞいた。

「又、負けとるのか、本当にどいつもこいつも。退《さが》っとれ、儂《わし》が打つ」

なるほど、先日打った老師の麻雀は、ニキビ級とは段がちがうようだったが、なにしろ睡眠不足で眼をまっ赤に充血させているうえに、高齢なのである。

タンクロウの狙《ねら》い打ちで、一度私がかなりの手をあがっておいてから、得意の単騎ツモであがって二コロにする。その逆に、私がタンクロウに狙い打っておいて、次局に仕込み手をツモって二コロ。

いずれにしても私かタンクロウのどちらかが浮いているのだから、チップの出てくるのは老師と定恩ばかりという状態になった。

そこへ、小坊主が又入ってきた。

「御前さま、庫裡《くり》にお客さまが見えました。三角さんの紹介とおっしゃられてま」

「ほう。三角さんのお客が多い日じゃな。どんな方かの」

「田舎《いなか》の地主さんのようなお方と、そのお友達とかいうてま」

「お友達は、お若いか」

「いいえ、なんか土建屋ふうの方どすわ」

「おう、それなら三角組の方かもしれん。まァお通ししなさい」

まもなく小坊主のうしろから小腰をかがめながら入ってきたのは、羽織袴《はかま》の肥った旦ベエ（旦那《だんな》）さんで、なるほど田舎地主のタイプだ。

しかしそのあとから現われたのはニッカボッカだった。羽織袴だってよく見れば、達磨《だるま》であった。クラブ『白楼』の常連メンバーが、そっくり大恩寺へ集まったことになる。

達磨たちは、床の間や欄間《らんま》にかかった書に視線を送りながら、運ばれてきたおうすを呑《の》んでいた。

「やあ、ようく、おいでになりました」

と老師は紋切型のセリフをいい、

「やはり、三角会長のお知り合いとするると、これはお打ちになれますな」

「へえ、飯より好きなんでおます。下手《へた》の横好きって奴《やつ》でね。けども和尚《おしょう》さん、この遊びは、負けおしみやないけど、いつも勝ってる人には、ほんまの醍醐味《だいごみ》ちゆうもんはわからへんとちがいまっか」

「はっはっは、そうかもしれませんなァ。少し負けのくらいが、よろしいかな」

「少し負けどこじゃおまへん。和尚さんの前やけど、去年はあなた、四百万円はかるく出とりまっせ。こればっかりは税金でおとすわけにもいかへんし――」

達磨は、『白楼』に居るときとはガラリ変って能弁であった。そうして結局、老師の顔を和《なご》やかにすることに成功した。

老師は手をうって女学生を呼び、手文庫を持ってくるようにいいつけた。手文庫がくると、自身で札束をとりだして、三人組に対した時とはちがって負け金をズバリと出した。

「ごらんのとおりでしてな。新客ともお手合せをしなければならぬで、この勝負、一応ここまでといたしますか」

「結構だすー――」とタンクロウがいった。「では私どもは、又出直してまいりまひょ」

「いや、お帰りくださいとは申しておらん。今夜は当山にお泊りください。明朝、ぜひ、又一戦打ち直そうじゃありませんか」

私たちは、達磨とニッカボッカに席をゆずって中二階をおりた。しかし庫裡《くり》は広くて部屋数も多い。小坊主が、その中のひとつに案内してくれる。

私たちだけになると、タンクロウがゲラゲラ笑いだした。

「和尚奴《おしようめ》。金が出ていくのを嫌《きら》って、禁足令を喰《く》わしたな」

そうかといって空《から》証文では、何を持っていかれるかわからない。新客をカモにしてなんとかバランスをとり、それから我々にさしだした金をとり戻そうという魂胆《こんたん》であろう。

寺の方の気持はわかるが、そううまくいくかどうか。新客も一筋縄の相手じゃないのである。

ピラニア集団

一

小坊主が寝間《ねま》に案内してくれた。

私はその小坊主にこういった。「すまないけど、電話帳、あったら貸してください」

「なにするんや――」とタンクロウ爺《じい》さん。

「この界隈《かいわい》の運送屋を調べて、明日の朝早く、電話するんだ。飛《と》び甚《じん》てのかい？あいつ等が鐘を運んだ先がわかるだろ」

「それでどないする――」

「牽制《けんせい》しとく必要があるな。なんなら一戦やってあの鐘をとり返す手もある。奴《やっ》等《ら》においしいところを持ってかれてたまるかい」

そうやなあ、とタンクロウは呟《つぶや》いて、しばらく考えこんだ。

「飛び甚と一戦か、しんどいなあ」

「いいじゃないか。敵は坊主ばかりじゃないぜ。俺《おれ》ははじめからその気だった」

「その必要はないやろと思うな」

とタンクロウはいった。

「せやかて奴等はすぐまたここへ、打《ぶ》ちにきよる。あんな吊《つ》り鐘《がね》、どこへ持っていったかてすぐにはバラしようもないわい。奴等の考えはこうや。吊り鐘は寺に是非必要なもんや、なければ困るやろ」

「そうだ、特に権々会《ごんごんえ》が近くあるんだものね」

「あの鐘を預かっときゃ、今度奴等が来たとき、寺としちゃ、もうやれへん、いえへん。鐘を戻すには、どうしても打ってとり戻さんならん。そのへんを狙《ねろ》うとるんや、飛び甚のやりそうなこっちゃ」

私はタンクロウの顔をじっと眺めた。

「それならそれでいいんだ――」と私はいった。「ここへ打ちにくるならそのとき叩《たた》いちゃう。――じゃ、俺は寝るぜ」

しかし私はしばらくして枕《まくら》から頭をあげた。タンクロウ爺《じい》さんはそのままの格好で、一人でだまって煙草《たばこ》を吸っていた。

「寝ないンかい」

「昔はよう歩いたもんや――」と彼はいった。「戦争前はな。飛び甚と俺のコンビは芸術的やった。お互い、さかりの頃《ころ》やったもんなァ。なんせ、わい等がコンビを組んで打っとるなんて誰《だれ》一人気ィがついとらなんだもんや――」

まだなにかしゃべるかと思って、私はしばらく眼をあけて待っていたが、爺さんは煙草の煙を吐いているばかりだった。

私はとろっと眠ったが、間に眼をさましたときはたしかに爺《じい》さんも寝ていた。しかし、かなり寝足りて眼をあけたとき、爺さんの布団《ふとん》は空《から》だった。

遠くで、洗牌するかすかな音がきこえた。

達磨とニッカボッカ組がやっているのだ。

タンクロウがトイレなどでないという判断がつくと、私も夏布団を蹴《け》って起きあがり、中二階への階段を昇った。

タンクロウが部屋の隅《すみ》に坐《すわ》っていた。別の隅には中年の僧が一人、三十歳前に見える青年僧が二人、ひとかたまりになって居り、小坊主までその横に控えていた。一局片がつくたびに彼等のうちの一人が老師と交代して牌山を作るのだった。

老師はもはやがっくりと衰えていて、顎《あご》のあたりがとがって三角形になっていた。むりもないのである。飛び甚を頭目にする三人組がいつからやっていたかは知らないが、夜を徹したかのようだったし、そのあと我々とやり、脇息《きようそく》を枕《まくら》にうとうとするまもなく、達磨《だるま》とニッカボッカが現われて深夜に至っているのだ。

私は紋付き羽織姿の達磨と、ニッカボッカの点棒箱をのぞいて見た。ツモ麻雀だから、点棒《チユーマ》の他にチップを使っている。どっちの点棒箱にも、チップが山になっている。

「やあ、ツモった——」と達磨がおちついた声でいいながら手牌をあけた。「東東アンコにチャンタやから、なんぼや——」

三十二の親四飜で五百二十オール。点棒を算《かぞ》えていたニッカボッカが、頓狂《とんきよう》な笑い声をたてた。

「ウヘへ、黒棒一本足りん。三コロや。こらあかん」

寺側の方からはなんの声もあがらなかった。チップが、達磨にむかって三方から投げだされる。

タンクロウは無表情に眺めている。私もその隣りに坐った。定恩の手が、まるまる見えた。彼等もさすがに私たちと達磨組が一連の者とは気づかないらしく、牌を伏せようとはしない。

こんな手が、定恩に入った。三回目でが一枚来た。しかし、よい手ではない。点数計算でなくマイナスいくらという方式のツモ麻雀では、役満など無意味なのだ。ツモれば三コロだが、出たのでは一人をへこますことにしかならない。一コロトップなどは誰も狙《ねら》わない。

定恩はをおとしはじめた。が鳴け、鳴いたとたんが二枚になった。

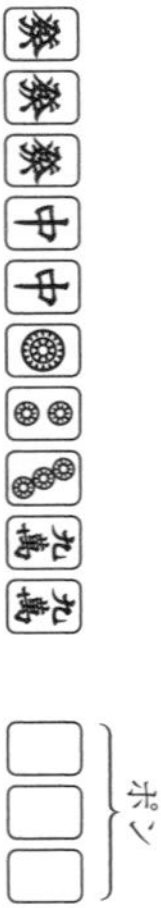

結局こんな手になり、八回目くらいにニッカボッカがちょっと考えながら、強引にを切った。

しかしあがらない。このチャンスを一コロで終らしたくないのだろう。

「ポン！」と定恩は鳴いた。そしてを切る。下家の達磨が喰《く》う。定恩の次のツモは。そして切り。達磨が静かに手を倒す。

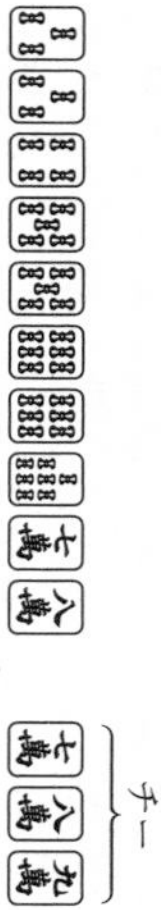

ピンフ一飜の百六十点だ。けれどもこのルールでは、黒棒一本でも沈んだら最後、相手がたちまちつぎに、ツモ！　とくるような焦燥感が生ずる。定恩の顔も疲れの色が濃い。

二

私は金堂《こんどう》の左手の木立ちにかこまれた参道に立って朝の空気を吸っていた。俺《おれ》たちは、南米アマゾンに群れをなしており、牛をも倒すという猛魚ピラニアのようなものだからな、と思う。

（一度見こまれたら、大恩寺ももうおしまいだな――）

なにもかも嚙《か》み潰《つぶ》されて骨だけになってしまう。この静かな境内《けいだい》の中に殺戮《さつりく》の匂《にお》いがたちこめている。

私はたしかに坊主たちに対して、一種の同情を抱いていた。こうした同情はたしかに正当なものだ。ただ、喰《く》われる牛にしたって、これまで何かを喰って生きてきたわけだ。坊主たちも、ガン牌を使って多くの客の懐中をしぼってきたわけだ。食欲はピラニアだけにあるわけじゃない——。

陽《ひ》はすでにかなり高く昇っている。コーン！　と澄んだ音をたてる筧《かけい》のそばで、私は自分が見破った奴等《やつら》のガン牌の種類を整理していた。

竹の部分の黒い縞《しま》が斜めに抜けているもの——索子。

同じく縞が上下に抜けているもの——筒子。

同じく縞と縞の間隔が広いもの——万子。

同じく渦の中心がきているもの——字牌。

これだけはわかった。だがその牌がなんの数かはわからない。白発中や東南西北の区別もつかない。

もうひとつ、竹の面がかくれてしまう下山になっている牌をどうやって見わけるのか、そいつもわからない。

しかしこれだけでも充分武器になる筈《はず》だった。何故《なぜ》といって、これは、坊主たちとやる場合ではなく、飛び甚や達磨《だるま》たちとの、ピラニア同士の一戦のとき、必ず役に立つだろうからだ。

ガンを知りつくしている坊主たちは、すでに悪い体勢になっているので、このままずるずると沼の底に落ちこんでいく趨勢《すうせい》であろう。その証拠にガンをよく知らない筈の飛び甚や達磨が難なく勝っている。麻雀は、いかなる名手でも、一度悪い体勢になったらなかなかハネ返しが利かないものだ。

突然、金堂の裏の扉《とびら》が開いて、達磨の姿が現われた。両手で重そうに、木彫りの仏像を抱えこんでいる。本尊阿弥陀如来《あみだにょらい》の両脇《りょうわき》に安置されて、大仰な説明文がつけてあったあの小さな仏像の片われにちがいない。

そのうしろからニッカボッカも姿を見せ、丁寧に扉をしめると達磨のあとへ続いた。

私は金堂の下まで歩み寄った。

「精算はやはり現金じゃなかったんだな。和尚《おしょう》も払い汚いなァ」

達磨は私の方を見向きもしなかった。代りにニッカボッカがこう答えた。

「カタや。これを持ってきゃ寺の名折れだ。どんなケチでも権々会《ごんごんえ》の晩までには払うじゃろ」

「やりすぎると、警察《サツ》に泣きこまれるンじゃないか」

「警察《サツ》にはいえん――」と達磨がいった。「合意のうえの賭博《とばく》や。それにこれまでの行状もバレる。あからさまになりゃ奴等《やつら》も寺を追われるわ」

裏門の方へいく彼等を私はじっと見送った。飛び甚組は吊り鐘《つがね》で、達磨組は仏像か。では、俺《おれ》たちは何にしよう。

そう思ったのとほとんど同時に、表の山門の方に三人の人影が現われた。遠眼《とおめ》でもすぐにわかる。飛び甚と、その息子と孫の三人組だ。

私は走って庫裡《くり》へ行った。

老師は麻雀卓の上に崩れ折れて眠っていた。定恩や中年の僧たちも、畳の上に長々と伸びていた。ただ眠っているだけだが、それはいかにも合戦のあとに残った屍《しかばね》のように見えた。

タンクロウは私たちの寝所《しんじょ》で眠っている。

私は庫裡《くり》の中を、人影を探して歩きまわった。

ニキビが、渡り廊下を雑巾《ぞうきん》でみがいていた。先日老師の代打ちで入った若い坊主だ。

「やるか――」といったら「やる――」という。

「奴等玄人《くろうと》だぜ。強いぞ」

「うん。けど御前さまが、あの連中とは是が非でも一度打たねばあかん、いわはってるもンな、やるとも」

庫裡の戸が開いたとき、上り口のところに卓をおいて、私たちは坐《すわ》って待っていた。

「皆寝てるよ、ずっと通し（徹夜）でね」と私はいった。「起きてる同士で打ちましょうか」

老紳士風の飛び甚は、ハンカチで汗をふきふき苦笑いした。

「あて等は吊り鐘代を貰《もら》えばいいのやけどな」

「吊り鐘は俺が引きとりますよ」

飛び甚の顔がひきしまった。

「そんな気かいな。ほなら、やりまひょ。遠慮せんでえ」

しばらくすると、タンクロウが姿を現わした。私は一度席をゆずりかけたが、彼は入ろうとしなかった。

「昔のコンビとじゃ、いやなのかい」

だがタンクロウも飛び甚も無表情だ。

そのうち奥の方も騒がしくなり、何かいいあいをしながら老師たちも出てきた。

すっかり衰えて血の気もなくなった老師は、泳ぐように足を運びながら我々に会釈《えしゃく》したが、皆が一瞬、牌をツモる手をとめたほどだった。

「皆さんお早くから精が出ますな――」

といいながら老師は私のそばにきた。

「さあ、どいてください。負けてる者に席をゆずってくださいよ」

「寺の者は、もうやめよというのですがな、拙僧《せっそう》としてはやめられません。ここ数年、寺の維持はほとんどこれでやってきたのです。今さら一門の末寺に泣きこみもできませんわなァ。――飛び甚さんといわれるそうですな。或《あ》いは、やればやるほど儂《わし》の負けかもしれん。じゃが、こちらも、権々会までに吊り鐘を戻すには、こうするよりほかないのじゃ」

三

私とニキビ、飛び甚の息子《むすこ》と孫の四人は階下で卓を囲んでいた。

飛び甚とタンクロウは、中二階で老師と定恩と一戦やっている。飛び甚と打つのを渋っていたタンクロウが参加するからには、両者で黙契が行なわれたにちがいない。

してみると今後、タンクロウには私も油断できないし、飛び甚と私との間も複雑なものになる。

複雑であろうと何であろうと、と私は思った。要するに、勝ちゃァいいんだ。その日は私が絶好気合であった。昼すぎまでに二十勝負ほどやって、そのうち十五、六回まで三コロトップをとっていた。

ほとんど東一局でツモってしまう。私はガンをある程度見当つけることができるので、ツキに乗って、ツモれる待ちにしていけばよい。こうなると麻雀は簡単なもので、ツキもまるきり落ちない。

🀑が三枚出ていて、こんな手になる。

🀈🀉🀊🀊🀋🀌🀜🀜🀐🀒🀒🀖🀗

ここへ🀕を持ってくる。🀑が三枚場に切れている。🀐を切ってタンヤオといくところだが、🀓🀔が場に出ていないだけに🀒はどこかに二枚握られているような気がしてならなかった。

フト見ると私は上山の番で、ツモる筈《はず》の牌がよくわかる。次もその次もこのままのツモだと索子である。🀒かそれともたった一枚の🀑か。

私は🀒を捨て、穴二索の待ちにした。そうして一発でツモった。

そのままいけば私の圧勝で、好都合きわまることになったのだが、二時頃、不思議な人物が姿を現わした。

地下道で寝たまんまの格好をしたぎっちょである。彼は庫裡《くり》の入り口に顔をのぞかせ、たちまち振りかえって、

「おおい、居るでえ、ここや、ここや——」

そして、あっけにとられているニキビに向って、

「すンまへん。麻雀の客連れてきたさかい、ちょっと見せとくなはれ」

そうして登場してきたのは、例のほくろであった。ピラニアの一族が又増えたわけである。

ニキビはすっとんでこのことを中二階に報告しにいった。するとニキビと入れかわりに襷《たすき》をかけた初顔の坊主がおりてきた。寺側も迎え討ちに大童《おおわらわ》という有様である。

襷《たすき》坊主をまず場に坐《すわ》らせ、私たちは白板《パイパン》抜きで人選をした。一人メンバーがあまるからだ。

白板をつかんだのは学生姿の飛び甚の孫で、私と飛び甚の息子、それにほくろが新しくメンバーに加わった。

飛び甚の孫は一度中二階に行き、戦況を見たらしく、たちまちおりてきて、え

へへえ、と笑いだした。

「やっとるか――」と角刈り姿の息子が孫にきいた。

「やっとるやっとる、好調や、そら当り前やがなァ」

飛び甚の孫は、自分の靴を突っかけるようにして表へ飛びだしていった。

その気分が角刈りの息子にも敏感に反映したらしい。急にツキはじめて、ツモあがりを連続させてきた。

息子はその回もテンパイしているようであった。何故《なぜ》といって、チラリとのぞいた見物のぎっちょが、ほくろに通した（サインした）気配があった。

私はこっそりツモ切りしている案配《あんばい》の息子の手牌の竹の部分を眺めていった。万筒索はわかるが、数がわからないのでメンツは読めない。しかし右端二枚と左端二枚とは、渦の中心が竹にあった。

これは字牌だ。字牌のトイツが二つある。チートイツでない限り（チートイツはこのルールでは損なので守備技以外には皆やらない）シャンポンと見る他はない。

次いで私は山を見た。息子のツモは上山。私の下家だから、次のツモ牌が万筒索の印しなら安心できるが、字牌の印しでは拙《まず》い。

私はツモる手をひっかけた感じで上山の二、三枚をハネおとした。次の息子のツモ牌が字牌の印しだったからだ。

「あ、失礼――」

伏せったまま落ちた二、三枚を、私は山に戻した。

「いや、そりゃちがう。こうや――」

息子が手を出して牌の順序を変えようとした。そのとおりだったが私がわざと変えたのだ。すると襷《たすき》坊主が突然口を出した。

「いや、そのままでええ。儂《わし》は見てえたで」

「そうだろ。まちがってないぜ」と私。

ほくろは、私と坊主の顔を見くらべながら、勘よく私たちについた。三対一である。

「牌が見えへんのやから、こだわることないでえ――」

「けどなァ、あやが悪いでなァ」

息子には万子が行き、対家の坊主に字牌が行った。坊主はむろん出さない。

「兄さん――」と坊主がいった。「眼ェがええのう、兄さんも玄人《くろうと》でっか」

私がなにかいい返そうとしたとき、又、戸が開いて、ポツリと寄った行楽客らしい男女がこんなことをいってきた。
「おかしゅうおまっせ。山門の屋根に若い男が登って、ぎょうさん、瓦《かわら》をひっぺがしてまんね。行って見てきたらええとちがいまっか——」

四

約一週間ばかりのうちに、私とタンクロウのコンビは、内陣にかかっている金《きん》襴《らん》の幕をはじめ、ショーケースの中におさめられている不昧公《ふまいこう》拝領の香炉《こうろ》や巻物、光秀殿の筆蹟《ひっせき》、狩野《かのう》某の襖《ふすま》絵数点などを失敬してきた。

本尊両脇《りょうわき》に安置されている木彫りの仏像二点をはじめとして、地蔵堂の地蔵尊、近近《こんこん》大師像、カンテラ公子像など、持ちごたえのする仏像や有名像の類を運びだしていたのは、達磨《だるま》とニッカボッカの組である。

山門や金堂の屋根瓦を片はしから剝《は》がし、鐘楼《しょうろう》の鐘をとり、重要文化財の三重塔や不昧公碑などの大物に手をつけていたのは飛び甚たちの一派だった。彼等は塔や碑を運びだしはしなかったが、もし寺側が権々会《ごんごんえ》の夜までに精算しない場合は、遠慮なく叩《たた》きこわす気配を見せていた。

金堂内の本尊阿弥陀如来《あみだにょらい》は腰を抜かしたような形でひっくりかえり、石畳の方に腸《はらわた》が出たごとく飾り燭台《しょくだい》や花受けや木魚や蓮花台《れんげだい》など、あまり値踏みのできないがらくた類が散乱していた。

坊主どもは、この状態を、ただただ天災を受けたような顔つきで眺めるばかりだった。

というのは、かんじんの老師が、荒廃の模様にほとんど無関心だったからだ。

「どれだけ持ちだそうとも、換金することは簡単にはできん。だから、こちらが金を払うまでは奴等《やつら》はここを離れない。つまり、あれらの品物が寺にあろうと、奴等の手にあろうと、さほど変りはないのじゃ。ただ、最終的に儂等《わしら》が勝てばよい」

なるほど、そういえばそんなものかもしれなかった。最終的に、坊主どもが勝つということさえ信じていられるものなら、途中の負けは負けじゃない。ちっとも気にすることはない。

だが、老師は本当に勝てると思っているのだろうか。一人や二人の玄人《くろうと》じゃないのだ。大阪じゅうのケン師（バイニン）が寄ってたかって総なぐりの体勢をとっているといっても過言ではないのだ。老師も我々の正体を、まったく推察していないはずはない。

空海を制せられてなお本土決戦を怒号しているかつての軍人のように、神がかりの楽天家なのか。それとも、自棄《やけ》の発言なのか。

私にはそのいずれにも見えなかった。老師は幼児のように恍惚《こうこつ》となって麻雀を打っていた。疲労や、損害の大きさが、かえって彼を恍惚とさせているので、これは私にもよくわかる。負けすぎて席を立てない、あの状態が極限までくると、眼の玉が固くしこって動かなくなり、指先きは火のように燃えさかってひたすら牌をツモる以外に仕方がない。この馬鹿らしい苦しさ。これが博打《ばくち》の味なのだ。

要するに、僧衣をまとっているために、そう見えにくいのだが、老師は、ただの博打打ちにすぎなかった。そうして私は、そういう老師に好感を持った。

ある日、私は又カタの物件をえらぶために庫裡《くり》の裏手の土蔵に行った。老師が諒承《りようしよう》したので、定恩が土蔵の鍵《かぎ》をあけてくれた。

「あんたは関東者だんな――」と定恩が私にしゃべりかけた。「あんただけ、言葉がちがう。あの連中とはどんな関係なんや」

「べつに――」と私は答えた。「関係なんて無い。ただ、ちょっと一緒に打ってるだけだよ」

「さよか――。ほな、どうやろ、物は相談なんだがな」

定恩はちょっと私の方に近寄り、声を低めていった。

「このへんで、ちいと様子をかえて、寺の方へつかへんか」

「寺の方へつく？」

「ああ、あんた等、一人ずつ打っておるんやないこと、よう知っとる。そやかて同じことやないか。裏切っとくれやす」

「裏切れか。和尚《おしょう》さんがそういったのかい」

「いや、御前さまはなにも知らへん。他に手段はないんや。勝つには、あんた等をバラバラにするよりほかはない」

私はすぐには返事をしなかった。裏切りはすこしもかまわない。道徳にもとづいて戦っているのではなく、これは能力競争だ。しかし、寺側について、どんな利得があるだろうか。

「礼は、はずむでえ」

定恩は、私の心をみすかしたように、ポツリといった。

「だいいち、このまま行っても、あんた等が思うようにはならへんのや」

「それは、どういうこと？」

「権々会の夜の寄進や賽銭《さいせん》で、あんた等はケリをつけたいんやろ。けどなァ、このままじゃ、供養《くよう》などできへん。なにもかもあんた等が持ってってしもうて、でけるわけがない」

「しかし、それじァ寺だって困る」

「寺は、今だって困っとるわさ、どっちかて一緒なんや。どうせあんた等に持っていかれてしまう寄進なら、入費をかけて権々会などやるとおもうかい」

「やらんわけにはいかんだろ」

「いや、和尚が急病やいうことにするわ。大病やさかい、今年の供養《くよう》はでけん」

「権々会の夜だけ、カタにとった物品を元どおりに持ちこむ。供養をやって、精算がつかなけりゃ、そのときはどうするかわかるだろ。連中はすばやい。そんなことぐらいすぐに考えるさ」

「そうやな――」

　定恩はにやにや笑った。

「そうして貰《もら》お。元どおりに戻してもらうんや。けど、権々会はやらん」

「すると、どうなるかな」

「どうもならへんやろ。とにかく、なんぼ勝ったとてあんた等は骨折り損や。ええか、よう考えてみ、あんさんがめでたく金を手にするのは、奴等《やつら》を裏切って、寺の方が勝ったときなんや。これなら権々会もでけるし、寄進も入る。あんさんにも礼がはずめるよ——」

五

対家のタンクロウが捨てたを、いきなり私はポンした。これが第一打目で、ツモ山は私の山だ。

ポン

東の一局で私は西家。すぐにが入り、を捨てた。まったく好都合なことに、上家の飛び甚がを捨ててきたので、これを喰《く》ってを捨てる。喰わなくともよい牌だが、つまり、ツモを下山にしたわけだ。

私は余裕たっぷりに、喰ってから一発で穴をツモった。

「ツモです。はい、ごくろうさん」

なんでもツモれば終りというルールだ。ツモられたとき、原点を切っていれば所定のチップを払わなければならない。

東のしょっぱなでツモれば、だから必ず三コロになる。ブウ麻雀と同じで、ワンナウト（一コロ）やビートップ（二コロ）よりもマルエイ（三コロ）の方が各自の負担金が多い。だから、東の一局が一番緊張する。ツモりにくい手にしかならなかった奴だけが、他人にツモられるのを防ぐために打ちこみでもあがってふりだしに戻す。それ以外にはツモリ競争だ。

タンクロウが、キナ臭いような顔をして私の手を見ている。昨日までとは別人のように私のあがりが早くなったからだ。

その筈《はず》なのである。寺側に内通することを条件に、定恩からガン牌の特徴についてくわしくききだしたからだ。これまで万筒索、字牌というくらいの特徴は見破っていたが、数牌のガン（目印）までは知らなかった。

したがって、老師と同じく、上山に関する限りは私にも、素通しになったわけだった。

残るは下山である。下山に関しては、竹のふちのところに万筒索ぐらいは見分けられるガンが作ってあるらしいが、それはわかりにくかったし、私は自分でべつの工夫をしていた。

上山はもう問題なくわかる。では下山だけ記憶すればよいが、それも面倒だ。

ではもっとよい方法がある。下山十七枚のうち、外筋九枚（端から端までのひとつおきの牌）は右から一二三四五六七八九と積む。むろん万筒索入り混じっておくのだ。一方の中筋（右端から二枚目より左端から二枚目に至るひとつおきの牌）八枚は、右から八七六五四三二一と積む。これも万筒索を混じえてだ。

関西にきてブウ麻雀を打ちだしてから、いわゆる積みこみは、大型の手が比較的不用なこのルールではあまり活用できず、したがってごくたまにしか牌をひろわなかったので、最初は十七枚の積みもかなりきつかった。

しかし指先きはすぐに速い動きをとり戻してくる。そこで私は、自分の山に関する限り上も下も、三十四枚が残らず素通しになったというわけだった。私はずっと以前、東京の日本橋で打ち合わせた、清水というガン牌の名手のことを思い出した。

ところで、定恩からガンを教わったかわり、私は、タンクロウと私の間の通り（サイン）を寺側にバラしていた。

だからタンクロウと私がサインを交すたびに、老師をはじめ坊主どもには二人の手がバレていたわけだ。

タンクロウは途中から、昔の相棒飛び甚ともコンビを復活させた気配があり、私と飛び甚の双方から配当を得ようとしているようだった。そこで彼等の通しによって、私の手は飛び甚にもバレていた筈《はず》である。

しかし、ツモ麻雀では、大型の積みこみがさほど威力がないと同様に、テンパイのサインもさほど威力をもたない。何故《なぜ》なら打ちこみはお互いに大概は見逃すからである。

たとえば中が鳴きたいときに、ポンをさせろ、というサインを出す。こういう手の進行を促進させるサインは重要だが、タンクロウの手に関する限り、彼がサインを出せば、山を知っている私は、必要牌が彼に行かないようにツモ順を変えることができるのだ。

したがって、飛び甚、老師、タンクロウ、私、この四人のメンバーでは、画策をした甲斐《かい》もなくタンクロウが一番不利な戦いをやっていることになる。

「飛び甚さん――」と私は声をかけた。「どうだろう、このほかに差しウマをいかないか」

飛び甚はうっすらと笑った。

「ついてる思うて、強気だすな。よっしゃ、挑戦されて受けんのは名折れや。ただし、一勝負五万や、ええかな」

私は唇をかんでうなずいた。大きいウマだが、こうなれば大きいほどよい。

私は、あくまで起家を続けることに全力を傾けた。前回ツモってトップをとった男が新しい回にサイを振る。五か九を出し続けていけば起家になる理屈である。起家になれば対家の山から配牌をとるようにサイを振れば、ツモが私の山になる。すると全部が素通しというわけだ。

そしてツモる。三コロトップ。次の回に又サイを振りだす。

好調のときは、サイまでが一層自由になる。私は五回起家を守り続け、五回連続三コロトップをとった。

現金払いではないが、ウマは合計二十五万の収入となったわけだ。

「見事やな、感心したでえ――、そこでやな、どうやろ、ウマを倍にしようやないか」

「倍張りはきりがないよ」

「いや、最後の頼みや、もうあげん。あんさんの腕なら大丈夫やろ。一勝負十万なら、あても必死や。あてがこんなことというなんてはじめてなんやで」

ほんの数分間で十万のウマか――、と私は思った。そうしてうなずいた。

私はサイを振った。

すると突然、飛び甚が立ちあがろうとして、足をごつんと卓の角にぶつけた。転がり終っていなかったひとつのサイが、そのはずみに不自然な形でとまった。それは三だった。もう半回転して四になる筈《はず》だったのだ。片っぽうは三だから、合計七になるところがひとつへって六になった。二度振りなので老師が手を出して又振った。

それは八で、計十四、私の山はそっくり配牌に持っていかれた。

六

私はその局を失敗した。私の山から持ってきた配牌はそう悪くはなかったが、ツモがまったくきかなかった。飛び甚がひとつ喰《く》って私のツモを下山に変えたためだ。

私はなんとかして差しウマをいっていない人があがってくれるように祈ったが、そううまくはいかなかった。飛び甚がツモってあがったのだ。

私は十万円分のチップを飛び甚に返した。

「なるほどな――」と感に堪えたように老師がいった。

「チップで払うなら、儂《わし》もそのウマに入れて貰《もら》いましょうかな」

「じゃ、いっそ、総ウマにしまひょ」一番負けているタンクロウもいった。

総ウマの案はすぐにまとまった。一回ツモれば（三コロの場合）三十万がウマだけで入るのだ。

しかし今度は飛び甚が起家を離さなかった。その回も次の回も彼がトップだった。

「ついておらんな、ひと息ぬくか」

さすがタンクロウ、老練らしくあっさりひとまず兵を引くようだ。

階下では達磨、飛び甚の息子と孫、ほくろ、それに中年の僧と定恩が入ってもう一卓で打っていた。達磨がその中から立って中二階に昇ってきた。

「十万円の総ウマやで」

「ほう、よっしゃ」

飛び甚が振ったサイが、一人あとから積んだ達磨があまり山を前に押し出したので、カチンとぶつかりハネ返った。

「なにをさらす――！」

「へ？　なんだんす？」

達磨はとぼけた。そのため起家は思いがけず私の方へきた。

天に昇る心地とはこれをいうのだろうか。

それからどっと私はつきだした。信用しないかもしれないが、十七回、連チャンをしたのだ。つまり、十七回三コロを続けたことになる。

階下の連中までが、呆《あき》れて中二階へ来て見物したくらいだった。（権々会が迫っていたのでもう誰も引き揚げようとはしなかった）

十八回目にオロされたのは、達磨が最初からテンパイしていたとかで、いきなり二巡目に老師の打牌であがってしまったからだ。でも結局その回も、ツモあがりしてトップをとったのは（二コロだったが）私だった。

私が便所へ立ったとき、定恩が眼もとを笑み崩して立っていた。

「吊り鐘《がね》と、屋根瓦《やねがわら》一式はなんとか戻りそうやな。あとはモーニングさんと紋付きさんの方が、どのくらい痛めつけられるかや」

「モーニングはかなり負けたぜ」

「階下で又勝っとるんや」

その夜半の二時に、勝負は続行するが一応中間的な精算をするということになっており、私は、飛び甚、達磨、タンクロウの三方から、彼等がカタにとった物品をゆずり受ける書面を受けとり、老師からは又あらたに、カタをとることになった。

「じゃあ、ご本尊の阿弥陀《あみだ》さまをいただきましょう」

「仕方がありませんな。どうぞ持っていってください」

老師も定恩から、私の内通のことをきいているらしく、ぐっと柔和《にゅうわ》な表情をしている。そこへ定恩があがってきてこういった。

「皆さん、ただ今、下の皆さんにもおききねがったんどすが、明日はいよいよ、権々会でござります。これまでの成り行きから、カタとしてお預けいたしました物品類を、ひとまず当方の方へ、戻していただきとうおます。せやないと、権々供養もでけず、したがって、寄進類も入らず、お支払いでけんとこうなりますよって、ここはまげて当寺をご信用のうえ、一応お返しを願いたい。運送費雑費はもちろん、のちほど当寺で負担させて貰《もら》いますさかい——」

私はだまって腕を組んでいた。定恩はいい終ると、私の横に腰をおろした。

「あんさん、一応あんたが今のところ、一番の債権者やさかい、お願いだすわ、皆さんの物品を一応とりまとめておくなはれ」

「だが、いずれにしても明日のことでしょう。この夜中じゃ運送屋も頼めないし」

「いや、明日じゃ間に合わんわ。トラックはこちらで手配してありますよってな。門前で待っとりますわ」

「まちがいないんやな、権々会の夜、きっと払ってくれますやろな」

達磨の言葉に、老師は深く頷《うなず》いた。

私たちはぞろぞろとトラックの荷台に乗り、契約しておいた農家に行った。物品は梱包《こんぽう》してその家の庭においてあるのだ。

荷台には、阿弥陀如来があわれな格好で転がっていた。

トラックは走りだしたが、そこで私はこういった。

「マスター（達磨）、飛び甚さん、他の人も、もう貸金はいくらでもないいんだろう。俺の持金で足りるようなら、今払っておいてもいいよ」

皆が、へええ、という顔つきになった。

勝つも負けるも

一

走るトラックの荷台の上で、私はなけなしの金をはたいて、飛び甚や達磨たちに金を渡した。寺側に代って、彼等の貸しの残金を精算してやったのだ。

「おうい、運転手さん――」とニッカボッカが運転台に叫んだ。

「どこか街道の、タクシイがひろえるところで停《と》めてんか。皆、乗りかえるやろ」

金さえ受けとれば、カタにとった品物などに用はない。一刻も早くそれぞれの巣へ帰りたいのは無理もない。

「けど、此奴《こいつ》、本気かいな――」とほくろがぽつんといった。「えらい気張りよるなァ」

「あれで和尚《おしょう》はどうしてなかなか喰《く》えんさかい。権々会《ごんごんえ》やいうたかて、おいそれと耳を揃《そろ》えて払うかどうか疑問やな。先にカタだけ返しといて、あとで埒《らち》があかへんのとちがうか。これが江戸流か知らんが、金、とりはぐれるなよ」

「ああ、その点はよく考えてるよ」と私はすましていった。「俺《おれ》は一番の債権者なんだし、まァ流れ者なんだから、大阪の先輩たちの顔を立てたんだ」

「奴《やつ》には、なんか細工があるのんやろ」とタンクロウがいう。

「どないな細工や」

「わいが知るか。けど、終り頃の勝ち方が怪しいわ。おい、白状せえや、お前、和尚と通じとったんやろ」

私はだまっていた。そんなことをいう必要はない。タンクロウだって、私と組みながら、飛び甚とも通じていた。

タンクロウは声をあげて笑った。

「はっはっは、此奴《こいつ》、甘いわ。和尚たちと通じて、自分だけはスンナリ裏金にしようと思うたんやろが、そんなこって麻雀打ちがつとまるかいな。まず、寺は払わんでえ。わいは、どのみち、末は荒いことせなあかんと思うとった」

「俺《おれ》もそう思うよ、その証拠がある」と私もいった。「俺たちがカタを返す返さないにかかわらず、権々会は今年は延期なんだ、ニキビがそういう意味の布告を書いてた」

「ほう、すりゃァまったく払う気はないな。どないする?」

「さあな——」

急告、と書いた筆太の字を、ニキビは通りかかった私の眼からすばやく隠した。

だが私にはそれだけで充分だった。

寺としては、金輪際《こんりんざい》、私たちに負けを精算する気はない。権々会延期、という大きな犠牲を払っても、私たちに利益を吸いあげられたくはないのだ。

博打《ばくち》では、たとえ勝負はついていても、賭《か》けた財貨を精算しあわなければ、本当の勝ちも負けもない。だから私たちはいつも半チャン(乃至《ないし》は一回)精算しかやらない。相手が担保物件の多い寺であるため、つい帳面麻雀をやった。寺側としては勝負に負けた以上、あとはなんとしても精算をつけない算段をするしかない。精算しなければ、負けたことにはならないのだ。

この考えは一般には通用しないだろう。博打を打って生きていく者にしかわかるまい。しかし、たとえば、兵法者の世界を考えるといくぶんとおりがいいかもしれない。兵法者は、死ぬるときが負けなのである。打ち合って敗れても、死なない以上、最後の落着を保留することができる。そうして大恩寺の人間たちは、僧侶《そうりょ》というよりは博打打ちの方に近いのである。何故《なぜ》なら、かなりの期間、博打で寺を維持してきた筈《はず》だからだ。

トラックが街道に出て停《と》まった。

いつのまにか霧雨が降っている。その雨の中を大型の長距離トラックが轟音《ごうおん》を響かせて走りすぎた。

「よっしゃ、ここならなんとか車がひろえんことはないやろ」

「ええか、精算がつこうとつくまいと――」と達磨《だるま》が荷台から飛びおりる前に私に声をかけた。「カタはきっと寺に返しといてや。そうせなあかんでえ。わい等、明日からもずっと攻めるんや。カタがあるうちは毎日でもかようてやる」

「だって、金を払わないいんじゃケリがつかないぜ」

「ケリがつかなんでも、そないなことというてられへん。一度打ちだしたらな、ケリがつかん間はやまらんのじゃ」

達磨をはじめとして、飛び甚一家、ニッカボッカ、ほくろ、ぎっちょと続いてトラックから飛びおりた。

モーニングのタンクロウ爺《じい》さんだけがおりようとしなかった。

「どうしたんだい――？」私は訊《き》いた。

「わいはもうちょっと残るさ。お前がこのカタをどうするンか、興味あるでな」

私たちを乗せたトラックは方向を変えて、物件をあずけてある農家へ向かった。私たちは吊《つ》り鐘《がね》や仏像や襖絵《ふすまえ》などを荷台に乗せ、幌《ほろ》をかけた。

私は運転手に、大恩寺でなく、そこから大分離れた仏生院《ぶっしょういん》という有名な寺院につけるよう指示した。

「変やな、この荷は大恩寺へ戻すのとちがいまっか」

「そうだけど、まだこの時間じゃ眠ってる。ちょっといたずらで、ちがうところにおいてやるのさ。朝になって坊主たちが慌《あわ》てるだろう。面白いよ。品物がなくなるわけじゃないから大丈夫だ。あんたに迷惑はかからない」

私は最後の持ち金である大きな札を出して握らせ、運転手は肩をすくませた。

「じゃ頼んだぜ、仏生院だ」

二

その頃《ころ》は東の方が白みかけていた。

一度積んだ荷を、運転手と一緒に又せっせとおろしている私を、タンクロウはじっと見おろしていた。

襖絵《ふすまえ》や巻物、筆蹟《ひっせき》類は濡《ぬ》れないように幌《ほろ》に包んで横手の藪《やぶ》の中においたが、阿《あ》弥陀如来《みだにょらい》や金剛菩薩《ぼさつ》、近近《こんこん》大師に地蔵尊、カンテラ公子像、重要文化財の三重塔、不昧公碑《ふまいこう》に吊り鐘《つがね》などは、絵のように美しい仏生院の門前に不揃《ふぞろ》いに並んだ。

私は思わず笑いがこみあげてきた。タンクロウの方を振り返ってなおも笑った。

「どうだい、おっさん、こりゃ笑えるだろ」

「そないにいうが、高い笑いや――」とタンクロウはにこりともせずにいう。

「これで坊主どもから一文もとれなくなるんやで」

「わかってる。道楽さ。たまにはこんなのもいい」

朝になれば近隣の者が騒ぎだして、警察沙汰《ざた》になるか、大恩寺に直接知らせが届くか、いずれにしても、大恩寺が寺としての機能をほとんど失っていることがバレてしまうだろう。権々会《ごんごんえ》をやらない理由も表沙汰《おもてざた》になってしまう。

我々に負け金を支払う意志がない以上、寺側もあらゆる災難が降りかかることを覚悟すべきであり、負けて傷のつかない博打《ばくち》を考えるのが阿呆《あほう》というものだ。

元来、賭金《かけきん》というものはもっとも簡便な結着のつけかたなのであり、金でケリをつけない場合はもっと重要なものをとことんまで賭けつらねてしまう危険を生むのが当然のことになる。

もうひとつ、私が定恩に誘われるままに、寺側に内通することを承諾したとき、本当に寺の味方になり、寺のために働くと思われては、私の博打打ちとしての誇りが地におちるのである。

どんなことがあろうとも他人のためには働かないのが博打打ちというものなのであり、内通を示唆《しさ》する方も戦略、承諾する方も戦略として受けとっている。もし私が、寺側を信用して、カタの物件をさげて換金をしに寺へ現われたら、坊主どもは大笑いし、そればかりか蝟集《いしゅう》していた博打打ちたちまで声を合わせて笑うであろう。

実際、事態はすでに、金のやりとりで簡単にケリがつく段階ではなかったのである。そうである以上、坊主たちばかりでなく、他の博打打ちにも勝つためには、まっ先に、金のやりとりを放棄する心がまえが必要だった。

私は、ポケットの中の金を使い果たしていた。そこで相手にはそれ以上の打撃を与えなくてはならない。

寺は、私のこの行為のために、寺のありかたをきびしく問われるであろう。

又、大阪へ帰っていった達磨や飛び甚たちは、あれだけの労苦を払ったが、このあと大恩寺を攻めて金にする可能性はまず無くなるだろう。

勝つとはそういうことなのである。疲労と手傷がお互いに残る。大きい勝負というものはそんな形でしかケリがつかないものだ。この教訓は、かつて東京で出目徳やドサ健たちと戦った折りに得たものである。

私は空《から》になったトラックの荷台に再び乗った。そうして運転台にこう叫んだ。

「京都駅まで行ってや。そこで我々はおりるから」

タンクロウはまだ私をじっと眺めていた。雨の粒々が顔一面に浮き出ている。

「道楽もええが、勝手な真似《まね》にわいをひっぱりこまんで欲しいな」

「どういう意味だい」

「忘れとるンかい。お前とわいは、コンビやで。あがり（収益）は山分けと決めた筈《はず》や」

私は不意をつかれて黙った。

「お前が今、あそこに置きっ放しにしてもうたカタの総額はなんぼになる」

こまかく計算するところだが、とタンクロウ爺《じい》さんは続けた。

「まあええ、大ざっぱにいうたろ。ざっと四十万ほどやろ。わいは道楽なんかしようとは思わなんださかい、あないなとこに置きっ放しにはせんで。勝手な真似をさらすンなら、わいの分、二十万、くれんと困るやないけ」

私は返す言葉がなかった。タンクロウは飛び甚に寝返った。私は坊主に内通した。お互いに後半はバラバラだった。だが、最初の約束だ、そういわれても仕方がない。

「どうなんや。二十万、出さんかい」

タンクロウの顔が緊張でふくらんでいた。おそらく、彼としても、博打打《ばくち》ちとしての全力を賭《か》けて挑《いど》んできているのだろう。

「殴れよ――」と私はいった。

「なんやて」

「どうでも好きなようにしろってんだ。金はもう一銭もないよ」

「阿呆《あほ》ぬかせ。殴ってすむかい。そりゃお前の道楽と同じことになるわ。わいはそんなことせんで。どないしても、二十万、とるんや」

「だが逆さにふっても、もう出ないな」

「そないなこってすまへんわ。こりゃわかるやろ。お前もど素人《しろうと》とはちがうし」

私たちは京都駅から一番電車で大阪へ帰った。私は一言も発しないまま、巣にしている木賃宿にたどりついたが、タンクロウはぴったり横についたまま離れない。

「この宿で、金がでけるのンか」

「二十万は大金だ。できるわけはないだろ」

「でけんいうたかて、無駄《むだ》やで」

私はやっとひとつの考えをいった。

「それじゃ東京へ帰るよりないな。東京でなら気張ればそのくらい余分に稼《かせ》げるかもしれない。そしたら送るよ」

「よっしゃ、わいも東京へ行こ」

「東京へか？　大丈夫だよ、信用してくれよ、必ず送る」

「いや、送るなんて面倒やろからな。わいはどこに居たってておんなじなんや。東京もたまには気が変ってよかろ。一緒に行くで」

私は部屋に入って、まだ寝ているドテ子を叩《たた》きおこした。

「七百七十円、貸してくれ。すぐに返すよ」

「どうしたの——？」

ドテ子は起きあがって私とタンクロウを見くらべた。

「七百七十円、はんぱな金額ね」

「そうだ、それだけぜひ必要なんだ」

「ああわかった――」とドテ子はいった。「きっとあれよ、そうだわ、あたいもよく買うからね。大阪―東京間の三等切符だわ」

当ったでしょ、と彼女は笑った。そしてこう続けた。

「お安い御用だわ。あたいが駅へ行って買ってきてあげる。あたいも大阪があきてきたところだったの。ちょうどいい、二枚買っとくわね」

三

梅田を夜の九時すぎに発車する鈍行列車に私たちは乗ろうとしていた。私はタンクロウとドテ子にはさまれて、不本意ながら歩いていた。

「おや――」

私はホームで思わず立ちどまった。

「ありゃァ、和尚《おしょう》じゃないか」

わびしい三等車に、俳人帽をチョコンとかぶり、絽《ろ》の外出着を羽織《はお》った老師が一人かけていた。

私たちはドヤドヤと近寄って老師をとりかこむように座席についた。

老師はべつだん表情も変えず、私たちに視線を返した。

「ご出張だっかいな――」とタンクロウ。

彼も、貸衣裳《かしいしょう》で借りたモーニングを着こんだままだ。

「いや、出張とはいえませんな。もう寺へは帰らんつもりですから――」

「さよか。そりゃまァおとりこみで」

「貴方《あなた》がたは？」

「へえ、似たようなもんだすわ」

私は思わず吹きだした。勝った方と、負けた方が、さして変らぬ格好になっている。これがなんとなく面白い。

「相打ちというわけでしょうか。まァとにかく、勝負は終りましたね」

「さようさ、な――」と老師はいった。

「相打ちだが、手傷はちがうな、儂《わし》は年寄りだから」

列車が動きだすとまもなくタンクロウが眠りだした。無理もない。何日も何日も、十日の余もほとんど眠らずに争ったのだ、私もクタクタに疲れていた。

しかし、何故《なぜ》か、眼が冴《さ》えている。老師も眼を開いて暗い窓を眺めていた。

「それで――」と私は訊《き》いた。「これからどうなさるおつもりですか」

「どうにもなりませんわなァ。まず、のたれ死にでしょう」

「ご家族は——」

「そっくり、おいてきました。まだなんにも知らんでしょう」

「お坊さんは——」と私は一生懸命冗談をいおうとした。「どこに行っても我々よりは恵まれてるな。なにしろお釈迦《しやか》さまがついてるんだから」

「こんな話をすると妙に思うだろうが、儂《わし》は根っからの僧侶《そうりよ》じゃないんですよ。終戦まで、ある大学の教授だった。退職して、あの寺の株を買って住職になったのです。不思議なことに、坊主になったとたんに、博打《ばくち》をおぼえた。関西へは、博打を打ちに行ったようなもんです」

「では、東京へ戻って、博打をやめますか」

「どんなもんですかなァ。博打は、地獄じゃが」

「極楽って、ありますか」

「あるでしょう。だが普通はなかなか手に入らない。手を伸ばしてただ取ろうとするからな。取りかえっこをすれば簡単なんです。地獄と極楽をとりかえるんですよ。——ところで、あンた、寝ないなら、ひと勝負しませんか」

私は老師の顔を見た。「いいですよ」

「簡単にいきましょう。次に私たちの横の通路を通る人物は、男か、女か」

「女――！」とドテ子が不意にいった。

「お嬢さん、儂《わし》はこちらと勝負してるのじゃ」

「――男」と私はいった。「しかし、何を賭《か》けます」

「おはずかしいが、ここに切符がある。これが全財産です」

「おや――」と私はいった。「僕もですよ。僕も、切符しかないんです」

「ほう――。じゃ、それでいきましょう」

米原の手前あたりで不意に連結の扉《とびら》が開いて、小さな男の子を連れた婦人が入ってきた。途中の空席を探す気配じゃない。通りすぎる勢いだ。

だがまだわからない。男の子が先に歩けば、私の勝ちだ。

「ほら、坊や、まっすぐ歩くのよ」

坊や、走ってこい、でないと俺《おれ》は――。私の願いもむなしく、男の子の手をひいた婦人が先に通りすぎた。

私は切符を老師に渡した。ありがとう、と彼はいい、

「それじゃ、これは不要になりましたから」

自分の切符を私にくれた。私は眼を丸くして老師の顔を見た。梅田（大阪）―十三《じゅうそう》間の切符だったからだ。つまり国鉄の最短距離なのだ。老師はこの切符で

東京まで行こうとしていたのだ。

しかし、もう他人の身の上ではなかった。検札が来たらどうしようか。夜が明けて東京に近くなったところで、検札は必ずくる。

私は眼をつぶったが一睡もしなかった。タンクロウはもちろん、老師もドテ子もぐっすり眠っている。夜が明けて、列車が小田原駅に入る直前に、私は席を立った。

前のドテ子の足にぶつかり、彼女がうす眼をあけた。

「ごめん、——トイレだ」

私は静かに歩き、発車直前にホームへ飛びおりた。一散に走って小田急線のホームへ移った。ちょうど発車しようとしている急行に飛び乗り、途中で鈍行に乗りかえ、検札が来ないかと扉のそばで油断なく眼をくばりながら、ようやく新宿についた。

あとは新宿駅の改札を体当りで突破すればよろしい。それでとにかく東京まで帰りついたわけだが、帰ったところで、どうってこともないのさ——。

解説

北上次郎

面白いなあ。

『麻雀放浪記』を読むのが何度目なのか、数えていたわけではないからわからないが（たぶん、5回以上10回未満だ）、何度読んでも面白い。

たとえば、阿佐田哲也の短編集はどれも確実に10回以上読んでいるが、そのたびに堪能している。読んでいる最中に、結末の記憶が蘇り、この短編はこれがこうしてこう終わるんだとその後の展開が確信とともに浮かんできても、そのまま読みすすんでしまうから、すごい。そんな作家は他に誰一人としていない。阿佐田哲也だけである。

その事情は長編になっても変わらない。『麻雀放浪記』第2部の「風雲編」は、坊や哲の関西武者修行編だが、まず冒頭に驚く。坊や哲がヒロポン中毒になって登場するのだ。本を開くまでは忘れていたが、おお、そうだったと思い出す。それはこんなふうだ。

「カサ、カサ――、頭の上で、落葉を踏むような猫どもの足音がする。大きな足音、かすかな仔猫の気配。でもそれは猫じゃない。私にはよくわかっている。それなのに、猫たちは、私の腋の下から、腰のあたりから、首筋から、いっせいに這いあがってくる。湿った毛皮が身を撫でていく。何かに嚙まれる。それは本当に、猫じゃない。鰐だ。小さな鰐が私を呑もうとして指先に嚙みついている」

ようするに幻覚である。歩いていると何かにぶつかるので、「気ィつけろい、べらぼうめ」と言うのだが、それが煙草屋の看板だったりするから、めちゃくちゃだ。

そこにS組の小菅が現れ、西大久保の丸木旅館に行ってくれ、と言われる。土建のY組と勝負をしているのだが、助っ人を頼まれるのだ。坊や哲はヒロポンを打って卓につくが、もうふらふらで、ついにはイカサマをやって発覚。紆余曲折のあげく、留置場に入れられる。二十日近くの豚箱生活と、その後しばらく隠遁生活をしていたので体も回復し、丸木旅館で救ってくれたゴト師のステテコのヒキ（手下）になって、東京を離れることになる。

これ以上、話を進める前に説明を幾つか加えておく。まず、ヒロポンだが、ようするに覚醒剤で、１９５０年まで日本では合法的に売られていたというから、すごい時代があったものだ。次に「ゴト師」だが、これは普通の露天商とちがって、サギ師。たとえば、３つの最中を台の上に並べ、そのうちのひとつにセルロイドが入っていて、振るとカラカラと音がする。その音をさせてから、最中を台の上で素早く移動して客に当てさせるのである。首尾よくセルロイドが入っている最中を的中すれば、賭け金の倍が客につけられるという仕組みだが、もちろんインチキなので、どれを選んでもセルロイドは入っていない。坊や哲の仕事は、客のいないときに盛り上げるサクラで、ときにはそろそろズラカリたいときに人垣のうしろに出て「デカだ！」と叫ぶ。そうするとステテコが素早く台を小わきにさげて路地に逃げ込むという寸法だ。

ここで坊や哲が「しかし自分で博打を打ち続けてきた私にとっては、物足りなかったし、非道なことのように思えた。すくなくとも、これは闘いではない。ごまかしだ」と思うくだりに留意。

「てやんでえ、お前たちの仕事麻雀はごまかしじゃねえのか。客の顔色を見て根こそぎとるくせに。こんなのは罪が浅い方さ」

というステテコに、

「そうじゃねえんだ。罪の問題じゃないよ。相手のことなんか最初から考えてない。どういったらいいのかなァ。要するに、こっちの充実感の問題なんだ」と口ごもるように、坊や哲に迷いがあるという側面をここで見ておきたい。

物語が動きだすのは、そこにクソ丸とドテ子が現れること。クソ丸は四十くらいの坊さんで、ドテ子はまだ十六、七の目玉のでっかい、お下げ髪の娘。この異色コンビと知り合うことで坊や哲は関西に向かうことになる。

ところで『麻雀放浪記』はその書名通りに麻雀が中心となっているが、「青春編」がチンチロリンの場面から幕を開けたように、さまざまな博打の種目が登場する。この「風雲編」では、関西に向かう博打列車（当時は東京を夜9時半に出発する大阪行最終の鈍行があり、その夜汽車の一両を貸元が借り切って、そこで賭場を開いていたというから、これが本当ならすごい）に乗り込んだクソ丸とドテ子がやるのが「アトサキ」。このとき坊や哲は一回も打たずに見ているだけだが、ここに出てくる「アトサキ」は、花札の3枚1組になったやつを、一方は手前（サキ）に、もう一方はその向こう側（アト）におき、そのどちらかに賭ける博打である。3枚の合計数が9に近いほうが勝ち。この「風雲編」には競輪もちょこっとだけ登場しているが、このように麻雀以外の種目が次々に登場するのも

『麻雀放浪記』の特色なのである。

その麻雀は、「風雲編」の舞台が関西なので、ブウ麻雀というのも本書の特色だ。私は関東生まれなので、このブウ麻雀に馴染みがなく、そのコツがよくわからないが、坊や哲はそのわからなさに惹かれていく。わからないことがあると、それを知ろうとするのだ。その探究心の幅と奥行きがこの青年を支えている。

そこで知り合うブウ麻雀の猛者たちが（もちろん、坊や哲もクソ丸もドテ子も）全員、京都の大恩寺に集まるラストの展開が白眉。凄まじい戦いだが、どこかにユーモラスな雰囲気も漂っている。『麻雀放浪記』は、くたばるまで戦った無法者たちを描く書だが、実は随所にユーモアが漂っているのも特色なのである。この大河長編が幅広い読者に支持されているのは、そういうふうに、いろいろな読み方が出来るという点にもある。

もう一つは、時折、ロマンがあふれ、胸を打たれることか。「青春編」のドサ健とまゆみの挿話もその一つだが、この「風雲編」のラスト近くに、ドテ子が坊や哲に次のように言うシーンがある。

「あたい、あんたを口説いてるんじゃないのよ。一緒に暮らしてくれなんていいやしないわ。お互い、ヤミテンよ。あんたはただちょっと、ヤミテンに振り込むだけ。そうすれば風が変わるわ」

ここでロマンが、ゆっくりとあふれてくる。ドテ子を見る坊や哲にも変化が生じるのだ。「いいわよ。面倒はかけないわ。あたい、ちゃんと一人で生きられるわよ」と言うドテ子に、坊や哲は言う。

「そうじゃないよ。昨日と今夜はちがうんだ。昨日みたいにはお前を抱かない。俺たちはゆっくり時間をかけて、いろんなことを考え合うような，そんな仲になったんだよ」

そう言ってから、こう付け加える。

「俺はヤミテンに振り込んだのかもしれないな」

いいのは、このあとだ。ネタばらしになるような気がするので、引用するのは心苦しいが、我慢できない。気になる方はこの先をスキップしていただきたい。

「俺はヤミテンは嫌いさ。リーチをかける。大きい手が好きだからさ」と言う坊や哲に、ドテ子はこう言うのである。

「大丈夫なの、そんなことといって。リーチしたらもう手を変えられないのよ」

うまいよなあ。

そうか、ロマンで思い出した。あのオックスクラブのママがこの「風雲編」にも登場するのだ。どこに登場するのかは読んでからのお楽しみにしておきたい。

※北上次郎氏の解説は、第3巻以降も続きます。

本作品は一九七〇年に双葉社から刊行されました。その後、一九七九年に角川文庫、二〇〇七年に文春文庫から刊行されました。

本文中には現在の人権擁護の見地に照らすと、不適切と見られる表現がありますが、著者自身に差別の意図はありません。また、著者が故人であること、作品の文学性や芸術性、執筆当時の社会的及び文化的雰囲気を考え合わせ、このような表現については原文のままとしました。

（編集部）

双葉文庫

あ-01-06

麻雀放浪記《まーじゃんほうろうき》(2)風雲編《ふううんへん》

2021年11月14日　第1刷発行

【著者】
阿佐田哲也《あさだてつや》

【発行者】
箕浦克史
【発行所】
株式会社双葉社
〒162-8540 東京都新宿区東五軒町3番28号
［電話］03-5261-4818(営業部)　03-5261-4829(編集部)
www.futabasha.co.jp（双葉社の書籍・コミックが買えます）
【印刷所】
大日本印刷株式会社
【製本所】
大日本印刷株式会社
【カバー印刷】
株式会社久栄社
【DTP】
株式会社ビーワークス

【フォーマット・デザイン】
日下潤一

ISBN978-4-575-52516-8 C0193
Printed in Japan